DOUCE BRÛLURE

Au Cœur des Flammes

J.H. CROIX

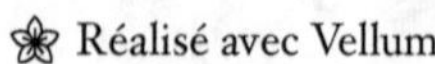 Réalisé avec Vellum

Celui-ci va à LM, mon ami, toujours là de cœur et d'âme et avec beaucoup de rires !

———

Inscrivez-vous à ma newsletter pour recevoir toutes les informations sur les nouvelles sorties & recevoir une copie GRATUITE de l'un de mes livres !
http://jhcroixauthor.com/subscribe/

Chapitre Un

MAISIE

« Attendez, j'essaie de comprendre. Votre chat s'est coincé dans un arbre, donc vous avez utilisé votre pelleteuse pour le faire descendre ? demandai-je.

— Oui, c'est ce que j'ai dit. » expliqua Carrie Dodge, d'un ton exaspéré.

Je ne connaissais que le nom de Carrie parce que c'était toujours la deuxième question que je posais à chaque fois que je répondais à un appel à la caserne de pompier de Willow Brook. Malheureusement, je ne savais toujours pas quelle était la nature de son urgence.

« Donc est-ce que votre chat va bien ? »

Le soupir de Carrie traversa la ligne.

« Herman va bien. C'est ma pelleteuse le problème. »

En répondant au téléphone il y a une minute, Carrie avait parlé si vite que tout ce que j'avais pu reconstituer était quelque chose à voir avec un arbre, un chat et une pelleteuse.

« Dites-moi ce qui est arrivé à votre pelleteuse. »

J'attendis d'entendre que la pelleteuse avait un

nom. Parce que c'était l'Alaska et que les gens nommaient leurs outils et les choses comme ça ici. Je ne vivais ici que depuis deux ans environ, mais j'avais rapidement appris que certaines choses étaient plus importantes que d'autres. De belles voitures bien propres, pas tellement. Les pelleteuses ou les engins de pêche, en revanche, valaient leur pesant d'or.

« Oh, eh bien, tout allait bien au début. Je l'ai montée juste à côté de l'arbre, et Herman a sauté dans le godet sans problème. Je l'ai abaissé au sol et quand j'ai fait demi-tour, j'avais oublié à quel point le fossé était proche et l'engin est tombé. Je suis coincée à l'intérieur. » expliqua Carrie.

Assez calmement, pourrais-je ajouter. C'était la première fois qu'elle mentionnait qu'un humain était impliqué dans cette urgence, au-delà d'un rôle d'observateur.

J'appuyai sur le bouton d'alarme sur mon bureau. Ça alerterait l'équipe de service pendant que je garderais Carrie en ligne jusqu'à ce qu'ils arrivent à son emplacement. J'avais déjà noté ses coordonnées GPS dans notre système. Avec une frappe rapide, je rédigeai un résumé pour que l'équipe puisse le voir.

« Êtes-vous blessée ? » demandai-je à Carrie, pensant que tant qu'elle allait bien, c'était presque drôle qu'elle ait négligé de me dire qu'elle était encore dans son engin.

J'avais commencé par m'inquiéter pour le chat, puis la pelleteuse, quand voilà qu'elle était coincée dans une pelleteuse tombée dans un fossé.

« Je pense que oui, dit Carrie avec un soupir. Herman me regarde par la fenêtre. J'ai un peu mal à l'épaule.

—   Est-ce que vous voulez bien me donner

quelques informations de base pendant que l'équipe de secours se dirige vers vous ?

— Oui, oui. » répondit Carrie avec un autre soupir.

J'entendais les portes du garage s'ouvrir à l'arrière de la caserne de Willow Brook et les sirènes retentir. En quelques secondes, une ambulance passait devant les vitres avant avec un camion de pompiers dans son sillage.

Carrie était remarquablement calme et me donna ses informations avec quelques soupirs ici et là. Je sentais qu'elle était plus ennuyée par sa situation que par moi.

J'entendis l'un des membres de l'équipe annoncer par radio qu'ils seraient là dans les trois minutes. J'étais la seule opératrice de la caserne de Willow Brook. Bien que Willow Brook soit une petite ville d'Alaska, nichée dans une vallée au pied des montagnes, sa proximité avec Anchorage et son emplacement central dans l'État faisaient de ses pompiers l'une des plaques tournantes de l'État. Il y avait deux équipes d'urgences formées au milieu sauvage, basées à Willow Brook, ainsi qu'une équipe locale. Les trois équipes étaient parfaitement entraînées à lutter contre les incendies, ce qui nécessitait un entraînement intensif et un travail épuisant. Les équipes de milieu sauvages étaient envoyées sur les incendies les plus dangereux et les plus reculés du pays. La géographie tentaculaire de l'Alaska se prêtait à de nombreux incendies. Les équipes de Willow Brook restaient principalement en Alaska, mais elles allaient aussi partout où elles étaient appelées. Quand elles n'étaient pas au fin fond de la forêt pour lutter contre un incendie, elles s'occupaient de tout ce qui arrivait ici.

Je discutai avec Carrie jusqu'à ce que j'entende

l'équipe arriver. Dès que je raccrochai avec elle, mon autre ligne fit un bip, m'indiquant que quelqu'un de l'équipe appelait.

« Oui ?

— Hé Maze, quelle est l'urgence ? Le chat ou la pelleteuse ? » demanda Beck Steele.

Au moment où il parla, je m'énervai. Beck m'agaçait invariablement. Je pouvais pratiquement le voir sourire. Je serrai les dents et me dis que je resterais calme et professionnelle.

« Ni l'un ni l'autre. Carrie, la femme qui appelle, est coincée dans la pelleteuse. Vous n'y êtes pas là ? demandai-je, fière de ne pas avoir élevé la voix.

— Pas encore. L'équipe dit qu'elle va bien au fait. Ça te dérange de me dire ce que ça a à voir avec un chat ?

— Son chat était dans un arbre. Elle a utilisé la pelleteuse pour le faire descendre, puis la pelleteuse a basculé dans un fossé, expliquai-je.

— Bien sûr. Parce qu'il est parfaitement logique d'utiliser une pelleteuse pour sortir un chat d'un arbre. » déclara-t-il avec un petit rire, sur un ton sec.

Quelle que soit la situation, Beck réussissait à m'embêter. Avant même de m'en rendre compte, je défendais la situation.

« Ce n'est pas la pire des idées. Je veux dire, elle a fait descendre Herman de l'arbre, répliquai-je.

— Herman ?

— Le chat. Il s'appelle Herman. » expliquai-je.

Un autre petit rire de Beck fit vriller mon estomac. J'avais chaud et ça me piquait de partout et je discutais bêtement de l'intelligence d'utiliser une pelleteuse pour sortir un chat d'un arbre.

« Tu as besoin d'autre chose de ma part ? craquai-je.

— Nan. Super conversation, Maze. » répondit-il.

La ligne se coupa dans mon oreille. J'aurais pu jurer qu'il m'appelait comme ça juste pour me faire chier. Je secouai la tête pour penser à autre chose qu'à lui, j'ajustai mon casque et entrai l'appel dans notre système de données. J'étais inhabituellement curieuse de savoir comment allait Carrie. L'attitude imperturbable de Carrie me touchait et me donnait envie d'être certaine qu'elle irait bien.

Je répondis à quelques appels de plus pendant que l'équipe était sortie. Ils étaient encore absents après une heure, et le centre d'appels d'Anchorage prit le relais pour que je fasse une pause. Je n'avais toujours pas eu de nouvelles de l'équipe et j'espérais que Carrie allait bien. J'avais compris que ce n'était pas utile que les équipes m'appellent pour me tenir au courant, donc je ne pouvais qu'attendre. J'éteignis mon ordinateur et me dirigeai vers la zone arrière.

Deux de nos équipes étaient au milieu de nulle part à faire face à deux incendies différents dans la campagne d'Alaska. Avec le reste de l'équipe en mission, l'arrière de la station était désert. Je me sentais sale après une matinée à changer l'huile du vieux pick-up que Gram, ma grand-mère, m'avait laissé. Un autre avantage de travailler à la caserne était l'accès aux énormes ponts élévateurs et à tous les outils du monde. Les équipes s'occupaient de leur propre maintenance. Parmi les trois équipes, il n'y avait qu'une seule pompière, Susannah Gilmore. C'était aussi l'une des rares amies que j'avais. Dernièrement, elle m'avait appris à changer l'huile dans ma voiture, alors j'avais essayé par moi-même ce matin quand il n'y avait personne. J'aurais aimé qu'elle ne soit pas sur le terrain parce que je ne me sentais pas assez à l'aise pour demander à l'un des gars si j'avais bien fait les choses.

Que j'aie changé l'huile correctement ou non, j'avais besoin d'une douche. J'essayais de trouver quoi faire à propos de mon chauffe-eau cassé depuis plus d'une semaine maintenant. Prendre une douche froide était une horreur, alors je profitais des douches ici chaque fois que je le pouvais. Je préférais le faire quand il n'y avait personne, donc je prévoyais de faire vite. L'équipe n'avait pas encore annoncé par radio qu'ils étaient sur le chemin du retour, je pensais donc que j'avais un peu de temps.

Pendant quelques minutes, je savourais l'eau bouillante qui se déversait sur moi. La pression de l'eau ici était phénoménale. Je me demandais si je pouvais trouver un moyen d'avoir ce genre de pression chez Gram. Mon cœur eut un petit pincement. C'était techniquement ma maison parce que Gram me l'avait laissée quand elle était morte, mais je n'arrivais toujours pas à la considérer comme mienne. Elle lui ressemblait trop. Je secouai la tête et attrapai le savon, me frottant partout rapidement. J'étais en train de rincer le shampooing de mes cheveux quand j'entendis une voix.

« Qu'est-ce que... »

J'ouvris les yeux et vis Beck debout dans l'entrée des douches. J'avais peut-être oublié de mentionner que Beck était l'homme le plus sexy et le plus beau que j'aie jamais vu de ma vie. Il se tenait là dans toute sa gloire. Il portait toujours son équipement, mais avait enlevé sa chemise. Ses boucles noires étaient sauvages, et il avait des stries de saleté sur les joues et les bras. Sa poitrine était une œuvre d'art – tous ses muscles luisants, chaque centimètre carré pratiquement taillé dans la pierre. Sa combinaison résistante pendait sur sa taille, incitant mes yeux à regarder plus bas.

Je le regardais si bêtement que j'oubliai momentanément que j'étais complètement nue. Les yeux de Beck étaient écarquillés et sa bouche était grande ouverte. Il la ferma d'un coup sec et ses yeux – ces magnifiques yeux verts, lourds de sous-entendus – me scrutaient. Si je ne le connaissais pas mieux, j'aurais peut-être pensé que son regard s'assombrissait de désir. Mais c'était fou, et j'étais nue.

Chapitre Deux

BECK

Maisie Rogers se tenait sous les douches – son corps délicieux était nu devant moi, je n'avais qu'à admirer. Je n'aurais pas pu empêcher mes yeux de faire un détour à chaque virage si je l'avais voulu. Des bulles de savon coulaient sur sa peau. J'avais envie d'être chaque bulle, caressant chaque centimètre de sa peau.

Bon sang. J'étais coincé sur place. Ses boucles brunes et foncées étaient humides et tombaient sur ses épaules, l'eau les allongeant presque, mais elles étaient trop sauvages pour être apprivoisées. Ses grands yeux marron étaient comme deux soucoupes. Oh, j'aurais pu deviner que Maisie avait un corps à tomber par terre, mais elle le cachait toujours sous ses t-shirts et ses jeans. Ses seins, oh mon Dieu, ses seins. Ils étaient ronds et rebondis avec des mamelons rose foncé. J'étais à environ dix mètres d'elle, donc je ne pouvais pas en être certain, mais j'étais à peu près sûr que ses mamelons se serraient alors que je restais là et la regardais bouche bée.

Sa taille s'incurvait et ses hanches s'évasaient. Ma bite devint dure en une seconde. Je pouvais instantanément imaginer saisir ces hanches, sa chair douce s'effondrer et m'enfoncer en elle. Soudain, elle couina et se retourna. Si elle pensait que ça aiderait, c'était une erreur. Ses fesses étaient tout aussi délicieuses que le reste. Je n'avais jamais aimé les femmes minces. Elles étaient trop, eh bien, minces. J'aimais pouvoir m'accrocher à quelque chose. Maisie avait des courbes infinies, beaucoup de choses à quoi s'accrocher.

« Ça va, je te dérange pas ?! » cracha-t-elle en me tournant le dos.

Sa voix était étouffée par l'eau, mais son attitude acerbe ressortait haut et fort. Chaque fois qu'elle était comme ça avec moi, il m'était impossible de résister à l'envie de la taquiner.

« Tu ne me déranges pas du tout. Pas du tout. » répliquai-je, laissant mes mots traîner en longueur.

Je disais la vérité. Je pourrais rester là toute la journée à la regarder. Si ma bite avait son mot à dire, je ferais bien plus que de regarder.

« Oh mon Dieu, marmonna-t-elle. Beck, s'il te plaît. »

Plus tôt, elle n'avait pas l'air énervée. Elle avait l'air affligée, et ce n'était pas drôle. Il me vint soudainement à l'esprit que le reste de l'équipe serait ici d'une seconde à l'autre. Je ne voulais pas que quelqu'un d'autre la surprenne comme ça. Je m'étais toujours senti protecteur envers Maisie, quand elle ne me rendait pas fou, mais maintenant je me sentais possessif. Je ne voulais pas que quelqu'un d'autre voie à quel point elle était magnifique.

« Je sors. Je vais tenir l'équipe à distance. » dis-je en forçant mes pieds à bouger et à sortir.

Un peu plus tard, après m'être douché avec le reste de l'équipe, je me dirigeai vers l'accueil. Je pensais que ce serait mieux si Maisie et moi prenions les devants et évitions le moment gênant. Je poussai la porte battante et la trouvai avec ses yeux studieusement concentrés sur son ordinateur.

Quand elle avait commencé à travailler ici, elle était assez garce avec les équipes, mais elle était stable et professionnelle pendant les appels. Nous l'avons donc gardée, en partie pour ça et en partie par loyauté envers sa grand-mère. Carol Rogers était notre principale administratrice depuis des décennies. Lorsqu'elle avait demandé au chef de la police d'embaucher Maisie, il avait immédiatement accepté. Maisie était une travailleuse acharnée et je la respectais pour ça. J'avais réussi à garder le contrôle du désir sous-jacent que je ressentais pour elle depuis deux bonnes années maintenant. La voir sous la douche n'allait pas aider cette cause.

J'appuyai mes coudes sur le comptoir entourant son bureau.

« Donc, Carrie Dodge va bien. » dis-je, pensant que si je commençais par quelque chose de neutre et de normal, ça nous permettrait peut-être de passer outre toute gêne.

Maisie leva les yeux.

« Oh super ! Vous y avez passé un moment. Qu'est-ce qu'il s'est passé ? »

Je ris.

« La majeure partie du travail consistait à mettre la pelleteuse dans une position sûre pour pouvoir sortir Carrie. Elle s'est cassé la clavicule et le coude, alors ils l'ont transportée à l'hôpital. Je ne sais toujours pas comment elle a réussi son coup, mais cette fichue pelleteuse était sur le côté. Si elle n'avait pas été dedans, ça n'aurait pas été grave, mais elle était coincée dans la cabine, alors il fallait faire attention. Ça a demandé quelques ajustements fins. »

Maisie sourit.

« Tu aurais dû l'entendre quand elle a appelé. Elle n'a dit qu'elle était dans la pelleteuse qu'au bout de quelques minutes.

— Ça ne me surprend pas du tout. Carrie a l'habitude de s'occuper des choses elle-même. Elle était plus énervée d'avoir besoin d'aide qu'autre chose.

— Eh bien, je suis contente qu'elle aille bien. »

Après ça, Maisie regarda son ordinateur et joua avec un bracelet autour de son poignet. Ses dents attrapèrent sa lèvre inférieure, la mordant légèrement. Oh putain. Mon grand plan pour passer au-dessus de tout s'envola en fumée. Deux ans à essayer d'ignorer mon attirance pour Maisie et maintenant je savais exactement à quoi elle ressemblait – chaque glorieux centimètre.

« Je ne voulais pas te surprendre sous la douche. D'ailleurs, pourquoi t'as besoin de te doucher ici ? »

Ça y est, mes mots avaient dépassé mes pensées, parlant du seul sujet que je préférais éviter.

Ses joues devinrent roses et elle garda ses yeux fixés sur son écran d'ordinateur.

« Mon chauffe-eau est cassé. » marmonna-t-elle.

Parfait. Quelque chose sur lequel se concentrer autre que Maisie nue et ma bite dure.

« Eh bah, pourquoi tu ne le répares pas ? » je posai la question assez évidente.

Ses grands yeux marron se posèrent à nouveau sur les miens. Mince. Elle était magnifique, et elle ne semblait pas le savoir. Elle avait des boucles brunes sauvages qu'elle réussissait à peine à garder en une queue de cheval, avec de grands yeux bruns et des cils épais qui frôlaient ses joues. Sa peau claire était parsemée de taches de rousseur.

« Je ne savais pas à qui demander, dit-elle enfin.

— Bah, Maisie. Chacun d'entre nous ici serait heureux de t'aider. Et si je passais demain ? Je vais jeter un œil et voir si je peux voir ce qui cloche. Et sinon, je t'aiderai à en installer un nouveau. »

Elle jouait avec cette lèvre inférieure de ses dents légèrement tordues, juste assez tordues pour lui donner un sourire franchement attachant quand elle choisissait de vous laisser le voir.

« J'ai peur que ça coûte trop cher. » dit-elle enfin.

Ah. Je compris. Maisie se débrouillait avec ce qu'elle gagnait, et je doutais qu'elle ait des économies. Autant que je sache, elle était toute seule depuis le décès de sa grand-mère. Mon cœur fit un drôle de battement. Je l'ignorai.

« Commençons par voir si je peux le réparer, d'accord ? »

Elle croisa mon regard, ses joues toujours roses, et finalement hocha la tête.

« D'accord. »

Je m'éloignai du comptoir et commençai à sortir, sa voix me rattrapant juste avant que je ne franchisse la porte.

« Beck ? »

Je jetai un coup d'œil en arrière.

« Merci. » dit-elle.

C'est tout ce qu'elle dit, mais elle ajouta un sourire. Ça me demanda toute ma force de ne pas faire demi-tour, marcher droit vers elle et l'embrasser.

Chapitre Trois

MAISIE

J'essuyai le plan de travail de la cuisine et accrochai le torchon sur la poignée du four avant de jeter un dernier coup d'œil à la pièce. La cuisine de Gram était lumineuse et aérée et s'ouvrait sur un salon avec une vue imprenable sur le lac des Cygnes et Denali au loin. Denali était la pièce maîtresse de l'Alaska et le plus haut sommet d'Amérique du Nord. Gram avait fait construire cette maison pour profiter pleinement de la beauté naturelle qui l'entoure. La cuisine et le salon faisaient face au lac et aux montagnes avec des baies vitrées s'étendant jusqu'au deuxième étage. Un balcon était accroché au mur du fond avec un petit couloir qui menait vers deux chambres et une salle de bain. Même pendant les courtes journées d'hiver, les fenêtres laissaient entrer tout le soleil possible.

La cuisine avait un îlot central incurvé qui la séparait du salon avec un comptoir en granit vert sauge et des appareils électroménagers en acier inoxydable neufs. Le sol en bouleau clair apportait une luminosité supplémentaire à l'espace avec des touches de couleur dans les tapis multicolores dispersés dans le salon.

Tout ici appartenait à Gram. Elle avait rénové cette maison quelques années seulement avant son décès, c'est pour ça qu'elle était si moderne. L'extérieur était en cèdre avec une terrasse qui s'enroulait sur trois côtés de la maison, permettant de s'asseoir dehors et de regarder le lac, le champ d'à côté avec ses fleurs ou la forêt avec ses feuilles grasses.

C'était le plus bel endroit où j'avais jamais vécu. De loin. Je n'avais que de bons souvenirs de mes visites d'enfance ici. Ma mère était décédée d'une crise cardiaque quand je n'avais que trois ans. Elle avait une anomalie du ventricule congénitale non diagnostiquée. Mon père était un père accidentel. Il se trouvait qu'il était mon père, mais c'était à peu près tout. Je ne savais pas pourquoi il ne m'avait pas simplement confiée définitivement à Gram, mais il ne l'avait jamais fait. Il avait préféré me traîner derrière lui comme une valise oubliée à la place. Nous n'avons jamais vécu plus d'un an au même endroit. Au moment où j'ai commencé le lycée, j'ai arrêté d'essayer de me faire des amis parce que ça n'en valait pas la peine.

Quelques années plus tard, nous voilà ici. Gram était morte et m'avait laissé tout ce qu'elle possédait il y a deux ans. Comme ma mère était sa fille unique, j'étais son seul parent vivant. Même si je voyais Gram moins d'une fois par an, elle avait été le pilier de ma vie. Quand j'avais appris qu'elle était malade, j'avais rassemblé chaque centime que j'avais pour prendre un vol entre la Californie et l'Alaska. J'avais passé quelques semaines avec elle pendant qu'elle recevait des soins palliatifs. Je venais ici uniquement pour voir Gram. Je n'avais aucun plan et plus d'argent quand elle est morte.

J'avais été choquée d'apprendre qu'elle m'avait tout laissé. « Tout » c'est-à-dire cette maison et les cinq hectares qui l'entourent, un pick-up, une voiture, tout l'équipement du garage et tout dans la maison. J'avais également hérité d'une autre trentaine d'hectares dans une réserve protégée et qui resteraient à jamais inexploités pour autant que je sache. L'avocat de Gram m'avait informé qu'elle avait également mis en place un héritage pour moi, mais je ne pouvais accéder à rien avant l'âge de trente-cinq ans. Je me fichais complètement de cet argent.

L'après-midi où j'avais appris tout cela m'avait coupé le souffle. J'étais entrée dans le bureau de cet avocat, traînée par le chef de la police, Rex Masters, et Janet James, tous deux amis de Gram. J'étais fauchée et je n'avais nulle part où aller parce que je n'avais pas assez d'argent pour rentrer en Californie. J'étais repartie une heure plus tard avec plus que ce que je n'avais jamais imaginé. Pour couronner le tout, le chef Masters m'avait proposé l'ancien poste de Gram à la caserne. À ce jour, j'étais à peu près sûre que Gram le lui avait demandé, mais ça ne me dérangeait pas. J'avais besoin d'un travail. Vraiment.

Par miracle, j'avais de bonnes notes à l'école et j'avais décroché une bourse pour une université locale. Avant de venir ici, j'avais réussi à obtenir un diplôme en biologie et j'avais travaillé dur dans un café pendant mes études d'ambulancière. Le salaire du café n'était pas énorme. Je ne gagnais pas des mille et des cents en tant qu'opératrice pour la caserne, mais c'était des horaires réguliers et j'avais des avantages en nature. Ce travail s'avérait être la solution idéale pour moi. Ma vie était maintenant plus stable qu'elle ne l'avait jamais été.

Je regardai la maison de Gram et me demandai de quel œil Beck la verrait. Rien que de penser à Beck me donna chaud. J'avais failli mourir d'embarras quand il m'avait demandé directement pourquoi je prenais une douche à la caserne. J'avais espéré que nous pourrions prétendre qu'il ne m'avait jamais vue cul nu. Puis il s'était lancé et avait proposé de venir m'aider avec le chauffe-eau.

Je n'avais pas tout à fait compris comment *être* à Willow Brook. J'avais l'habitude d'être l'intrus et de ne compter que sur moi-même. De toujours m'occuper de mes affaires, de ne jamais être assez longtemps au même endroit pour que quelqu'un se soucie de moi. Mais ici, tout le monde connaissait Gram. Et même s'ils me connaissaient à peine, ils agissaient comme si j'étais une vieille cousine. C'était un peu bizarre pour moi. Je savais qu'ils voulaient être gentils, mais je n'y étais pas habituée et je n'avais pas l'impression de l'avoir mérité.

Mes yeux se posèrent sur l'horloge, une horloge fantaisiste avec un corbeau noir audacieux en toile de fond et le croassement d'un corbeau quand l'horloge sonnait. *Oh merde.* Beck serait là d'une minute à l'autre.

Calme-toi minette. Il est juste là pour réparer ton chauffe-eau.

Ouais, mais il m'a vue nue. Totalement nue.

Et OMG, il est canon.

Je n'avais pas oublié la vue de son torse nu. Bon sang, je fantasmais sur son torse depuis que je l'avais vu hier. Je pourrais sérieusement tenter ma chance juste pour avoir chaque centimètre carré de son torse collé à moi. La chaleur monta dans mon ventre rien que d'y penser. *Oh merde.* J'avais besoin de me reprendre. Beck ne serait jamais intéressé par moi. Il était bien trop beau pour moi. Mon Dieu, il était fait pour être sur un calendrier. J'étais juste moi, une fille normale.

J'avais besoin d'arrêter d'en pincer pour lui. Il était gentil et tout, mais c'était un dragueur. Je connaissais sa réputation. Il préférait l'été parce qu'il pouvait sortir avec une nouvelle femme chaque semaine, avec l'affluence de touristes. Pour autant que je sache du moins.

Je me secouais mentalement. Penser à Beck autrement que comme un gars avec qui je travaillais était une mauvaise idée. Techniquement, c'était l'un de mes patrons. Les chefs de brigade et les trois chefs d'équipe étaient ceux qui dirigeaient la caserne. La seule raison pour laquelle il était là était pour m'aider avec le chauffe-eau. C'était tout. Je voulais vraiment retrouver mon eau chaude. Même si j'avais tout ce dont j'avais besoin, je n'avais pas beaucoup d'argent de côté, donc je me demandais quoi faire.

Un coup sec me sortit de mes pensées. Je me retournai et me précipitai vers la porte de la cuisine. En l'ouvrant, mon souffle s'arrêta à la seconde où je vis Beck. Ses boucles noires froissées brillaient sous le soleil éclatant de fin d'après-midi. Ses yeux verts se plissèrent dans les coins avec son sourire perpétuellement charmant. Il affichait ce sourire assez généreusement, alors je ne supposais jamais qu'il m'était destiné. Beck flirterait probablement avec un rocher s'il en avait l'occasion.

« Hey Maze. » dit-il en passant devant moi.

Il était la seule personne à utiliser ce surnom avec moi. Je le détestais et l'adorais.

Mes yeux se posèrent sur sa moto, le soleil brillait sur le guidon. Sa moto convenait à sa personnalité : simple et noire, et elle avait clairement vu beaucoup d'action. Pas une moto décorative pour ce gars.

Beck portait un t-shirt bleu marine délavé avec un jean noir et des bottes en cuir cabossé. Ses muscles durcis étaient facilement visibles. C'était le genre de gars qui avait un corps à tomber, mais pas pour de la gonflette.

Simplement grâce à son mode de vie et à sa façon d'être. Les pompiers en milieu sauvage étaient les plus durs des durs. Leur travail exigeait qu'ils restent en parfaite forme physique à tout moment. C'était une question de vie ou de mort quand ils étaient en campagne, livrés à eux-mêmes et à leur équipe pour gérer des conditions exté-nuantes et un travail brutal pendant des jours.

Il appuya sa hanche contre le comptoir, il tenait lâchement un sac à outils en toile. Il jeta un coup d'œil autour de lui, son sourire s'estompa.

« Merde, je ne suis pas venu ici depuis que Carol est partie. C'est exactement pareil. » murmura-t-il, ses yeux se tournant vers moi.

Je déglutis et essayai de ne pas grimacer. Mon Dieu, il me mettait dans tous mes états avec une telle facilité. Mon ventre se tordit quand ses yeux croi-sèrent les miens. D'une manière ou d'une autre, le fait qu'il m'ait vue complètement nue rendait tout trop intime pour que je sois à l'aise. Je n'étais pas prude, mais ça m'agaçait énormément que ce soit Beck qui m'ait surprise sous les douches. N'importe lequel des autres gars m'aurait gênée, mais je l'aurais vite oublié. Il n'y avait que Beck qui me mettait dans cet état-là.

Je réussis à hocher la tête quand il continua à me regarder.

« Oui, je n'ai vraiment rien changé. Aucune raison de le faire. »

Il resta silencieux un instant puis haussa une épaule.

« J'imagine que non. Elle te manque ? »

Sa question me prit au dépourvu, mais je hochai la tête avant d'y penser.

« Oui, oui. Bien sûr. »

Il resta silencieux, le regard sombre. J'essayai de

me rappeler d'une autre situation dans laquelle j'aurais vu Beck réussir à être sérieux. Rien ne me venait à l'esprit.

« Je suis désolé, dit-il enfin. C'est triste de perdre quelqu'un qui compte beaucoup. Carol était une grand-mère pour nous tous à la caserne. Elle me manque aussi. »

J'avais entendu de nombreuses variantes de ce commentaire de la part de nombreux gars de la station. Ça me rendait fière et triste à la fois – fière de savoir qu'elle avait eu un tel impact sur tant de vies et triste de ne pas avoir pu passer plus de temps avec elle. C'était une évidence que tous ceux qui avaient été dans son cercle à Willow Brook l'avaient vue beaucoup plus que moi.

Les caprices du hasard avaient mis ma mère sur le chemin de mon père, un homme libre et aventureux. Je ne pouvais qu'imaginer à quel point elle avait dû être attirée par lui. Elle n'avait que dix-huit ans, une jeune femme cherchant à déployer ses ailes au-delà du petit monde de Willow Brook. Je ne l'avais jamais vu autrement qu'un homme irresponsable et plutôt enfantin. Mais j'avais vu tant de femmes défiler dans sa vie, toutes facilement séduites par son charme et sa façon de présenter sa vie comme une aventure glamour. En bref, ma mère est tombée face au désir ou à l'amour et est morte loin de Willow Brook. Ça m'a laissée avec mon père. J'aurais vendu mon âme pour plus de temps avec Gram, mais au moins j'avais eu quelques semaines avec elle avant sa mort. Je ne pensais pas qu'elle avait pu imaginer l'ampleur du cadeau qu'elle m'avait fait en me laissant sa maison. Ne serait-ce que parce que je n'avais jamais eu d'endroit où m'ancrer avant ici. Elle avait toujours été la personne

que je considérais comme mon port d'attache et maintenant son port était le mien.

Je n'avais pas réalisé que j'étais là, perdue dans mes
pensées sur Gram. Beck s'éclaircit la gorge. Je ramenai
mes yeux vers les siens, momentanément surprise par
la compréhension dans son regard. Je dus me creuser
les méninges pour me rappeler de la dernière chose
qu'il avait dite.

« Oui, j'imagine. Beaucoup de gars à la caserne
disent ça. Je ne suis pas vraiment comme ma grand-
mère. »

Il afficha un sourire ironique.

« Non, mais ce serait un peu bizarre si tu l'étais. On
t'aime comme tu es. Tu nous gardes en suspens, et tu
fais des supers brownies. Si Carol était toujours là, je
devrais lui dire que les tiens sont meilleurs. »

Je ne pus m'empêcher de rire. D'une manière ou
d'une autre, il avait parfaitement réussi à alléger le
moment. Il ne pouvait pas savoir que perdre Gram
avait voulu dire plus que simplement la perdre elle. Je
ne pouvais pas penser à elle sans que tout le reste de
mes problèmes réapparaissent directement dans mon
esprit.

« Bien, laisse-moi jeter un œil à ce chauffe-eau, dit
Beck, décollant sa hanche du comptoir et se dirigeant
vers le centre de la cuisine.

— Oui, c'est par ici. » dis-je, passant devant lui
jusqu'à la porte au fond de la cuisine.

La pièce contenait des toilettes, mon linge sale,
ainsi que le chauffe-eau actuellement cassé. Il passa
devant moi et commença rapidement à bidouiller des
trucs sur le chauffe-eau. La pièce était plutôt petite, ne
serait-ce qu'à cause du lave-linge et sèche-linge, et du
chauffe-eau. Même s'il y avait peu de place et que
j'étais parfaitement consciente que la présence de

Beck faisait bourdonner mon pouls et danser dans mon ventre, je voulais regarder et voir ce qu'il faisait. S'il arrivait à le réparer, je saurais comment le réparer moi-même la prochaine fois.

Après quelques minutes, il jeta un coup d'œil par-dessus son épaule, me lançant un sourire. Mon Dieu. Il fallait vraiment qu'il arrête de sourire. Ça mettait mon corps dans tous ses états. Maintenant par exemple, en l'espace d'une milliseconde, j'avais chaud partout et je savais que mes joues étaient roses. Pour la millième fois depuis que j'avais rencontré Beck, j'aurais aimé ne pas rougir si facilement.

« Facile à réparer. » annonça-t-il avant de se pencher en arrière sur ses talons et de prendre le sac à outils.

Même si mon corps faisait la même danse folle qu'il faisait toujours quand j'étais près de Beck, j'étais déterminée à savoir ce qui clochait.

« Qu'est-ce que c'est ? demandai-je en m'agenouillant à côté de lui et en regardant ce qu'il faisait.

— La résistance a grillé. J'en ai apporté une avec moi. » dit-il en sortant quelque chose de son sac.

Il bougea rapidement. Si je voulais voir, je devais regarder par-dessus son épaule, ce qui signifiait m'approcher trop près pour être à l'aise. Je me redressai et m'appuyai contre le mur, agacée de moi-même d'être si ridicule chaque fois que j'étais près de lui.

« Tu as l'air inquiète, Maisie, commenta Beck pendant qu'il faisait ses réparations. De quoi t'inquiètes-tu ? Tu auras de l'eau chaude dans l'heure.

— J'essayais de voir ce que tu faisais, pour pouvoir la réparer moi-même si ça recommence. » dis-je, me surprenant moi-même d'énoncer la simple vérité.

Je n'aimais pas être confrontée au fait que je faisais tout pour ne compter que sur moi-même.

Il termina ce qu'il faisait et ferma le panneau latéral du chauffe-eau. Alors qu'il se levait, il rangea ses outils dans son sac et jeta l'emballage de la fameuse « résistance » qu'il avait mentionnée dans la poubelle près de l'évier. Il me regarda. La salle de bain est passée de petite à minuscule. Sa présence était si... imposante. Il était tout *homme*, il en dégageait une aura forte.

Ses yeux d'un vert profond scrutèrent mon visage.

« Si ton chauffe-eau retombe en panne, je le réparerai. » dit-il simplement.

Pourquoi, oh pourquoi, mon pouls s'accéléra-t-il encore plus à ce commentaire ? J'essayais tellement de ne jamais avoir besoin de personne parce que, eh bien, la vie m'avait appris que ce n'était généralement pas un bon plan. Il y avait cette partie de moi que je ne connaissais pas jusqu'à maintenant, qui était ravie à l'idée que Beck soit là pour moi si j'avais besoin de lui. Même si ce n'était que pour un chauffe-eau. Même une toute petite chose comme ça venant de lui m'excitait. Très fort.

Chapitre Quatre

BECK

Maisie mordilla sa lèvre inférieure. Bon sang. Elle avait l'air tout agitée et inquiète et j'avais envie de faire quelque chose de ridicule comme la serrer dans mes bras. Bon, j'avais aussi envie de la baiser et j'avais eu du mal à me retenir de penser à son corps nu et chaud couvert de savon.

Elle était adossée au mur de la salle de bain, ses boucles tumultueuses relevées en une queue de cheval. Ses joues étaient rouges et ses grands yeux marron étaient plus larges que d'habitude. Je n'avais pas l'habitude d'être aussi secoué par une femme, je me sentais complètement démuni. Là, par exemple, heureusement que j'avais un sac à outils en main pour cacher ma bite dure. Je pouvais la sentir presser contre la fermeture éclair de mon jean.

J'étais ici pour une seule raison : réparer son chauffe-eau. C'était fait et il fallait maintenant partir. Mais au lieu de ça, j'étais très conscient que c'était la première fois que j'étais vraiment seul avec Maisie. Bien sûr, j'avais eu des moments dans la caserne où les autres n'étaient pas avec nous, mais quelqu'un était toujours à proximité. Même quand je l'avais vue nue, délicieuse et chaude comme pas possible dans les douches hier, le reste de mon équipe était juste dans la pièce d'à côté.

Mais à l'instant, il n'y avait que Maisie et moi. Elle portait un t-shirt gris avec une fleur violette brillante au centre et un pantalon en coton noir évasé. Rien de spécial, vraiment. Mais c'était Maisie et elle avait des courbes de folie, des courbes que je connaissais avec précision dans mon esprit maintenant. Ses seins tendaient le t-shirt et ses hanches luxuriantes remplissaient ce pantalon en coton. Je voulais en saisir le cordon qui pendait à sa taille et l'enrouler contre moi.

Mon corps devait être en avance sur mon cerveau car avant que je m'en rende compte, c'est ce que j'avais fait. Ma trousse à outils tomba sur le sol alors que j'attrapais ce fin cordon de coton et la tirais plus près de moi. Je n'eus pas à tirer longtemps car il n'y avait pas beaucoup d'espace entre nous.

Son souffle lui échappa en une petite bouffée, ses yeux s'agrandirent et ses joues rougirent couleur cerise. Oh, c'était parfait. En l'espace d'une seconde, ses courbes se plaquèrent contre moi. Je ne pensais pas avoir tout à fait réalisé jusqu'à maintenant depuis combien de temps j'avais eu envie d'elle, car je gémis presque quand elle se cogna contre moi. C'était un choc doux et ces courbes — ai-je mentionné combien de temps j'avais fantasmé sur ses courbes ? — s'offrirent facilement. Elle était toute douce contre moi. Il n'y avait rien de doux en moi, et ma bite ne l'était certainement pas en ce moment. La sensation de son corps contre le mien envoya une autre injection de sang directement dans mon aine.

« Ah, là, murmurai-je. Juste là où je te veux. »

Mon ton était taquin, et c'était vrai, mais dans le

fond, j'étais très sérieux. Deux ans de torture à la voir presque tous les jours. La voir nue hier m'avait bouleversé.

« Beck, qu'est-ce que tu fais ? » demanda-t-elle dans un murmure féroce.

Si elle voulait me repousser, elle n'essayait même pas. Son pouls battait dans son cou. Je ne pensais pas vraiment, pas avec mon cerveau en tout cas. Au lieu de cela, je laissai mes yeux dériver sur son visage. Elle avait ces minuscules taches de rousseur dispersées partout sur ses joues et son nez. Ses cils épais et recourbés frôlaient ses joues.

« Hum, quelque chose que je voulais faire depuis longtemps. » murmurai-je, passant ma main du cordon à sa ceinture et glissant ma paume lentement le long de sa colonne vertébrale.

Une autre petite bouffée d'air et ses yeux se plissèrent. Oh super. Ne me demandez pas pourquoi, mais voir Maisie s'énerver m'excitait. J'adorais ça, putain.

« Beck, c'est... »

Ses mots se terminèrent par un hoquet lorsque je baissai la tête et cédai finalement à l'envie de la goûter. La peau de son cou était rouge et si tentante que j'avais besoin d'y déposer quelques baisers. Puis j'avais besoin de trouver mon chemin jusqu'à sa bouche en l'entendant gémir.

Sa bouche était aussi délicieuse que je l'avais imaginé – des lèvres charnues qui cédèrent à la seconde où je plaquais ma bouche sur la sienne. Je perdis tout sens au-delà de la sensation d'elle dans mes bras, toutes ses riches courbes contre moi.

Elle se tendit un instant avant de se ramollir contre moi et de gémir dans ma bouche. Je l'appuyai contre le mur alors que le besoin me submergeait. Bon sang, elle était bonne. Elle ne se retint pas, mais je ne m'attendais pas à ce qu'elle le fasse. Maisie était une femme audacieuse et pleine d'opinions. Elle me rendait fou avec sa façon de discuter chaque petit détail au boulot, mais à ce moment, elle pouvait être aussi impétueuse qu'elle le voulait.

Notre baiser passa d'un point de contact éclair à une étreinte chaude, humide et sauvage. Sa langue faisait la guerre à la mienne et bordel, ses mains commençaient à visiter mon corps. Je le remarquai à peine parce que j'étais très occupé de mon côté. Je fis ce que je voulais faire depuis trop longtemps et mis ma paume sur ses fesses, la tirant fort contre moi. Ses fesses, si rondes et coquines, reposaient incroyablement bien dans ma main. Je gémis dans sa bouche quand elle roula ses hanches contre moi. C'était trop parfait et encore mieux que ce que j'aurais pu imaginer.

Je ne pus m'empêcher de glisser ma main libre sur la courbe douce de son ventre pour prendre l'un de ses seins – plein et doux, il était lourd dans ma main. Ses tétons étaient des petits points tendus. J'en roulai un entre mes doigts et je souris contre ses lèvres quand elle gémit. Je remontai son haut parce que j'avais besoin, jusqu'à la folie, de sentir sa peau. Elle était chaude au toucher. Lorsque je fis glisser mes lèvres le long de son cou, une chair de poule s'éleva à mon contact, et elle frissonna contre moi, son souffle sortant en un soupir rugueux.

J'enfonçai ma bite dans le sommet de ses cuisses parce que j'étais proche du point de rupture. Cette femme m'avait rendu complètement fou – plus d'une fois – pendant deux foutues années. Voir son cul nu hier avait cassé la corde. Je retirai mes lèvres de son cou parce que j'avais besoin de la voir. Avec son haut relevé, j'étais surpris de découvrir qu'elle portait un soutien-gorge en dentelle noir transparent. Ses tétons étaient tendus contre la dentelle. J'observai l'évasement de ses hanches, la courbe douce de son ventre et ses seins ronds et parfaits, salivant pratiquement à la vue de son corps.

Ma bite était si dure qu'elle me faisait mal. Je levai les yeux pour trouver les siens sur moi – larges, sombres et remplis de désir. L'air autour de nous était lourd. Ses joues étaient rouges et son souffle était saccadé.

Elle secoua la tête, fermant brièvement les yeux. Ils s'ouvrirent brusquement et elle me lança un regard noir.

« Qu'est-ce que tu fais ? » demanda-t-elle, la voix rauque.

Je sentis qu'elle essayait de trouver son côté garce. Croyez-moi quand je vous disais que quand Maisie voulait être vache, elle excellait.

« Je t'embrasse. N'essaie même pas de me dire que tu n'aimes pas ça. » répliquai-je rapidement.

Je n'allais pas lui dire à quel point j'étais mordu, mais je pouvais toujours me rabattre sur du flirt. C'était ma spécialité.

Ses yeux se plissèrent. Elle commença à dire quelque chose puis ferma brusquement la bouche, ses lèvres se serrant en une ligne silencieuse.

Elle prit une profonde inspiration. Parfaite, putain. Sa respiration poussa ses seins contre ma poitrine. Ses mamelons étaient toujours durs, et je pinçai légèrement celui que je tenais entre mes doigts.

Elle bougea rapidement, me poussant un petit peu et se glissant entre le mur et moi. En passant la porte, elle baissa son t-shirt, mais je pus quand même profiter de la vue de ses fesses se balançant à chaque pas. Je me fichais qu'elle remarque ma bite dure dans mon jean, j'attrapai mon sac à outils et la suivis.

Elle se tenait au centre de la cuisine avec les bras étroitement croisés et les yeux brillants.

« Ça n'aurait pas dû arriver. » annonça-t-elle d'un ton aigu.

Plus elle était énervée, plus j'avais envie de l'embêter. Maisie me donnait envie d'être insolent de la meilleure façon possible.

Je posai une main sur l'îlot et arquai un sourcil.

« Pourquoi pas ? Ne commence pas à me dire que ça ne t'a pas plu. » dis-je avec un clin d'œil.

Elle serra les bras et tapota le bout de sa chaussure sur le sol.

« D'accord. C'était juste un baiser. Ne sois pas aussi arrogant sur le fait que tu embrasses bien. » rétorqua-t-elle, son ton défensif.

Je la dévisageai, une réponse arrogante sur le bout de ma langue. Je voulais lui dire que je savais à quel point j'embrassais bien. Bon sang, j'avais fait du baiser une forme d'art. J'aimais les femmes et j'aimais m'amuser. Je savais qu'une chose que les femmes aimaient était un sacré bon baiser. Je n'étais pas un gars rapide. Non. Je mettais tout en œuvre pour m'assurer que chaque femme avec qui je couchais repartait entièrement satisfaite.

Mais je ne fis pas de remarque sarcastique comme j'en avais envie car mon cœur fit une drôle de chose en croisant les yeux de Maisie. Elle avait l'air inquiète et embarrassée, mais elle essayait vraiment de le cacher. Mon cœur se serra et bon sang je voulais vraiment la serrer dans mes bras. Pourquoi est-ce que j'avais tout le temps envie d'embrasser Maisie ? Je n'étais vraiment pas habitué à vouloir protéger quelqu'un comme ça, un besoin de réconfort que seule Maisie suscitait en moi.

« Hé, je t'embête, je déconne c'est tout. Tu le sais ça, hein ? » demandai-je, ma voix se cassa alors que j'avalais la douleur dans ma poitrine.

Ses yeux étaient brillants et humides, et l'espace d'un instant, je me demandai si j'y voyais des larmes. C'était impossible, alors j'ignorais cette pensée.

Elle hocha la tête rapidement.

« Je sais. Tu déconnes toujours. Tout est une blague pour toi. C'est pour ça que ça n'aurait pas dû arriver. Tu es presque mon patron, et j'ai besoin de garder mon job. Je ne suis pas comme les filles avec qui tu sors tout le temps. Je ne serai pas que de passage en ville. Alors je ne vais pas être ridicule et prétendre que je n'ai pas apprécié ce baiser, mais ne joue pas avec moi. D'accord ? »

Elle était complètement sérieuse, ses yeux me suppliaient presque. Je me sentais soudainement terriblement mal, mais j'étais confus. Ça aurait dû être facile pour moi de hocher la tête et de lui promettre que ça ne se reproduirait plus jamais. Le problème était que tout ce à quoi je pouvais penser étaient nos corps nus l'un contre l'autre.

Je la regardai et je demandai à mon esprit de se tenir. Je voulais la taquiner parce que c'est comme ça que je gérais tout malaise. Mais je savais que ce serait une très mauvaise idée en ce moment.

« Ouais. Je comprends. Je n'essayais pas de jouer avec toi. Pour info, je ne suis pas un con, tu sais ?

— Je sais. C'est juste... elle s'arrêta et se mordit la lèvre. Ne m'embrasse pas, d'accord ? »

Ça n'avait pas de sens, mais son attitude me touchait. Je devais surpasser l'envie de l'embrasser à nouveau, ne serait-ce que pour désobéir. J'avais assez de bon sens pour savoir que c'était une mauvaise idée.

« Dis-moi pourquoi c'est un problème. » répliquai-je, un peu têtu.

C'était de la folie, et je m'en fichais.

Elle leva les yeux au ciel et soupira, plutôt dramatiquement si vous voulez mon avis.

« Parce que tu es... tu es toi. » proposa-t-elle.

Son agacement et son explication idiote rééquilibrèrent l'atmosphère, je pouvais à nouveau la taquiner.

« Ouais. C'est exactement pour ça que tu devrais m'embrasser. » dis-je avec un sourire lent, sachant que ça l'énerverait.

Je ne connaissais peut-être pas Maisie aussi intimement que je le voudrais, mais je savais comment la faire rager.

Ses bras s'ouvrirent et elle planta ses mains sur ses hanches.

« Oh. Mon. Dieu. Tu es tellement arrogant. Je pense qu'il est temps que tu partes. »

— Wow, c'est le merci que je reçois pour avoir réparé ton chauffe-eau ? » répliquai-je.

Ses épaules s'affaissèrent un peu.

« Je ne voulais pas dire... »

Je décollai ma hanche du comptoir.

« C'est bon, Maisie. Je déconnais. Tu es tellement prévisible. »

Elle roula des yeux et soupira à nouveau, mais elle avait perdu son feu pendant un instant.

« Eh bien, merci d'avoir rétabli mon eau chaude. Je n'avais pas réalisé à quel point j'aimais l'eau chaude jusqu'à ce que je la perde. Hé, tu ne connais pas d'astuces pour avoir une meilleure pression d'eau, comme à la station ? »

Mon cerveau alla directement au souvenir d'elle sous la douche, l'eau qui coulait sur elle et les bulles de savon, la seule chose qui la recouvrait. Je ne l'admettrais jamais à haute voix, mais c'était sur ce souvenir précis que je m'étais branlé la nuit dernière sous la douche.

Elle posait des questions sur la pression de l'eau, et je me demandais comment la déshabiller le plus vite possible.

Chapitre Cinq

MAISIE

Liste de choses auxquelles ne pas penser :

1. Ne pas penser à Beck
2. Ne pas penser à quel point c'était bon d'embrasser Beck
3. Ne pas penser à son incroyable corps
4. Ne pas penser à la façon dont il semblait me vouloir
5. Ne pas penser à sa bite dure
6. Ne pas penser à la façon dont il a touché mes seins et a fait durcir mes mamelons si fort que ça faisait mal

Oh bon sang. Énumérer toutes les choses auxquelles je n'étais pas censée penser n'aidait pas. Du tout. Je pouvais sentir la chaleur glissante entre mes cuisses, et mes mamelons étaient à nouveau tendus et douloureux. J'étais à l'étage dans ma chambre, la seule et unique chambre que j'avais jamais vraiment aimée. Le mobilier laissé par Gram avait des designs simples et épurés. Le lit queen size était encastré dans le mur jusqu'au sol. Des étagères intégrées couraient de chaque côté. Tous les meubles étaient modernes et en bois, dans des couleurs claires. Il y avait une lucarne juste au-dessus du lit. Même maintenant, à onze heures du soir, la lumière argentée du crépuscule la traversait. Je pouvais voir les étoiles luire dans le ciel vaporeux.

Ma chambre avait sa propre salle de bain avec douche et baignoire, ce que j'avais appris à adorer. Je me souvenais avoir visité cette maison avant que Gram ne la rénove. Elle était chaleureuse et accueillante avant, mais le mobilier était plus sombre. Maintenant, tout était clair et lumineux. Je m'appuyai contre la tête de lit et regardai le ciel, poussant Beck hors de mon esprit.

J'adorais rédiger des listes. C'est une habitude qui avait commencé quand j'étais petite. C'est moi qui écrivais les listes de courses pour moi et mon père. C'était la seule façon de s'assurer qu'il se souviendrait de prendre ce dont nous avions besoin. J'étais passée de la rédaction de listes de courses lorsque j'étais petite à la rédaction de listes pour à peu près tout. Les listes m'avaient permis d'aller à l'université et d'avoir mon propre appartement quand je n'avais pas d'argent. Elles étaient pour moi un outil d'organisation et une sorte de mantra.

Si je suivais mes listes, j'arriverais là où je voulais aller. En ce moment, je voulais désespérément oublier Beck et ce baiser torride. Le meilleur baiser de ma vie en fait.

J'étais agitée et excitée. Je ne pus m'empêcher de tripoter un de mes mamelons entre mon pouce et mon index. Ma tête tomba contre le mur dans un bruit sourd. Mon Dieu, ce n'était même pas proche de ce que j'avais ressenti quand Beck m'avait touchée, mais j'étais extrêmement excitée et je l'étais depuis qu'il était parti cet après-midi. Mon débardeur fin n'était pas vraiment une barrière. Je déplaçai mes jambes sur le lit, le mouvement frottant ma chatte humide d'avant en arrière.

Mon téléphone sonna sur l'étagère à côté du lit. Je levai la tête pour voir l'écran afficher un SMS. Toujours en faisant rouler légèrement mon mamelon entre mes doigts, j'attrapai mon téléphone avec ma main libre.

Salut Maze.

C'était Beck. Il ne m'envoyait presque jamais de textos. Et tout SMS de sa part était généralement lié au travail. Oh bordel. Le simple fait de voir son nom à l'écran me fit gémir. Je ne portais rien d'autre qu'un débardeur et un boxer pour homme. C'est comme ça que je préférais dormir. Je pouvais sentir l'humidité imprégner le fin coton entre mes cuisses. Seul Beck m'avait jamais appelé Maze. Secrètement ça me plaisait parce que personne d'autre ne m'appelait comme ça. Je n'avais jamais assez compté pour qui que ce soit pour avoir un surnom.

Le truc qu'il faut comprendre, c'est que je vais encore t'embrasser.

Mon doigt survola l'écran tactile. J'avais hâte de répondre, mais rien de tout cela n'avait de sens. Pourquoi me voulait-il maintenant ? Il n'y avait aucun doute sur ce que je voulais. Je le voulais lui. Pourtant, je savais que je n'étais pas le genre de femme qu'il cherchait habituellement. Je savais aussi exactement comment ça finirait si je le laissais faire. Beck n'avait pratiquement que des coups d'un soir, ou bien ça en restait à de la drague, c'était tout un art pour lui. Willow Brook était une petite ville, assez petite pour que les rumeurs circulent même lorsqu'on ne connaît personne. Après quelques semaines à travailler à la caserne, je connaissais bien les blagues sur Beck. Son surnom était Le Pompier Qui Prend Du Bon Temps. Pour de vrai.

Je ne doutais pas que je passerais un bon moment avec lui, mais j'étais presque sûre que ce serait une mauvaise idée à long terme. Je ne dirais pas que je cherchais plus parce que ce n'était pas le cas. Même si je me sentais parfois un peu seule, j'étais assez contente de m'occuper de mes affaires et d'être indépendante. J'avais passé toute ma vie à rebondir d'un endroit à un autre. Vivre ici, dans l'ancienne maison de Gram à Willow Brook, depuis deux ans avait été un record pour moi. J'étais tellement soulagée d'avoir un endroit à moi que je n'espérais pas mieux. Ce serait tenter le destin et demander des ennuis, du moins c'est ce que je pensais.

Donc Beck, les baisers et tout le reste m'approchaient définitivement de la zone de danger. Je ne voulais pas risquer de travailler avec lui si nous laissions les choses aller plus loin. Ce serait gênant et je serais mortifiée si l'un des gars le découvrait. Je fixai l'écran de mon téléphone, me demandant si je devais répondre.

Mauvaise idée.

Je posai mon téléphone et penchai la tête en arrière avec un autre soupir. Bon sang, c'était dur. Ce serait si bon de céder à la folie d'un autre baiser et bien plus encore avec Beck. Mais c'était complètement fou, et je le savais.

Mon téléphone sonna. Incapable de résister, je l'attrapai à nouveau sur l'étagère.

Je ne savais pas que tu étais aussi coincée ? C'était juste un baiser. Tu sais que tu veux plus. Moi, en tout cas, oui.

De la fumée sortit presque de mes oreilles. Il n'avait aucune idée que ma vie avait été tout sauf ennuyeuse avant que j'atterrisse à Willow Brook. En ayant vu mon père enchaîner les femmes, j'étais tout sauf coincée. Je n'étais pas vraiment libérée quand j'étais au lycée, mais j'avais eu quelques petits amis, dont ma propre rock star en herbe. J'avais essayé d'être sauvage, mais j'avais trouvé cela un peu ennuyeux au final, probablement un effet secondaire d'avoir été témoin de la quête constante d'excitation de mon père qui faisait souvent de lui un idiot irresponsable.

Je fixai mon téléphone, mes doigts me démangeaient pour une réponse vache. Beck m'énervait comme ça, ce qui me mettait à moitié en colère à chaque fois que je le voyais. Je pris quelques grandes inspirations, m'efforçant de ne pas trop m'énerver. Pire encore, laisser Beck alimenter directement mon désir pour lui. C'était comme une ligne directe dans le besoin liquide qui glissait dans mes veines et me donnait chaud.

Une autre respiration profonde.

Je ne suis PAS coincée. Je sais que tu essaies de me faire chier, alors arrête. Ça ne fonctionnera pas.

Sa réponse fut rapide.

Je n'essaie pas de te faire chier. J'essaie de t'exciter. ;)

Mon ventre se retourna et son commentaire taquin eut précisément l'effet qu'il voulait. Dieu merci, il n'était pas là pour le voir.

J'éteignis mon téléphone et je le jetai pratiquement sur l'étagère. Je ne répondrais pas davantage. C'était ce qu'il recherchait.

Je levai les yeux à travers la lucarne, essayant de réciter mentalement ma liste de choses auxquelles ne pas penser, toutes centrées sur Beck. Au lieu de cela, je me souvins de la sensation de ses lèvres contre les miennes, de son corps dur – chaque centimètre carré – pressé contre moi, et de l'électricité qui grésillait dans mes veines quand il me touchait.

Je n'avais même pas réalisé que j'avais poussé un doux gémissement jusqu'à ce que je l'entende. Mes mamelons étaient toujours durs et la douleur entre mes cuisses n'allait aller nulle part. Oh bordel. Il n'y avait qu'une seule façon de s'endormir à ce rythme. Avec une main prenant ma poitrine et jouant avec mon mamelon, je glissai l'autre entre mes cuisses. J'étais trempée, mes plis glissaient. Je ne serai peut-être jamais assez stupide pour me laisser aller à Beck, mais rien que de penser à lui m'excitait assez pour me placer au bord du gouffre. Mon canal se serra autour de mes doigts, le bourdonnement du besoin que j'avais combattu toute la journée s'atténua enfin légèrement.

Chapitre Six

BECK

De la fumée s'élevait autour de moi, l'air était épais. Je levai les yeux juste à temps. Une poutre juste au-dessus de moi était en train de céder et je l'esquivai juste à temps. Suivant mon instinct uniquement car la fumée masquait tout, je poussai une porte au bout du couloir. La fumée était plus fine ici, et je pouvais voir une femme âgée dans le lit.

« Cade ! Elle est ici ! » criai-je par la fenêtre de mon côté.

Je vérifiai rapidement le pouls de la femme et poussai un soupir de soulagement quand j'en sentis un. Sans attendre, j'enveloppai son corps mince de mes bras et retournai dans le couloir sans visibilité. Je ne pouvais rien voir, j'avais chaud comme pas possible dans mon équipement, et j'étais entré dans cette maison à la dernière minute possible sans que ce soit encore considéré comme irresponsable, mais j'étais calme. Tant que je faisais quelque chose, je pouvais rester calme au milieu du chaos. Le couloir était long et je devais encore descendre les escaliers. J'arrivai au palier de l'escalier et je descendis rapidement les marches, me mettant à courir doucement une fois que j'avais atteint le premier étage. Je pouvais sentir le feu prendre de la vitesse et le bâtiment sur le point de s'embraser.

J'étais pompier depuis plus d'une décennie maintenant, donc je reconnaissais bien la sensation d'un incendie sur le point d'envahir les murs. J'aurais pu vous donner une analyse scientifique sur le point de basculement d'un incendie, mais quand j'étais au milieu, tout ce qui comptait était ce que je ressentais. Je me précipitai à travers la porte sur le côté de la maison quelques secondes avant que le plafond au-dessus de nous ne s'effondre. Je continuai à avancer, visant directement l'ambulance qui attendait sur le côté.

Une fois arrivé, je m'arrêtai et baissai les yeux. La femme que j'avais portée avait de grands yeux bleus. Elle me regardait avec un sourire. De quoi ?

Par réflexe, je lui souris en retour.

« Ça va ? demandai-je.

— Je crois que je vais bien, dit-elle lentement, toujours souriante.

— Pourquoi ce sourire ? demandai-je en retirant mon masque.

— Ah, je n'ai jamais été sauvée par quelqu'un. C'était plutôt excitant. » dit-elle avec un petit rire. Sa voix était rauque.

Je lui rendis son sourire, parcouru par un soulagement. Quoi qu'il en soit, elle semblait sauve et c'est tout ce que j'avais besoin de savoir.

« Vous aviez l'air endormie quand je vous ai trouvée, répondis-je.

— Oh, je l'étais. Je n'ai même pas eu le temps d'avoir peur. Je me suis réveillée et vous couriez vers moi. J'ai une histoire à raconter maintenant. » dit-elle avant de commencer à tousser fort.

L'inquiétude arriva sur les talons de mon soulagement. Elle allait bien dans le sens de base, mais elle avait probablement besoin d'oxygène dès que possible.

« Hé, comment ça va ? » demanda Dana Halloran alors qu'elle se matérialisait comme par magie à mes côtés.

Dana était l'une des ambulancières. J'étais sacrément soulagé parce que la femme dans mes bras était de bonne humeur, mais elle était âgée et, d'après ce que je savais, avait probablement inhalé beaucoup de fumée.

« Hey Dana, notre amie ici trouve que c'était amusant de se faire sauver, mais je suis un peu inquiet pour ses poumons, expliquai-je en jetant un coup d'œil de Dana à la femme.

— Je n'ai pas pu vous demander votre nom, dis-je lorsque la femme me regarda de nouveau après une autre quinte de toux. Je m'appelle Beck Steele. »

Merde, cette femme n'en ratait pas une. Elle sourit à nouveau.

« Oh mon Dieu. Beck Steele sonne comme un nom tout droit sorti d'un film d'action. »

Un grand rire s'éleva derrière moi. Je jetai un coup d'œil en arrière pour voir Cade Masters s'approcher de nous. Cade était un autre chef d'équipe qui travaillait avec moi à la caserne de Willow Brook. Il venait de rentrer en ville après près de trois semaines en campagne à gérer l'un des immenses incendies de forêt qui ravageaient les étendues sauvages d'Alaska.

Il m'adressa un sourire.

« Beck Steele, super-héros. »

Je levai les yeux au ciel.

« On pourrait en dire autant de toi.

— Ouais, mais ton nom est plus classe. » répliqua-t-il avec un clin d'œil.

Dana gloussa et s'adressa à la femme.

« Je m'appelle Dana et j'aimerais vous installer là-bas, dit-elle en désignant un lit à roulettes près de l'ambulance. Je pense que quelques minutes d'oxygène vont vous faire du bien. »

La femme recommença à tousser. Je pouvais sentir son corps frêle vibrer à chaque toux. Je n'attendis pas d'avoir son avis et me dirigeai vers le lit, l'installant dessus. Dana bougea rapidement et apporta un réservoir d'oxygène en quelques secondes. Je l'aidai à se redresser sur les oreillers et je retirai mon casque, l'accrochant à la sangle sur mon coude.

Dana me jeta un coup d'œil alors qu'elle ajustait le masque à oxygène sur le visage de la femme.

« Tu t'en es sorti juste à temps. » murmura-t-elle.

Je hochai la tête. Maintenant que nous étions tirés d'affaire, je me retournai pour regarder la maison. Cade s'était approché et s'était retourné avec moi. La maison s'effondrait. Nous avions reçu l'appel trop tard pour faire autre chose que de secourir les habitants cet après-midi. C'était la haute saison des incendies en Alaska, et nous avions eu un été long et sec jusqu'à présent. La maison où nous avions été appelés était dans la périphérie de la ville et adjacente à une grande forêt d'épicéas. Pour des raisons que nous n'avions pas encore résolues, un incendie s'était déclaré dans les arbres à côté de la maison. Une branche basse trop près de la maison avait permis au feu de se propager. À part deux adolescents et cette grand-mère, personne d'autre n'était dans la maison. L'incendie battait son plein au moment où un voisin à un kilomètre et demi avait repéré les flammes et nous avait appelés.

L'Alaska était un endroit idéal quand on aimait l'intimité. L'inconvénient de cette intimité était les zones où les maisons étaient si éloignées les unes des autres, que personne n'était assez près pour remarquer un incendie avant qu'il ne soit trop tard. J'observai pendant que l'équipe installait les tuyaux et essayait de contrôler les flammes.

Je jetai un coup d'œil à Cade, puis à Dana.

« C'est pas passé loin, mais on a réussi. »

Je regardai la femme qui semblait respirer plus régulièrement maintenant. Elle tira sur son masque à oxygène.

Dana la soulagea.

« Besoin de quelque chose ? demanda Dana.

— Ça va mieux maintenant. Ce masque est désagréable. » déclara la femme.

Je ne pus m'empêcher de rire.

« Est-ce que vous voulez bien nous dire votre nom ?

— Susie. Susie Smith, le nom le plus ennuyeux de tous les temps, annonça-t-elle. Oh et avant que vous ne vous demandiez comment cet incendie a commencé, je vais vous le dire. »

Dana arqua un sourcil et regarda dans ma direction. Je haussai les épaules.

« Le chef de la police voudra vous parler, mais allez-y dites-nous tout.

— C'est cet idiot qui habite en bas de la route et conduit tout le temps son gros pick-up bruyant. Je vous jure, il confond son camion avec son pénis. » raconta-t-elle en roulant des yeux et en toussant de nouveau.

Dana remit rapidement le masque à oxygène sur Susie. Je lui assurai que j'enverrais le chef de la police lui parler. Il y avait beaucoup d'idiots qui conduisaient des grosses voitures à Willow Brook, donc je ne savais pas vraiment de qui Susie parlait.

Dana et un autre ambulancier s'occupèrent de transporter le lit de Susie jusqu'à l'ambulance. Je me retournai vers Cade.

« Bon, je vais appeler ça une victoire. Tout le monde est sorti sain et sauf. »

Cade haussa les épaules.

« Pareil. J'ai rappelé à la caserne. Ils rassemblent les nouveaux gars à l'entraînement pour les faire venir ici. Il va falloir surveiller jusqu'à ce que ce soit éteint. Ça craint. Cette maison n'était pas si vieille. »

— Une idée de comment ça a commencé ?

— Pas encore. La meilleure supposition c'est que des étincelles sont arrivées d'un feu sur la route. Je suppose que l'incendie en question a été déclenché par le gars qui confond son camion avec son pénis. » répondit Cade en soupirant.

Il cogna son casque contre le pneu du camion à côté duquel nous nous tenions.

« Tu rentres avec moi ? » demanda-t-il.

Je hochai la tête, et on se retourna ensemble. Je m'arrêtai pour parler à Thad Mason , l'un des contre-maîtres de mon équipe. Le laissant en charge, je partis avec Cade, qui comme moi était né et avait grandi à Willow Brook. Je le connaissais depuis toujours, mais il avait déménagé pendant un certain temps et n'était revenu que depuis peu de temps. Il était resté le même vieux Cade − plutôt tranquille, mais drôle et fiable comme ami. Il était enfin revenu à la raison et avait épousé sa petite amie du lycée, Amelia, il n'y avait pas si longtemps. Ils s'étaient séparés pour des bêtises des années plus tard, et Cade était resté loin de Willow Brook pour cette raison.

C'était génial qu'il soit de retour et enfin heureux à nouveau. Cade était un homme entier. Je n'avais jamais vraiment vu l'attrait parce que ce n'était pas mon type de femme, mais Cade n'avait jamais regardé aucune autre femme. J'avais toujours pensé que c'était une sacrée bonne chose qu'elle ressente la même chose pour lui.

Je penchai la tête en arrière alors qu'il conduisait le camion sur un chemin de terre sinueuse qui s'éloignait de la maison en feu et retournait vers l'autoroute. Je roulai la tête sur le côté. Ses cheveux brun foncé étaient en sueur. Je savais que j'avais l'air tout aussi sale et je pouvais sentir la suie sur mon visage.

« Tu veux boire quelques bières à Wildlands après notre rapport à la caserne ? demandai-je.

— Carrément. Amelia voudra probablement nous rejoindre. Si ça te va ? »

Je ris.

« Ça me va toujours, mec. »

Cade jeta un coup d'œil dans ma direction et esquissa un sourire.

« J'imagine. Tu ne me verrais pas beaucoup sinon. »

— Nan. C'est clair. J'ai renoncé à l'idée qu'elle arrête de te mener par le bout du nez. »

Cade haussa les épaules.

« Moi aussi. Ça me va bien, en vrai. Crois-moi, tu trouveras la femme pour toi un jour et tu ne comprendras pas ce qui t'es arrivé. »

Je ris avec lui et j'orientai la conversation vers d'autres sujets. Je ne l'admettrais jamais, mais la seule femme qui m'était venue à l'esprit quand Cade me charriait était Maisie.

Bon sang, je ne pouvais plus arrêter de penser à elle depuis l'autre jour. Une semaine entière s'était écoulée depuis que je l'avais vue nue dans les douches de la caserne. Six jours que je l'avais embrassée chez elle. Ça faisait cent soixante-huit heures que j'avais à peine pu arrêter de penser à elle. Si je soustrayais sept heures de sommeil par nuit, cela me laissait un peu moins de cent vingt heures à penser uniquement à elle. Cette femme avait élu domicile dans mon cerveau.

Je m'étais réveillé au souvenir de la sensation de son corps contre le mien la nuit dernière alors que je ne pouvais pas dormir. Depuis lors, elle n'avait été que professionnelle à la caserne. Elle n'avait également jamais répondu à mon dernier texto. Je n'avais pas pu résister à l'envie de la taquiner ici et là, mais ce n'était pas nouveau. Sauf que maintenant c'était plus chargé, du moins pour moi. On pouvait dire que ma bite était chargée.

Heureusement, ça avait été une semaine occupée à la caserne. Nous faisions face à un petit feu de forêt en périphérie de Willow Brook et avions répondu presque quotidiennement à diverses urgences. C'était la seule chose qui me faisait oublier Maisie.

Chapitre Sept

MAISIE

« Oh allez, Maisie. La seule façon de te faire plus d'amis ici est d'aller quelque part pour rencontrer des gens, annonça Susannah Gilmore.

— Je vois beaucoup de monde ici. » répliquai-je.

Susannah posa son menton dans sa main et me fixa.

« Je pensais que j'étais têtue. Puis je t'ai rencontrée. »

Un rire jaillit alors que je la regardais de l'autre côté du comptoir.

« Tu es *vraiment* têtue. »

Susannah leva les yeux au ciel et soupira.

« Viens dîner avec moi. Ça ne te tuera pas, et tu t'amuseras même un peu, insista-t-elle.

— Bon, ok. Je viendrai. »

Je n'avais pas vraiment de raison de ne pas y aller, si ce n'est le fait que j'étais une personne solitaire par défaut. Susannah était la seule autre femme qui travaillait avec moi. Elle était une pompière infatigable et savait gérer tous les gars. Elle m'intimidait au début, mais j'avais lentement appris à la connaître. Elle était drôle, intelligente et gentille. Elle était aussi mignonne comme tout. Elle était de taille moyenne avec des cheveux blond fraise et des yeux bleu vif. Le fait qu'elle soit pompière voulait dire qu'elle était en super forme, mais elle avait quand même des courbes. Elle venait de rentrer avec son équipe d'un séjour de trois semaines sur un incendie au milieu de l'Alaska et avait décidé de célébrer son retour en ma compagnie. Je m'étais dit que ça ne pouvait pas faire de mal d'essayer d'être sociale.

Peu de temps après, je marchais à côté de Susannah jusqu'au Wildlands Bar. Wildlands était l'un des nombreux bars perdus en Alaska. C'était en réalité un hôtel tentaculaire avec une ossature en bois, qui avait été agrandi et modernisé. Il était toujours complet tout l'été. Il était situé à côté du lac des Cygnes, la pièce maîtresse de Willow Brook. Entre le fait que Willow Brook était à une courte distance en voiture d'Anchorage, la vue sur Denali au loin et le lac des Cygnes, des hordes de touristes traversaient la ville chaque été.

Quand on entra dans la partie bar, je jetai un coup d'œil autour de moi, en voyant un restaurant bondé. Je n'étais pas venue beaucoup ici. Je commençais à me sentir chez moi à Willow Brook, mais cela ne voulait pas dire que j'étais soudainement devenue mondaine. Willow Brook était une destination populaire dans le centre-sud de l'Alaska car la ville était facilement accessible, mais elle servait également de plaque tournante pour les avions qui parcouraient la campagne de l'Alaska, emmenant les touristes dans tout l'État pour des voyages en pleine nature. En scannant les visages dans la pièce, j'en reconnus quelques-uns, mais pas beaucoup.

Susannah passa son bras sous le mien et m'entraîna à travers les tables. Elle avait insisté dernièrement sur le fait que je devais commencer à me faire plus d'amis. Même si Susannah m'avait poussée à venir ici ce soir, je ne lui avais pas fait part de mon inquiétude de tomber sur Beck. C'était sans aucun doute son bar préféré. Je le chassai de mon esprit, sachant que toute tentative de le chasser de mes pensées ne serait que temporaire. Des groupes de tables étaient dispersés dans le grand restaurant avec un bar longeant l'un des côtés. Alors que nous traversions la salle, une voix féminine appela Susannah. Elle changea immédiatement de trajectoire, m'emmenant jusqu'à une table où Amelia Masters et Lucy Caldwell étaient assises.

« Hé les filles ! dit Susannah. Dites-moi que vous gardiez cette table pour nous. »

Amelia sourit et prit une longue gorgée de sa bière.

« Bien sûr. »

Susannah s'assit en face d'Amelia et je me glissai sur une chaise à côté d'elle. Elles étaient assises à une grande table ronde dans un coin. Je me dis qu'elles attendaient sans doute plus de monde, sinon il ne servirait à rien de prendre une si grande table. Avec la foule ici ce soir, ils nous feraient partir si la table n'était pas bientôt remplie.

« Comment ça va, Maisie ? demanda Amelia. Ça fait plaisir de te voir en dehors de la caserne. »

J'occupai mes mains, attrapant un menu au centre de la table et commençant à le feuilleter.

« Oh ça va. Comment vas-tu ? Je ne t'ai pas vue à la caserne ces derniers temps. »

Lucy donna un coup de coude à Amelia.

« C'est parce qu'elle travaille trop dur. Je suis un bourreau de travail et même moi je pense que c'est trop. »

Une serveuse s'arrêta à notre table et prit nos commandes. La conversation se poursuivit autour de moi pendant que Susannah compatissait avec les horaires de travail d'été exténuants en Alaska. Je connaissais Amelia de loin. Elle était mariée à Cade Masters, un autre chef d'équipe de la caserne de Willow Brook. Apparemment, ils étaient amoureux depuis le lycée, et les choses s'étaient mal terminées à cause d'un malentendu. Je n'étais pas au courant de tous les potins de Willow Brook, mais leurs retrouvailles avaient fait jaser la moitié de la ville, donc ça avait été difficile à manquer.

Il m'est arrivé de penser que Cade était un gars formidable. Il était beaucoup plus facile à gérer pour moi que Beck, principalement parce qu'il ne m'énervait pas. Amelia passait souvent à la caserne pour le voir. Pour être honnête, elle était un peu intimidante. Elle dirigeait sa propre entreprise de construction, nommée *Kick A** Constructions*. Je me disais qu'elle pourrait probablement me botter le cul, mais je l'aimais bien. Drôle et gentille, elle était aussi grande que la plupart des hommes, très belle avec des cheveux bruns et des yeux ambrés. Je connaissais Lucy, mais pas aussi bien. Je voyais Lucy une fois de temps en temps à la caserne, quand elle passait avec Amelia. Lucy travaillait avec Amelia. C'était un contraste surprenant. En un coup d'œil, on pouvait penser qu'elle était très féminine. Avec ses cheveux blonds, ses yeux bleus et sa petite taille sinueuse, elle était magnifique. Mais pour autant que je sache, la dernière chose à laquelle elle pensait était son apparence. Elle avait généralement l'air de sortir d'un chantier de construction.

Quand la serveuse revint avec nos boissons, mes oreilles se dressèrent au commentaire d'Amelia.

« Cade sera là dans un instant. Vous arrivez directement de la caserne ? »

Susannah hocha la tête alors qu'elle attrapait un menu au centre de la table.

« Oui, mais les gars n'étaient pas revenus de leur dernière sortie. J'ai dit à Maisie qu'il était temps pour elle de sortir après le travail. »

Lucy attira mon attention.

« C'est génial d'avoir des amis qui gèrent ta vie, hein ? » demanda-t-elle avec un sourire ironique.

L'empathie chaleureuse dans son regard m'aida à me détendre un peu.

« J'imagine qu'il y a des trucs pires, proposai-je avec un petit rire. Je ne sors pas beaucoup. Ça me suffit de travailler et de rentrer à la maison, mais Susannah à l'air de penser que j'ai besoin de plus d'amis. »

— Oh je comprends. J'aime rester seule aussi, mais certaines personnes ici pensent que c'est un sacrilège. » déclara Lucy en lançant un regard aigu vers Amelia.

Amelia leva les yeux au ciel.

« Oh, ça suffit. Tu as des amis, et c'est toi qui m'as dit que je passais trop de temps avec Cade. »

Lucy leva les yeux au ciel encore plus haut.

« Ouais, bah, c'est parce que tu étais tellement gaga qu'on ne te voyait plus. »

Susannah gloussa.

« Mes amies me permettent de garder les pieds sur terre. De toute façon, je passe trop de temps avec les gars, donc j'ai besoin de nuits comme celle-ci. »

Amelia et Lucy discutèrent d'un chantier sur lequel elles travaillaient. Susannah faisait le point sur l'incendie de forêt dont elle venait de rentrer après trois semaines en campagne avec son équipe. Susannah faisait partie d'une équipe différente de celles de Cade et Beck.

Amelia hochait la tête.

« Tu vas pouvoir me dire si le feu est sous contrôle ? »

Susannah secoua la tête.

« Pas encore. On a bien progressé, mais il reste encore beaucoup à faire. Tu t'inquiètes que l'équipe de Cade soit envoyée là-bas ? »

Amelia haussa les épaules.

« En quelque sorte. C'est son travail, donc je dois vivre avec. Il a dit que son équipe partira probablement dans une semaine ou deux si le feu n'est pas entièrement contenu. »

Parfois, je me demandais ce que c'était que d'être un proche d'un pompier de milieu naturel. J'étais amie avec chacun d'eux. Je m'inquiétais pour eux quand ils étaient sur le terrain, mais j'imaginais que c'était un autre genre d'inquiétude pour Amelia.

« Ça doit être difficile quand il est absent comme ça. » commentai-je.

Amelia tordit légèrement la bouche.

« Toujours, dit-elle doucement. Je ne peux pas y faire grand-chose. C'est ce qu'il fait et il adore ça. »

Lucy renchérit.

« Je lui dis toujours que, statistiquement parlant, il est plus susceptible d'avoir un accident de voiture que de se blesser sur le terrain. Ça aide pas vraiment, mais je dois dire quelque chose. »

Amelia sourit.

« Et je t'aime pour ça.

— Je parie que c'est dur. J'ai renoncé à trouver quelqu'un je crois. La plupart des hommes ne voudront pas faire face au risque que mon travail implique. À moins que je finisse par épouser un pompier, déclara Susannah avec un sourire surprenant.

— Qui dit que tu n'épouseras pas un pompier ? Tu

en as une cinquantaine parmi lesquels choisir ici. » proposa Lucy avec un sourire narquois.

Susannah leva les yeux au ciel.

« C'est ça, comme si j'allais choisir l'un des gars avec qui je travaille. Je ne peux même pas imaginer.

— Je plaisante, mais je comprends. Bon sang, je suis électricienne et ouvrière du bâtiment. Je ne vais probablement pas me trouver de gars, et ça me va. Vive l'indépendance ! » déclara Lucy en levant son verre.

Amelia rit et me jeta un coup d'œil.

« Ne me dis pas que tu vas dire la même chose ?

— Probablement, si. Ma vie est très bien comme elle est. J'ai un bon travail, une bonne maison et une vie paisible. Ça ne me dérangerait pas que ça reste comme ça. »

Amelia eut l'air consternée alors qu'elle faisait le tour de la table de son regard.

« Vous savez, les relations c'est pas la mort. »

Lucy nous regarda toutes les trois.

« C'est son nouveau truc. Elle pense que je suis en train de rater quelque chose, déclara Lucy d'un air amusé. Je n'arrête pas de lui rappeler que tout le monde n'a pas une seconde chance avec l'amour de sa vie.

— Est-ce que tu as déjà donné une chance à quelqu'un ? » demanda Amelia avec un soupir.

Elle commença à dire autre chose, mais fut interrompue lorsque quelqu'un appela son nom.

Je jetai un coup d'œil et vit Cade approcher. Beck était quelques pas derrière lui, s'arrêtant pour parler à quelqu'un au bar. Cade était un pompier classique et robuste de l'Alaska. Il avait des boucles brunes froissées, des yeux verts et un corps à tomber par terre. Je m'étais habituée au fait que tout homme qui était pompier avait un corps pratiquement taillé dans la pierre. Leur travail était épuisant et si demandeur sur leur corps qu'ils étaient splendides. Bref, j'étais entourée d'hommes capables de remplir un calendrier en un clin d'œil. Je ne ressentais rien pour aucun d'entre eux. Sauf Beck.

Cade a atteint notre table, attrapa une chaise à proximité et la glissa juste à côté d'Amelia. Il déposa un baiser sur le côté de son cou comme il le faisait toujours. Leur proximité était si évidente, c'était presque une manifestation métaphysique. Je me demandais ce que c'était de partager quelque chose comme ça. Ce n'était pas quelque chose auquel je pensais vraiment. Il n'y avait qu'une personne sur qui je pouvais compter : moi-même. Du moins, c'est ce que je m'étais dit quand j'avais parfois pensé à trouver quelque chose comme ce qu'Amelia et Cade partageaient.

Beck se remit en route vers la table après avoir fini de discuter avec quelqu'un au bar. Je voulais que mes yeux l'évitent complètement, mais mes yeux étaient plus forts que ma volonté. Il marchait avec une nonchalance inconsciente, ses bras musclés se balançant avec aisance de chaque côté de son corps. Mon Dieu. Ses bras. Même ses bras m'excitaient. Mon bas-ventre se contracta et mon pouls s'accéléra d'un cran.

Génial. Juste ce dont j'ai besoin. Une nuit au bar avec Beck qui me met la tête à l'envers. Pourquoi ai-je laissé Susannah me convaincre de venir ?

Peut-être parce que tu espérais le voir.

Tais-toi.

Alors que Beck se frayait un chemin à travers les tables et la foule, une femme lui toucha l'épaule et lui lança un regard coquin. Il riait à tout ce qu'elle disait, affichant l'un de ses sourires dévastateurs. Je regrettais vraiment d'être tombée amoureuse de son sourire comme ça. Chaque fois qu'il m'en offrait un, j'avais l'impression qu'une toupie tournait et s'illuminait en moi. Ce sentiment suivrait invariablement avec un rappel brutal à la réalité : Beck était un tombeur professionnel.

Chapitre Huit

BECK

Je me dirigeai directement vers la table où Maisie était assise avec quelques amis. Très heureusement, la seule chaise vide se trouvait juste à côté d'elle. Je m'y glissai rapidement. Je fis le tour de la table avec mon regard, saluant tout le monde individuellement avant de finalement me permettre de regarder Maisie. Une vague de désir me secoua à la vue de ses lèvres charnues et de ses grands yeux marron.

« Hé Maze, je ne m'attendais pas à te voir ici. Quand j'y pense, je ne sais pas si je t'ai déjà vue ici. » dis-je.

Son roulement des yeux fut rapide. Elle levait beaucoup les yeux au ciel quand j'étais là. J'adorais ça, ça voulait dire que je lui faisais quelque chose.

« Ce n'est généralement pas mon type d'ambiance, déclara-t-elle, d'un ton tranchant.

— Qu'est-ce qui ne te plaît pas dans le fait de dîner entre amis ? »

Je pouvais sentir son agacement monter de plus en plus. Honnêtement, elle se transformait en cactus en ma présence. Et j'aimais m'y piquer, ça alimentait le désir que je pouvais à peine contrôler.

Avec mon pouls au ralenti et ma bite si dure que je dus m'ajuster sur mon siège, je refoulai l'envie de continuer à la taquiner.

Le regard de Susannah passa de moi à Maisie.

« Exactement ce que je lui ai dit. Dîner avec des amis n'est pas une mauvaise chose. Maisie est plus à la caserne que nous tous, et elle ne traîne presque jamais avec nous. » déclara-t-elle avec un sourire.

Maisie soupira vers Susannah.

« Eh bien, je suis là maintenant. »

La serveuse s'arrêta à notre table. On commanda des boissons et de la nourriture et la conversation se poursuivit. Même si je voulais me détendre, je trouvais ça légèrement distrayant et difficile d'avoir Maisie, ridiculement tentante, assise juste à côté de moi.

Cade était en train de régaler le reste de la table avec une histoire amusante sur une rencontre avec un élan la dernière fois que son équipe était sortie en campagne. Je jetai un coup d'œil à Maisie, cédant à l'envie de la toucher d'un petit coup de coude. Immédiatement, elle leva les yeux, les joues rouges. Ma bite répondit en conséquence.

« Alors, comment vas-tu ? » demandai-je sur le ton de la conversation, attrapant une frite de patate douce et la mettant dans ma bouche.

Mes yeux étaient volontaires et n'arrêtaient pas de descendre vers ses seins. Son t-shirt bleu marine était bien serré. Mon esprit flasha sur la sensation de son mamelon tendu et le poids délicieux de sa poitrine dans ma paume.

Je pris une gorgée de ma bière.

« Bien. » dit-elle avec un petit haussement d'épaules.

Je pris une autre gorgée de bière et réfléchis à ma situation. Ça ne devrait pas être difficile d'avoir une conversation normale avec elle, mais j'étais pris de désir.

J'étais soulagé qu'elle continue.

« Tout s'est bien passé sur l'intervention ? J'ai vu le rapport, tout le monde est sorti sain et sauf. Tu sais ce qui a causé l'incendie ? demanda-t-elle.

— La meilleure hypothèse est que des braises ont voyagé d'un incendie sur la route, mais on ne sait pas encore avec certitude. C'est dommage que l'appel soit arrivé si tard. Au moment où on est arrivés là-bas, il n'y avait pas grand-chose à faire à part s'assurer que tout le monde était en sécurité. Il y avait deux adolescents et leur grand-mère dans la maison.

— Oh, tout le monde va bien ?

— Ouais. Une petite inhalation de fumée pour la grand-mère. Ils l'ont emmenée à l'hôpital pour l'examiner, mais elle devrait s'en tirer. La maison est complètement perdue, mais j'appelle ça une victoire tant que personne n'est blessé. »

Elle hocha la tête et but une gorgée de son verre. Mes yeux s'attardèrent sur sa gorge alors qu'elle se penchait en arrière. J'étais tellement tenté de me pencher et de faire glisser ma langue le long de la peau sensible. Je n'avais pas l'habitude d'avoir besoin de me retenir comme je le faisais avec Maisie. Il m'était impossible d'oublier à quel point elle était belle nue et mouillée sous la douche, et son goût quand je l'embrassais.

« Merci encore d'avoir réparé mon chauffe-eau. C'est super d'avoir de l'eau chaude.

— Pas de soucis. Dès que tu as besoin d'un truc comme ça, dis-le-moi. » dis-je, parvenant à sortir mes mots et à faire un clin d'œil.

Je ne pouvais m'empêcher de répondre sans faire un sous-entendu. Parfait, putain.

Ses joues s'empourprèrent, et elle baissa les yeux sur son hamburger et prit une bouchée géante. Même ça, c'était sexy.

J'étais toujours choqué qu'elle n'ait pas demandé d'aide plus tôt.

« Fais-moi une faveur et n'attends pas aussi long-temps la prochaine fois, ajoutai-je.

— J'aurais probablement dû dire quelque chose plus tôt, mais je ne suis pas habituée à avoir tout un tas de gars autour qui peuvent m'aider avec des choses comme ça.

— Eh bien, je suis là en tout cas. » dis-je.

Je n'avais pas l'intention de flirter, mais c'était une habitude de repli pour moi. Là, ça ne me dérangeait pas.

Pas quand je vis son pouls battre dans son cou et ses paupières se plisser alors qu'elle levait les yeux au ciel.

« Pas besoin de jouer à ça. Tu as plein de filles avec qui flirter ici. Pourquoi ne vas-tu pas t'en trouver une ? »

Je doutais qu'elle le pense vraiment, mais ses mots me piquèrent un peu.

« Hé, je suis ici juste pour traîner avec des amis. »

Elle me regarda un instant et but une autre gorgée de son verre.

« Je ne passe peut-être pas beaucoup de temps ici, mais je connais les rumeurs. C'est ton genre. Beaucoup de filles à choper, la plupart d'entre elles ne font que passer, comme ça tu peux t'en débarrasser rapidement. Ne me regarde pas comme l'une d'entre elles. » lança-t-elle.

J'aimais prendre du bon temps et je ne m'en faisais

pas pour ça, mais je n'appréciais pas la façon dont elle me dépeignait, comme un connard. Ne sachant pas quoi répondre, je la fixai un instant.

Au bout d'un moment, je haussai les épaules et pris une gorgée de ma bière.

« Bref, Maisie. Je ne prétendrai pas être quelque chose que je ne suis pas, mais je ne suis pas un connard. J'aime m'amuser et j'aime draguer. C'est comme ça. Ce soir, je suis juste ici pour dîner avec mes amis.

— Ne sois pas trop méchante avec Beck. Tout ce qu'il fait, c'est flirter. Il est plutôt inoffensif. » intervint Lucy en roulant ses yeux et avec un doux sourire vers moi.

Lucy était plus timide que Maisie avec les hommes, aussi difficile cela soit-il. Je ne l'avais jamais vue avec qui que ce soit depuis le lycée. C'était pourtant une bonne amie. Je lui souris de l'autre côté de la table, heureux de savoir qu'elle pensait que je n'étais pas un connard.

« Tu vois, même Lucy dit que je ne suis pas si mauvais. »

Lucy commença à rire et Amelia se joignit à elle.

« Lucy est aussi allée au lycée avec nous, donc on sait qu'il est inoffensif. Il est toujours là si tu as besoin de lui. C'est un dragueur professionnel, mais c'est tout. » ajouta Amelia.

Je secouai légèrement la tête et jetai un coup d'œil à Cade.

« Qu'est-ce que je dois faire pour me débarrasser de ces filles ? En épouser une, comme toi ? »

Cade se contenta de rire et passa son bras sur l'épaule d'Amelia.

« Ça ferait certainement l'affaire.

— « Enfin, tu es peut-être inoffensif, mais je ne

peux pas t'imaginer te caser. » déclara Lucy avec un petit rire.

Maisie resta silencieuse et mes tripes se serrèrent un peu plus. Je ne cherchais pas l'amour et c'était comme ça depuis toujours. Je ne savais pas trop quoi penser de l'alchimie brûlante entre nous, mais j'étais à peu près sûr que ce serait mieux pour nous deux si nous oubliions ce baiser fou. C'était une grosse erreur. Pourtant, quoi que je me dise, je ne voulais pas oublier. J'en voulais plus et je n'avais aucune idée de ce que ça voulait dire.

Chapitre Neuf

MAISIE

Au bout d'un moment, le groupe se sépara. Je dis au revoir et j'allai aux toilettes. Je me lavai les mains et je mis un peu d'eau sur mes joues. J'étais encore rouge. La façon dont j'étais avec Beck était ridicule. Je me regardai dans le miroir et je me demandai ce qu'il voyait en moi. Mes boucles sombres et folles dépassaient dans tous les sens même si je les avais tirées en queue de cheval ce matin. Une boucle errante pendait sur ma joue. Mes yeux étaient un peu grands et sombres au milieu de mon visage, du moins c'est ce que je pensais. Je me regardais d'un œil critique. Je ne pensais pas beaucoup à mon apparence. Ce n'était pas quelque chose que j'avais beaucoup le temps de contempler. Je n'aimais pas le maquillage non plus. Je voyais de grands yeux bruns, des cils foncés et des joues rondes. J'avais toujours été un peu ronde partout. Même si mes courbes étaient aux bons endroits, elles étaient vraiment enthousiastes. Je m'essuyai le visage et me dirigeai vers le parking par la porte arrière de Wildlands, en me disant que j'allais oublier la réponse trop volontaire de mon corps à Beck.

———

Quelques jours plus tard, je me montrais encore plus sociable en prenant un café tardif au Firehouse Café après le travail avec Susannah et Lucy. Je montai ensuite dans ma voiture, avant de me rendre compte que je n'avais pas mon sac à main. Je retournai rapidement dans le café, mais le sac était introuvable. Je sortis mon téléphone de ma poche et envoyai rapidement un texto à Susannah pour lui demander si elle l'avait vu avant de partir.

Elle répondit en un éclair.

Nan. Je ne l'ai pas vu. Peut-être que tu l'as laissé à la caserne ?

Probablement. Merci.

Ça fait deux fois que tu survis à une sortie entre amis. Maintenant, tu ne t'en tireras plus en me disant non tout le temps !

Ne va pas dans les excès.

Sur ce, je me précipitai vers le parking, je montai dans ma voiture et je me dirigeai vers la caserne.

En quelques minutes, j'arrivai à la station. Tout au long de l'année, nous avions bénéficié d'un soutien d'appel d'urgence du service d'incendie d'Anchorage. Quand je ne travaillais pas, les appels transitaient par là. Nos équipes étaient équipées pour recevoir des appels n'importe où. Contrairement aux casernes de pompiers de la vieille école où il y avait des gens qui dormaient sur place, notre caserne renvoyait les pompiers chez eux. La caserne était sombre et calme. Je me dirigeai vers l'arrière et trouvai mon sac à main là où je l'avais laissé, dans mon casier. Je revins vers l'entrée, m'arrêtant au comptoir. C'était peut-être étrange, mais je trouvais la station réconfortante. J'occupais ce poste depuis plus longtemps que n'importe quel autre boulot dans ma vie. Et j'adorais ce boulot. Je ne gagnais pas des mille et des cents, mais j'avais assez pour couvrir toutes mes factures et économiser un peu. J'avais été têtue à propos de mon chauffe-eau parce que je ne voulais pas mettre un frein à mes économies. Pour la première fois de ma vie, j'avais économisé plus de cinq cents dollars. La dernière fois que j'avais eu des économies, j'avais tout utilisé pour venir ici avant le décès de Gram.

Cet endroit était comme une maison pour moi. Tout le comptoir était à moi. Personne d'autre n'y avait vraiment touché. Nous avions quelques remplaçants en cas d'urgence, mais c'était tout. Ça me faisait me sentir responsable et j'adorais ce sentiment. Par habitude, j'allumai rapidement mon ordinateur et parcourus la liste des appels reçus récemment. Cette nuit avait été assez calme pour l'instant. Quelques appels de courte durée avaient été enregistrés, notamment un incendie de moteur de camion à la périphérie de la ville. J'éteignis de nouveau mon ordinateur et vérifiai les portes d'entrée même si je n'étais même pas entrée par l'avant. Je me dirigeai à nouveau vers l'arrière. Juste au moment où j'entrais dans le couloir, j'entendis des pas.

Il n'y avait aucune raison pour que quelqu'un soit ici à moins qu'un appel ne soit arrivé et je venais de vérifier. Les lumières étaient éteintes car je n'avais pas pris la peine de les allumer quand j'étais entrée. La seule lumière visible provenait d'une petite lampe qui restait toujours allumée au-dessus de l'évier dans la cuisine. Elle projetait une douce lueur argentée dans la pièce. Les pas arrivèrent au coin de la porte de derrière et Beck apparut.

Mon pouls s'accéléra et mon souffle se coupa.

Il s'avança vers moi, canon comme tout dans son jean et son t-shirt délavés. C'était un peu comme un uniforme pour lui. Ses vêtements étreignaient son corps comme un amant, chaque centimètre musclé étant souligné. Il n'avait même pas besoin d'essayer, et il était tellement sexy que c'en était obscène. Ses bras se balançaient facilement avec sa démarche légèrement paresseuse. Je ne pensais même pas qu'il en faisait exprès. C'était normal pour lui, c'était le genre de gars qu'il était. Mâle. Il s'arrêta à quelques mètres de moi et attira mon regard.

« Je me demandais à qui était la camionnette, dit-il. Qu'est-ce que tu fais ici si tard, Maze ? »

La chaleur s'enroula dans mon ventre et mon pouls se précipita. Génial, tout simplement génial. J'avais évité d'être seule avec lui pendant une semaine entière, et d'une manière ou d'une autre, j'avais réussi à le croiser au milieu de la nuit, seule et à quelques mètres seulement des douches où il m'avait vue complètement nue. Je déglutis et essayai de ralentir mon pouls. Tout ce que j'avais à faire était d'agir normalement et de sortir aussi vite qu'humainement possible.

« Oh, j'ai oublié mon sac à main, dis-je en le brandissant comme si j'avais besoin d'une preuve. Je pars pour les deux prochains jours, et j'en avais besoin. »

Bien sûr que tu as besoin de ton sac à main. Et la pluie ça mouille ?

Mon côté sarcastique était toujours rapide à prendre le dessus quand Beck était là.

Il était calme, son regard vert foncé passant de dragueur à compréhensif alors qu'il ne me lâchait pas des yeux.

« Ah, tu as oublié ton sac à main. »

Il hocha lentement la tête, sa réponse simple m'agaça instantanément.

« Oui. C'est ça. J'ai oublié mon sac à main. »

Je me défendais à nouveau, secouant le sac encore un peu comme si j'avais besoin de vraiment le prouver. Son rire grave envoya un frisson le long de ma colonne vertébrale.

« Je vois ça. Je ne pensais pas que tu mentais Maze, ce n'est pas vraiment ton style. »

J'essayai de respirer profondément, mais l'air était difficile à trouver, surtout quand mon cœur battait comme un fou et que j'avais chaud de partout. Encore une fois.

Être seule avec lui n'était pas agréable. Ça me rappela précisément la dernière fois que j'étais seule avec lui. Il m'avait embrassée sans raison. Peu importe à quel point j'avais essayé de me dire que je ne voulais pas de lui, j'avais très envie de lui. Vraiment.

Je dus me mordre l'intérieur de la joue pour rester calme et je me demandai quoi dire pour sortir gracieusement de cette situation. Il s'était arrêté à quelques mètres de la série de comptoirs le long du mur du fond. Ses yeux restaient fixés sur moi. Une main dans sa poche, il roula distraitement son épaule. Il faisait ça assez souvent − parce que je l'observais sans cesse − et parfois je me demandais s'il s'était blessé l'épaule plus jeune.

« Tu n'as jamais répondu le week-end dernier. » dit-il brusquement, sa voix basse, tendue et rauque.

Le son de cette voix seul envoya un autre frisson le long de mon dos. Merde, la réaction de mon corps envers lui était ridicule. Je ne voulais pas de lui, mais je le voulais comme une folle. Quand je restai silencieuse, uniquement parce que j'étais paralysée par le besoin qui m'inondait, Beck arqua un sourcil.

Sans qu'il dise un mot, je savais qu'il me taquinait parce que je n'arrivais même pas à répondre. Je redressai les épaules et pris une bouffée d'air avant de lancer un regard noir.

« Ma dernière réponse était la seule que tu auras à ce sujet. »

Il sortit sa main de sa poche, son téléphone l'accompagnant. En une seconde, il balayait son écran.

« Ah, tu as dit que c'était une mauvaise idée. »

Il fit tourner son téléphone sans rien faire dans sa main, me regardant, l'air chargé et bourdonnant autour de nous. J'avais l'impression qu'il me touchait, ma peau picotait partout où ses yeux se posaient. Trois mètres nous séparaient. Je me tenais juste devant les douches. En un éclair, il réduisit la distance entre nous, d'une grande foulée assurée. Il s'arrêta devant moi, trop près pour être à l'aise.

« Pourquoi es-tu si têtue ? demanda-t-il, la voix bourrue.

— À propos de quoi ? » j'esquivai.

J'étais déterminée à ne pas mordre à l'appât. Dès que je dis cela, je réalisai ce que j'avais dit. Il n'était pas du genre à esquiver les sujets, et il me confrontait d'avoir essayé. Un de ses sourcils sombres se leva, sa bouche se retroussa dans un coin, et cette lueur complice et taquine dans ses yeux était pleine de force.

« Tu ne peux même pas en parler. » observa-t-il.

Je dus mordre l'intérieur de ma joue – fort – pour

ne pas l'insulter. Pourquoi, oh pourquoi m'atteignait-il si facilement ?

« Je n'en parle pas parce qu'il n'y a rien à dire. Nous nous sommes embrassés. Une fois. Ça ne se reproduira plus. Si tu cherches quelqu'un à pécho, je te suggère de retourner au bar. »

Ça ne fit qu'élargir son sourire. Oh bon sang. Son sourire était dangereux pour moi. La chaleur tournait en rond dans mon ventre, mes tétons se resserraient et j'aurais aimé avoir pris la peine de mettre ma veste parce que je savais qu'il pouvait les voir se presser contre mon t-shirt. La seule chose qui me sauvait était l'éclairage tamisé. Il ne pouvait probablement pas voir la rougeur sur mon visage et de mon cou. J'avais chaud et ça me piquait partout. J'avalai ma salive en me ressaisissant.

« Je ne veux personne d'autre. Je te veux toi, Maze. »

Oh. Mon. Dieu. C'était un miracle que je n'aie pas fondu à ses pieds. J'avais fantasmé − contre mon gré, je le dis − sur Beck depuis deux ans. La liste que j'avais écrite sur toutes les façons dont je n'étais pas censée penser à lui s'était avérée totalement inutile. Croyez-moi, le fait qu'il soit aussi franc sur le fait qu'il me veuille me rendait folle.

Il continua :

« Je te veux, tu me veux. Je ne veux retourner au bar pour personne d'autre. »

Il allongea ce dernier mot. Comment diable pouvait-il rendre des mots si sexy ? C'était réellement sexy. Oh mon Dieu, j'étais tellement foutue. Correction : je voulais me faire foutre. Par Beck. *Tout de suite.*

Il s'approcha, levant une main et faisant glisser son doigt le long du col de mon t-shirt. Mon pouls passa de sauvage à incontrôlable, battant si fort et si vite, qu'il me coupa le souffle. Mon canal se serra en réponse à son toucher. Tout ce qu'il avait à faire était de me toucher avec un doigt, et je bouillais à l'intérieur comme à l'extérieur. Je me sentais ridicule, fondant presque sur place alors que son doigt suivait le long de mon col, s'arrêtant au point du V où il plongeait entre mes seins.

J'espérais comme pas possible qu'il ne pouvait pas sentir mon cœur battre. Avec le bout de son doigt posé à quelques centimètres de l'endroit où il martelait sous mes côtes, il était calme. Ses yeux scannèrent mon visage, baissant puis remontant. Le chemin de ses yeux était comme une caresse, envoyant de chauds frissons dans mon corps.

« Je ne suis pas le gars que tu penses que je suis, Maze. Tu n'as aucune idée de ce que je pense. »

Je découvrais que j'avais un sérieux faible pour sa voix.

Il aurait pu me persuader de faire n'importe quoi à ce moment-là. Tout ce qu'il disait dans ce chuchotement bas, bourru, presque était un coup droit entre mes cuisses. Je me forçai à me concentrer.

Dieu merci, il ne s'attendait pas à ce que je réponde parce que je n'étais pas sûre d'en être capable.

« Ne te méprends pas, poursuivit-il. J'aime flirter, mais quand j'ai une femme en tête, c'est la seule femme que j'ai en tête. En ce moment, c'est toi. Voyons simplement où vont les choses parce que ce sentiment ne va pas disparaître. Tu le sais, et je le sais. »

Je le fixai, m'obligeant à être raisonnable quand je ne ressentais rien d'autre que de l'excitation. Je voulais faire bien plus que simplement fantasmer sur lui. Je me disais toujours que le sexe c'était sympa, mais rien d'incroyable.

Je me dis que si on faisait quelque chose, peut-être que je réaliserais que le fantasme était meilleur que la réalité. Mes pensées passionnées s'évanouiraient. Je pourrais arrêter de penser à lui comme une folle. Je n'osai pas partager ma pensée. Je restai silencieuse à le regarder, et avant que je le sache, mes pensées s'étaient envolées.

« Voilà ma proposition. On le fait, on s'en débarrasse et après tu te tais. Pour toujours. » dis-je catégoriquement.

Ma voix semblait normale, mais elle démentait la tornade d'émotions tourbillonnant en moi. Le désir, le besoin et le frémissement sauvage de céder, tout cela menait mon corps.

« Bien sûr. » dit-il en penchant la tête sur le côté, l'air surpris.

Je ne savais pas s'il était surpris que je sois réellement d'accord avec l'idée, ou surpris que je lui demande de se taire. Je ressentis le besoin de clarifier parce qu'il était vraiment important pour moi que personne ne me considère comme l'une des conquêtes de Beck.

« Nous travaillons ensemble, Beck. Peut-être que ça ne veut rien dire pour toi. Mais la façon dont les gars pourraient me regarder s'ils pensent que je ne suis qu'une de tes conquêtes, eh bien... »

Mes mots se turent parce que son regard s'était dégrisé. Je n'étais pas sûre de ce que je voyais dans ses yeux, mais je me demandais s'il était blessé. Pas beaucoup, juste un peu. Je continuai.

« Je veux dire, ta réputation te précède. Tu es le *pompier qui prend du bon temps* ou un truc du genre. »

Un petit rire lui échappa.

« D'accord, c'est vrai. Je ne suis pas du genre à me vanter des gens avec qui je couche, mais je plaisante beaucoup. Je peux voir pourquoi tu pourrais avoir cette idée.

— Ne pense pas que je dis que je veux quelque chose de sérieux. C'est juste que je travaille ici, et je ne veux pas que les autres gars pensent... »

Je rougis parce que je ne savais pas comment expliquer autrement ce que je voulais dire.

« C'est juste que personne ne doit l'apprendre. » dis-je finalement.

Beck me fixa, l'air autour de nous devenant lourd, puis il hocha brusquement la tête. Son regard taquin s'était évanoui. L'air passa de chargé à électrique en l'espace d'une seconde.

Chapitre Dix

BECK

Maisie se tenait devant moi, ses boucles tombaient sur ses épaules. Je ne pensais pas l'avoir déjà vue les cheveux détachés. C'était splendide, glorieux. Ses boucles à elles seules étaient déjà coupables, si sauvages et indisciplinées. Elle attachait toujours ses cheveux en queue de cheval ou sous une casquette de baseball. Ses yeux écarquillés tenaient les miens. J'étais assez près pour voir son pouls battre dans son cou. C'était un soulagement de savoir qu'elle ressentait quelque chose, même si je doutais qu'elle soit aussi submergée par le désir que moi. J'avais complètement perdu la tête depuis que je l'avais embrassée la semaine dernière.

La croiser au dîner l'autre soir n'avait fait qu'empirer les choses. Maisie me montrait les limites de mon contrôle, un sentiment totalement inconnu pour moi. Il y avait tellement de femmes qui passaient en ville tout l'été que c'était facile de vivre des relations décontractées et avec une fin garantie. Je n'y avais jamais beaucoup pensé. Mais Maisie n'était en aucun cas facile. Même si je pouvais sentir le désir bouillir en elle, elle était sur le point de me lancer un regard noir. Mince. J'adorais l'embêter. Le seul inconvénient, c'était qu'à chaque fois qu'elle était en colère contre moi, ça me donnait encore plus envie d'elle.

Elle m'avait pratiquement coupé le sifflet à l'instant. J'étais prêt à débattre avec elle, puis elle avait simplement dit que nous pouvions *le faire*. « Le » étant : pousser ce baiser beaucoup plus loin. Ma bite était dure depuis la seconde où j'avais traversé la pièce et je l'avais vue. Il n'y avait que nous ici et maintenant. La caserne était déserte et sombre avec rien de plus que la douce lueur d'une lumière. Mon esprit revint à la vue de Maisie dans les douches. Oh bon sang. Elle était tellement magnifique, et elle n'avait aucune idée de l'effet qu'elle avait sur moi.

Mon doigt reposait sur le V de son haut. Je pouvais facilement, si facilement, faire glisser ma main vers l'un de ses seins. Mais si elle n'allait pas m'en empêcher, j'allais y aller doucement et profiter de chaque seconde de besoin. J'attrapai le bout d'une de ses boucles et l'enroulai autour de mon doigt. Son souffle s'arrêta, et ma bite palpita. Dans un coin lointain de mon esprit, je me demandais si c'était une bonne idée. Je balayai cette inquiétude. Deux longues années de désir à perdre le fil de mes pensées à chaque fois que Maisie passait la porte, et ce baiser de l'autre jour, m'avaient rendu fou.

Je tirai lentement sur sa boucle et la relâchai. Elle rebondit contre sa joue. Son souffle s'accéléra brusquement et ses yeux se plissèrent lorsque je ris. Elle ne savait pas à quel point le fait qu'elle s'énerve ne faisait qu'amplifier le désir qui brûlait en moi. Bon sang je ne savais pas pourquoi, mais Maisie était la seule et unique femme qui me faisait cet effet. J'adorais la taquiner, ne serait-ce que parce que c'était tellement amusant.

« Vraiment, Beck ? Tu me tires les cheveux ? N'est-ce pas un peu enfantin ? »

Le désir me secoua quand elle posa une main sur sa hanche et leva les yeux au ciel. Oh, elle n'avait aucune idée de ce qu'elle venait de faire.

Je contrôlais mon besoin, à peine, et j'arquai un sourcil.

« Ça dépend j'imagine. Je peux penser à des raisons de te tirer les cheveux qui n'ont absolument rien d'enfantin. » dis-je d'une voix traînante.

Il me fallut toute la volonté du monde pour ne pas enrouler ses cheveux autour de ma main et l'attirer vers moi. La seule et unique raison pour laquelle je me retenais était pour voir comment elle réagissait.

Son souffle s'accéléra brusquement et ses yeux s'assombrirent. Le dos de mes doigts reposait juste en dessous de sa clavicule. Je pouvais sentir son rythme cardiaque s'accélérer.

« Alors, mettons les choses au clair. » dis-je, alors que ma voix devenait rauque.

Je ne me sentais pas en contrôle, presque pas du tout. Mais elle venait juste de me dire que nous pouvions faire sortir ces envies – quoi que cela veuille vraiment dire – de nos systèmes. Elle m'avait également demandé de ne jamais en parler. Ça ne me dérangeait pas. Je comprenais pourquoi elle ne voulait pas que les autres gars sachent quoi que ce soit. Je ne pouvais pas lui dire la vérité mais je deviendrais complètement fou si je pensais que l'un des gars avec qui je travaillais s'intéressait à elle de quelque façon que ce soit. Bon sang, cet après-midi fatidique où je l'avais trouvée sous les douches, j'avais agi très rapidement pour empêcher les gars de la voir aussi. Je ne voulais pas que quiconque sache à quel point elle était magnifique.

Ses magnifiques yeux bruns, comme du chocolat noir, tenaient les miens. À quelques centimètres d'elle, j'étais assez près pour voir ses cils épais recourbés contre ses joues. Je n'avais pas l'habitude de remarquer des choses comme ça. Bordel, je trouvais même ses taches de rousseur sexy. Elles étaient éparpillées sur son nez et ses joues, et je voulais les suivre là où elles me menaient.

« Comment ça ? demanda-t-elle, la voix rauque.

— Eh bien, tu as dit qu'on allait se le sortir de nos systèmes, s'en débarrasser. Que veux-tu dire par là ? »

Ses joues prirent une teinte rose plus foncée. Je ne voyais pas très bien dans la pénombre, mais j'étais assez près pour ne pas le rater. Bordel. Voir Maisie excitée et gênée était meilleur que mes fantasmes les plus fous. Je pouvais sentir ma bite se tendre contre ma fermeture éclair. Je m'étais branlé plus de fois que je ne voulais l'admettre au souvenir de notre baiser et de son corps sous les douches.

Elle se mordit la lèvre. Oh bon sang. J'essayais d'être une espèce de gentleman, et elle en rajoutait. Ses dents d'un blanc nacré martelaient sa lèvre infé-rieure charnue. Elle en roula le coin et tordit sa bouche légèrement avant de soupirer.

« Euh, *ça.* » dit-elle, laissant tomber sa main de sa hanche et faisant un geste entre nous.

Je la regardai, me disant que je pourrais juste dire merde et la baiser maintenant. Si c'était une femme autre que Maisie, c'est ce que je ferais. Mais c'était Maisie, et elle me faisait ressentir toutes sortes de choses. Je la voulais peut-être comme un fou, mais je n'allais pas aller plus loin que ce qu'elle voulait.

Je ne pus m'empêcher de glisser ma main vers le

haut pour caresser le long de sa clavicule. Elle était si proche de moi et j'avais besoin de la toucher.

« Ok. Pour moi, ce serait ce que nous avons commencé la semaine dernière. Ça ne s'arrêterait pas jusqu'à ce que je sois enterré à l'intérieur de toi et que tu en réclames plus. C'est ce que tu veux dire par *ça ?* »

Ses lèvres s'entrouvrirent et son pouls s'accéléra sous la peau translucide de son cou. Je ne pus m'empêcher de baisser la tête et glisser ma langue sur sa peau. Elle était salée et sucrée, et je gémis presque. Rien qu'à son goût subtil.

Je me forçai à lever la tête. Ses yeux étaient sombres, et sa respiration était saccadée.

« Alors ? demandai-je.

— Oui... » murmura-t-elle dans un souffle.

Merci, putain. J'étais au bout du rouleau. Je passai ma main dans ses cheveux et enfin – putain, enfin – je posai à nouveau ma bouche sur la sienne. L'embrasser était comme une drogue. Elle ne se retint pas, même pas un peu. Je la tirai vers moi, une main emmêlée dans ses cheveux et l'autre glissant le long de son dos dans un mouvement passionné pour attraper ses fesses. Avais-je mentionné à quel point son corps était parfait ? Elle était tout en relief, chaque courbe plus luxuriante et plus douce que la précédente. Mes doigts s'enfonçaient dans le creux de ses fesses et je grognais dans sa bouche. Mon Dieu, je pensais à cette sensation depuis trop longtemps. L'avoir en vrai était une décharge chaude de soulagement et de folie à la fois.

Nous nous retrouvions devant une longue série de comptoirs contre le mur du fond et les douches étaient juste à côté. J'avais plein d'idées sur ces douches, mais pour l'instant, je nous faisais tourner vers le comptoir. En quelques enjambées maladroites, ses hanches s'y heurtèrent. Je glissai mes deux mains vers le bas pour prendre ses hanches et la posai sur le comptoir, la tirant fermement contre moi. Oh oui. Je pouvais sentir la chaleur humide entre ses cuisses contre ma bite.

Je n'avais pas beaucoup réfléchi au sexe. J'étais un homme d'action. Comme tous les pompiers, je travaillais à l'instinct, mais j'avais le contrôle. Toujours. Tout à l'heure avec Maisie, j'apprenais qu'il y avait des choses que je n'avais jamais vécues. À savoir, perdre le contrôle. J'étais généralement mesuré et préparé dans ce que je faisais. Pas avec elle.

Notre baiser était un vrai bordel, sauvage et humide. Je ne pouvais pas m'approcher assez. Je dévorais sa bouche. Nos langues s'emmêlaient, tandis que mes mains parcouraient son corps. Je me souvenais avec une clarté vive de notre baiser, et elle était toujours tout en courbes douces. La sentir pressée contre moi était génial. J'avais besoin de goûter plus d'elle et j'écartai mes lèvres des siennes, traçant un chemin humide le long de son cou. Sa peau durcissait partout où mes lèvres se posaient. Elle lâchait des sons chauds et haletants – quelque chose entre un souffle et un gémissement – qui me rendaient fou.

Entre ça et ses hanches qui se balançaient contre moi, je m'accrochais à peine, à peine, à un brin de contrôle. Je léchai le long du col de son haut, jusqu'entre ses seins. Impatient, je remontai son t-shirt, me penchant juste assez en arrière pour le faire passer par-dessus sa tête. Elle fut très utile quand il s'accrocha à ses cheveux sauvages.

« Bordel. » murmura-t-elle avant de lever adroitement la main, démêlant quelques boucles coincées dans le col et de jeter le vêtement au sol.

Ses yeux s'accrochèrent aux miens – marron, brillants et remplis de désir. Je ne m'étais jamais autant soucié de ma vie de voir un niveau similaire de frénésie se refléter en moi. Parce que je n'avais jamais été aussi frénétique que maintenant. Pendant un instant, j'étais figé, presque abasourdi. Elle me sortit de mon état quand elle glissa ses paumes sous mon t-shirt.

Oh putain oui. J'avais besoin de plus que de voir ses seins. J'avais besoin de la sentir contre moi. Je tendis la main derrière mon cou et soulevai mon t-shirt par-dessus ma tête d'un mouvement brutal. Il tomba au sol à côté du sien. Je la regardai. Merde. J'avais fantasmé sur ses seins pendant trop longtemps. Ils étaient tendus contre la soie noire de son soutien-gorge, ses mamelons tendus comme de petites perles. Je fis glisser un doigt entre ses seins avant d'encercler un mamelon. Il se resserra à mon toucher. J'aurais pu me perdre dans ses seins et céder à l'envie, les prendre dans mes mains, taquiner ses mamelons avec mes pouces et savourer chaque gémissement.

Je ne pouvais pas dire que j'avais l'intention d'aller lentement parce que toute pensée de lenteur s'était enfuie, mais elle rendait la patience presque impossible en roulant ses hanches contre ma bite.

« Bon sang, Beck. Ne... »

Tout ce qu'elle voulait dire se perdit dans un faible gémissement quand je plongeai ma tête et passai ma langue sur la soie, la mouillant et marquant légèrement ses mamelons avec mes dents. J'alternais entre ses seins, savourant la sensation de sa cambrure contre moi, le poids lourd de ses seins dans mes paumes, et j'éjaculai presque dans mon jean quand elle murmura mon nom.

C'était comme ça qu'elle me faisait perdre le contrôle.

Je passai mon pouce entre ses seins, et ils se libérèrent quand la soie céda. Mon souvenir de ces deux seins depuis le bref moment sous les douches ne leur rendait justice. Ils étaient ronds avec des mamelons rose sombre, humides et tendus pour me saluer. Mon rythme cardiaque augmenta d'un cran et ma bite se durcit encore plus. J'étais tellement dur, c'était un miracle que je n'explose pas.

Avec une certaine maîtrise, sentant que je devais passer à l'action, je reculai juste au moment où elle attrapa les boutons de mon jean. Mais que Dieu me garde, quand elle mettrait bientôt la main sur moi, je perdrais le peu de contrôle que j'avais.

« Tu es tellement magnifique. » murmurai-je, mes yeux la parcourant.

Elle était assise là sur le plan de travail, ses cuisses me mettant en cage, ses seins luxuriants me suppliant de les toucher à nouveau, et la douce courbe de son ventre était un autre rappel qu'elle était parfaitement femme et plus encore. Ses cheveux étaient défaits, ses boucles tombant sur ses épaules. Sa peau était rouge et comme je l'avais deviné, des taches de rousseur étaient dispersées partout sur son corps. J'aurais pu passer des heures à m'assurer de lécher et d'embrasser chaque grain de beauté, et peut-être, *peut-être* que cela aurait satisfait mon envie de la goûter.

Lorsque mes yeux se posèrent sur les siens, je vis s'y refléter le désir, la surprise et l'impatience. Mon cœur se serra – c'était une sensation si étrange que je ne savais pas quoi en penser.

Elle bougea soudainement, me poussa du genou et glissa du comptoir.

« Qu'est-ce que tu... »

Ma question s'arrêta quand elle sortit de son jean en quelques secondes.

Oh. Bon sang. Ça m'allait parfaitement.

Elle perdit brièvement l'équilibre alors qu'elle sortait ses pieds. Je la stabilisai, ma main atterrissant sur sa hanche. Excellent. J'enroulai mes deux mains sur ses hanches et la soulevai directement sur le comptoir. J'étais surpris de voir qu'elle portait une culotte en soie noire assortie à son soutien-gorge, qu'elle retira rapidement.

Je voulais dire quelque chose, quelque chose de taquin et de drôle. Avant que je puisse former un mot, elle fit glisser sa paume rudement sur ma bite. En un souffle, elle déchira les boutons et glissa sa main dans mon slip, la fermeture éclair glissant toute seule.

Je gémis, ma bite palpitant à son contact.

« Maze... »

Mince. Elle me volait encore mes mots. Ils se perdaient dans une secousse brûlante de luxure.

Chapitre Onze

MAISIE

Je levai les yeux vers Beck alors que je passais ma main autour de son membre, rencontrant sa peau chaude et veloutée. Je ne fus pas surprise du tout de découvrir qu'il était bien monté. Son regard était féroce, le besoin qui m'habitait me força à respirer. J'aurais dû réfléchir – penser à quelque chose de sensé – mais j'étais partie loin. Les seules pensées qui me traversaient l'esprit étaient motivées par le besoin irrésistible qui me submergeait.

Au moment où j'avais laissé mon désir s'exprimer, il m'avait traversé avec une telle force que tout ce que j'entendais, c'était ce que mon corps voulait. *Beck. Tout de suite.* Je me fichais du fait que ce soit complètement fou, et que je le regretterais probablement. J'avais même oublié que c'était une possibilité, pensant que la réalité ne serait probablement jamais à la hauteur du fantasme. Apparemment, c'était l'inverse. Je n'aurais pas pu fantasmer la sensation de brûlure que son regard créait sur ma peau, ni la chaleur qui se propageait comme une traînée de poudre dans mon sang, ni le plaisir doux et tendu qui s'enroulait dans mon ventre, la façon dont mon canal ne palpitait avec rien de plus qu'un regard, ou la façon dont mes mamelons s'étaient serrés dans une douleur aiguë et excitante quand ses dents les avaient rencontrés. Non, je n'aurais pas pu imaginer tout cela, parce que l'imagination ne va jusque-là que si les expériences passées s'en rapprochent au moins un peu.

Étant la solitaire que j'étais, j'étais sortie avec quelques personnes ici et là, mais ça avait été nul. Le sexe pour moi était souvent une déception. J'étais excitée et j'en voulais plus, pour finir par être frustrée et très peu impressionnée.

Ça. Ici. Maintenant. *Ce moment* était bien plus que ce que j'avais imaginé. L'intensité de mon besoin me traversait avec une telle force que je ne pouvais rien ressentir d'autre. Tout ce que je savais, c'était ce que je voulais – être plus proche de Beck, avoir chaque centimètre de lui à nu et sa bite, chaque centimètre généreux de son membre, enfoncé bien profond en moi. Peut-être que là je serais satisfaite.

La douleur au sommet de mes cuisses grandit. J'avais faim, j'étais gourmande et affamée, et je m'en fichais. Je ne retenais rien et je n'y pensais même plus.

« Putain, Maze. » marmonna-t-il d'une voix rauque.

Bon sang, j'aimais sa voix comme ça. Il était toujours si suave, taquin et calculé. Mais là, il perdait le contrôle. Il était aussi sauvage et brutal que moi.

Je déposai des baisers partout sur sa poitrine. Quelle poitrine glorieuse. Voir Beck torse nu était comme une drogue pour mes yeux. Il était tout en muscle. Il n'était pas l'image stéréotypée du gars qui s'entraîne tout le temps. Il était mince, musclé et endurci. On pouvait facilement voir qu'il avait ce corps parce qu'il l'avait mérité par son travail brutal. Une cicatrice courait le long de ses côtes d'un côté. Je me demandais comment il l'avait obtenue. Je la traçai avec ma langue, tout en caressant sa bite.

Je sentis une perle pré-séminale rouler sur son gland. Je passai mon pouce dessus et levai la tête. Je mis le bout de mon pouce dans ma bouche et levai les yeux vers lui. La goutte salée n'était qu'un avant-goût, mais elle me fit frissonner.

Ses traits étaient tendus, verrouillés sur moi. Je sortis mon pouce de ma bouche et j'avais l'intention de replonger la tête parce que je voulais plus que ce petit avant-goût. Il passa une main dans mes cheveux et me tira brutalement vers le haut.

« Hey... »

Ma protestation fut noyée dans son baiser. Je ne protestais pas contre le fait qu'il me tire brutalement vers le haut. Pas du tout. J'étais tellement excitée que tout était un autre domino dans la cascade de plaisir qui se déversait en moi. Je protestais seulement car je n'avais pas pu prendre sa magnifique bite dans ma bouche. Ça devrait attendre plus tard. Toutes les pensées se perdirent dans le flot de sensations qui me submergeaient. Notre baiser était sauvage. Quand il se recula enfin, je pris une inspiration, presque étourdie par le besoin. J'avais plus besoin de lui que d'air en ce moment −ou du moins c'était ce qu'il me semblait.

Ses lèvres tracèrent une piste humide le long de mon cou alors qu'il faisait glisser ses doigts sur la peau humide entre mes cuisses. Je gémis, mes hanches roulant à son contact.

J'étais trempée, presque tremblante. Il posa ses dents sur un de mes mamelons, la sensation aiguë envoya une pointe de plaisir dans mon corps. Je criai en me cambrant contre lui.

« Mon Dieu, Maze. » marmonna-t-il, la sensation de

son souffle sur ma peau laissait des frissons dans son sillage.

Il leva la tête, faisant glisser ses doigts d'avant en arrière sur ma culotte, chaque passage accentuant la douleur.

« Tu es tellement mouillée. » dit-il d'une voix presque révérencieuse.

Je me pliai contre lui quand il poussa ma culotte sur le côté et enfonça un doigt entre mes lèvres. Je manquai de jouir immédiatement. J'étais tellement prête. Tout se resserra en moi.

Mes hanches claquèrent contre lui.

« Beck, s'il te plaît... »

Ma plainte s'effaça en un long gémissement quand il ajouta un autre doigt et commença à me caresser, me baisant lentement avec ses doigts. Mais ce n'était pas suffisant. J'avais besoin de plus. J'attrapai sa bite, faisant glisser ma paume sur sa peau. En un éclair, il recula, fouillant dans sa poche. Il jeta son portefeuille au sol en attrapant un préservatif.

Je n'étais pas très religieuse, mais je remerciai Dieu que Beck soit rapide à enfiler ce préservatif. Il l'avait enfilé en l'espace d'une seconde. J'enroulai mes jambes autour de ses hanches, dans un souffle saccadé. Il se tenait immobile, le bout de son sexe reposant devant mon entrée. Ma chatte se serra. J'étais presque frénétique à l'idée de me faire prendre par Beck. J'avais besoin d'être pénétrée, de me sentir rassasiée, et j'en avais besoin maintenant.

« Maisie. »

Mon nom tomba dans le silence. Je levai les yeux pour trouver son regard attentif qui m'attendait.

Je déglutis, ma poitrine soudainement serrée. Je ne savais pas à quoi je m'attendais parce que je ne m'attendais certainement pas à ce qu'on fasse tout ça, mais dans tous les cas je ne m'attendais pas au sentiment qui nous rassemblait. Oui, la majeure partie de cette soirée était motivée par un désir déchaîné, mais il régnait aussi un sentiment de connexion, d'intimité. Je voulais détourner le regard parce qu'il me surprenait, mais je ne pouvais pas.

« Oui ?

— C'est peut-être trop tard, mais je dois te demander si tu es sûre. »

Oh bordel. Je me sentis encore plus étroitement liée à lui à la seconde où ses mots sortirent. Il fallait qu'en plus de tout il soit respectueux. Enfin, aussi respectueux qu'un homme puisse l'être quand on s'embrasse comme si nos vies en dépendaient. Il était là, sa bite dure comme une pierre, mettant le feu dans mon cœur, mais je savais qu'il s'arrêterait si je lui demandais. Ce qui me donna encore plus envie de lui.

« Oui, mon Dieu, oui. » réussis-je à dire avec un hochement de tête saccadé.

Il resta immobile pendant encore quelques secondes, son regard vert foncé cherchant le mien. Ne rompant jamais le contact visuel, d'un seul coup, il s'enfonça en moi. Mon soulagement était si grand que j'en criai. C'était tendu, le délicieux étirement forcé par sa bite était si intense que je manquai à nouveau de jouir.

Il resta immobile pendant un moment avant de retirer sa main de mes cheveux et de glisser les deux mains vers le bas pour saisir mes hanches. Il commença à bouger, un rythme lent et régulier. J'étais agitée et frénétique, à la poursuite de la douce libération dont j'avais été si proche depuis qu'il avait commencé à me toucher. Ses coups étaient mesurés et contrôlés, alors que je les voulais sauvages et téméraires. J'enroulai mes jambes autour de ses hanches, je pinçai le long de son cou, savourant le goût salé de sa peau, et je me berçai contre lui.

J'étais en feu à l'intérieur, le plaisir montait en moi. Nos peaux étaient humides, elles claquaient ensemble à chaque poussée de ses hanches. J'aimais la façon dont ses doigts s'enfonçaient dans ma peau. J'avais envie d'une poigne rugueuse, de n'importe quoi, pour me pousser vers le septième ciel. Le crescendo du plaisir monta de plus en plus haut jusqu'à ce que j'entende au loin ma voix murmurer son nom entre des gémissements et des halètements rauques. Il passa sa main entre nos corps, appuyant son pouce contre mon clitoris, si glissant et humide de mouille.

Cette pression subtile m'amena à une apogée, un plaisir rugissant me traversa si fort et si vite que j'en eus le vertige.

Mon canal vibrait autour de lui alors que j'essayais de reprendre mon souffle. Je le sentis se raidir et s'enfoncer profondément, son sexe palpitant en moi. Sa tête tomba contre mon épaule, son souffle contre ma peau.

On resta dans cette position – lui debout au creux de mes hanches, la tête penchée contre moi – pendant de longs instants sans rien d'autre que le bruit de nos souffles qui ralentissaient. Je finis par ouvrir les yeux, retrouvant peu à peu conscience. Ma main était lacée dans ses cheveux, l'autre enroulée autour de sa taille. Je m'accrochais comme si je n'allais jamais lâcher prise. Je n'étais pas sûre d'en être capable. Le fantasme n'avait vraiment rien à envier à la réalité.

Fantasme – 0

Réalité – 1

Chapitre Douze

BECK

Je tenais le tuyau d'incendie et le dirigeai vers le feu de broussailles géant dans le champ derrière la station. L'eau sortit en un fort jaillissement, se heurtant aux flammes. Sans vraiment savoir pourquoi, j'avais fini par me porter volontaire pour organiser la journée de formation annuelle des lycéens. En temps normal, j'aidais, mais je ne dirigeais généralement pas tout le truc. C'était au milieu de notre réunion hebdomadaire à la station que le sujet avait été abordé. Maisie était assise à côté du chef Masters et avait regardé dans ma direction lorsqu'il avait demandé qui voulait bien s'en occuper cette année puisqu'il serait en déplacement.

Comme ses yeux marron étaient posés sur moi, j'avais stupidement levé la main. La vérité était que je n'avais aucune idée de ce que le chef avait dit à ce moment-là. Tout ce qu'elle avait à faire, c'était de me regarder maintenant, et mon cerveau se transformait en bouillie. Alors j'étais là, à aider un groupe de lycéens à éteindre un incendie géant. Nous avions un champ derrière la gare où nous autorisions des feux contrôlés chaque fois que les habitants avaient besoin de se débarrasser de broussailles et que les conditions étaient bonnes. On lançait un appel en ville pour que les gens déposent ce qu'ils voulaient brûler, et on les brûlait. On passait en revue tous les points principaux de la sécurité incendie et on parlait de comment déterminer les bonnes conditions pour faire un feu, et ce genre de choses. Ensuite, on laissait les enfants mettre le feu.

J'aimais bien cette journée d'habitude, mais depuis la semaine dernière, j'étais distrait. Maisie m'avait vraiment époustouflé. Je ne m'attendais vraiment pas à ce qu'elle dise oui. Je pensais que je la taquinerais un peu et j'espérais pouvoir la convaincre de faire quelques cochonneries. Mais je ne m'attendais pas à ce qu'elle me baise comme une folle. Une semaine entière s'était écoulée et elle s'était toujours assurée de ne jamais être seule avec moi à la station. J'avais essayé d'envoyer des SMS et j'avais reçu des réponses polies, rien de plus.

J'allais devenir complètement fou d'envie. J'étais tellement dans le mal que je m'étais arrêté à Wildlands l'autre soir. Je m'étais dit que si Maisie ne voulait pas qu'on recommence, je ferais mieux de passer à autre chose et de me remettre dans le bain. J'étais certain que de passer un bon moment avec une femme, peut-être deux ou trois, belle et déprimée ferait l'affaire. Et pourtant, je n'y arrivais absolument pas. Je n'avais aucun appétit pour ce genre d'histoires. Je voulais Maisie. Non, j'avais *besoin* de Maisie. Elle avait mis la barre trop haut pour qui que ce soit d'autre et je ne savais pas comment m'en tirer.

Je reportai mon attention sur le feu. Quatre adolescents s'étaient portés volontaires pour apporter leur aide : trois garçons et une fille. Je vérifiai le coupe-feu autour du tas de broussailles en feu. Nous avions une bonne dizaine de mètres de sol humide autour de la zone. Le vent était faible aujourd'hui, c'était donc un moment remarquablement raisonnable pour allumer un feu. Je vis la fille se débattre un peu pour gérer sa prise sur le tuyau d'incendie. J'éteignis le mien et me tournai vers elle.

« Besoin d'un peu d'aide ? »

La fille ajusta sa casquette de baseball d'une main et jeta un coup d'œil dans ma direction, envoyant rapidement le jet d'eau sur le gars d'à côté.

« Hey ! Attention, Hailey. » lança le gars.

Hailey fit passer ses yeux de moi à lui, plissant le regard.

« Oh ferme-la. C'était un accident. Toi aussi tu m'as trempée, Danny. » dit-elle en désignant son jean éclaboussé d'eau.

Danny roula des yeux et haussa les épaules. Danny était grand et maigre, ses bras et ses jambes plus longs que le reste de son corps.

« Je rigole, c'est tout. » répliqua-t-il.

Les joues de Hailey s'empourprèrent. L'espace d'un instant, elle me rappela Maisie. Elle était tout aussi piquante de l'extérieur, mais elle était jolie avec ses cheveux blond miel et ses grands yeux marron. J'étais prêt à parier que Danny l'aimait bien et, étant aussi idiot que la plupart des adolescents, il pensait que l'asperger d'eau la ferait rire. Mauvaise idée.

Hailey laissa tomber sa main et ramena le tuyau d'incendie vers le feu.

« Très bien, eh bah, je ne voulais pas te mouiller. » souffla-t-elle en direction de Danny.

Je croisai le regard de Danny et je haussai les épaules avec sympathie avant de me retourner vers Hailey.

« Tiens-le comme ça. » dis-je en lui indiquant où

elle devrait placer ses mains pour qu'elle utilise ses hanches pour l'aider à le stabiliser.

Hailey me regarda et fit rapidement ce que je lui dis. Elle parut surprise.

« Oh, c'est beaucoup mieux.

— Oui, quand il s'agit d'éteindre des incendies, on a besoin de toute la pression d'eau qu'on peut avoir. Tu t'y habitueras. Et puis, éteindre les incendies à la main comme ça, ça n'arrive pas très souvent. Habituellement, on pose les tuyaux et on laisse les supports faire le travail pour nous. »

Hailey se mordit la lèvre inférieure. Je jetai un coup d'œil vers Danny et je remarquai qu'il la regardait encore. J'imaginais que Hailey n'était pas une fille facile à aimer au lycée. Dans cette brève interaction, il était clair qu'elle était indépendante et ne se souciait pas trop des attentions non sollicitées.

« Je suis venue aujourd'hui parce que c'est ce que je veux faire. dit-elle quand je la regardai à nouveau.

— Tu veux être pompière ? »

Elle hocha fermement la tête, son regard déterminé.

« Ouais ! Et pas seulement pompière, mais pompière de milieu naturel.

— Ah, eh bien, vu que c'est ce que je fais, je dirais que c'est un bon objectif.

— Hailey, t'es folle ? »

La question de Danny passa par-dessus mon épaule. Avant que je puisse dire un mot, les yeux de Hailey se plissèrent, lançant presque des flammes sur Danny.

« Non ! je ne suis pas folle. Au moins, j'ai un objectif moi. » rétorqua-t-elle.

Danny la fixa et secoua la tête.

« C'est très dur et peu de femmes réussissent à tenir l'entraînement. »

Il attira mon regard.

« C'est ce que je veux faire aussi, mais je n'arrête pas de lui dire que c'est plus difficile pour les femmes. »

Wow. Ce gamin pourrait donner des cours sur la façon d'énerver une fille.

« Oh tais-toi, Danny ! C'est dur, et alors ? »

À ce moment-là, Susannah Gilmore s'avança. Susannah était la seule et unique pompière de nos équipes ici. Elle ne faisait pas partie de mon équipe, mais je la connaissais assez bien pour savoir qu'elle gérait tellement bien sur le terrain.

« Susannah, un timing parfait. » dis-je en guise de salutation.

Elle s'arrêta à côté de moi, ses cheveux blond fraise relevés sous une casquette de baseball et ses yeux bleus pétillants. Susannah était plutôt jolie, mais il n'y avait pas d'étincelle entre nous. Nous étions amis et rien de plus.

« Pourquoi donc ? demanda-t-elle.

— Hailey et Danny veulent tous les deux être des pompiers de milieu naturel. Danny a l'air de penser que ce n'est pas raisonnable pour Hailey. » expliquai-je en jetant Danny aux loups.

Je me dis que s'il allait un jour comprendre comment ne pas énerver Hailey, ça pouvait aussi bien être aujourd'hui.

Le sourire de Susannah s'effaça en un regard foudroyant lorsqu'elle jeta un coup d'œil vers Danny. Je la laissai défendre Hailey et je m'éloignai. Il me vint à l'esprit que je n'aimerais probablement pas tellement que Maisie se mette un jour dans le genre de danger que mon boulot suscite.

Des heures plus tard, j'enroulai une serviette autour de ma taille et j'attrapai une tasse de café en passant devant la cafetière avant d'aller vers mon casier. La station de Willow Brook avait décroché une généreuse subvention fédérale il y a quelques années, en grande partie parce que nous logions trois équipes de pointe au complet qui servaient partout dans le pays. Et cette subvention nous avait aidé à moderniser et à équiper la station. Nos douches étaient haut de gamme et notre vestiaire était spacieux avec beaucoup de place pour notre équipement et quelques vêtements de rechange. Je jetai ma serviette dans le panier près de la porte en passant. J'étais la dernière personne ici ce soir. L'équipe de Cade avait répondu à un appel pour un incendie à la périphérie de la ville. Quelqu'un d'autre m'avait aidé à tout ranger après notre journée de bénévolat, puis était parti.

J'ouvrai la porte de mon casier et j'avais mon slip à mi-hauteur quand j'entendis un grincement. Je me retournai pour tomber sur le dos de Maisie. Ses hanches se balançaient et sa queue de cheval bouclée rebondissait alors qu'elle s'enfuyait presque en courant. Ah, parfait. Je ne savais pas qu'elle était toujours là.

Ma bite se durcit instantanément. Je remontai mon slip et la suivis.

« Pas besoin de courir, Maze. » criai-je en franchissant la porte ouverte dans le large couloir qui menait à l'avant.

Elle s'arrêta brusquement, mais ne se tourna pas vers moi. Oh super. Je pourrais la faire chier un peu avec ça.

Je me dirigeai vers elle, assez peu dérangé par le fait qu'elle ne se retourne pas vu qu'il était plus qu'évident que je bandais pour elle. Je m'arrêtai quand j'étais assez proche pour tendre la main et la toucher. Ça demanda toute ma volonté de ne pas la toucher, mais j'arrivai à me retenir. J'avais quelques cartes à jouer et j'avais l'intention de les jouer bien.

« Tu m'évites. » dis-je, d'une voix plus rauque que je ne le pensais.

Maisie m'arrachait tout contrôle à chaque fois qu'elle était proche. C'était déjà un problème avant, mais maintenant que je savais ce que c'était que d'être au contact de sa peau... On pouvait facilement dire que je n'avais plus aucun contrôle.

Elle se retourna, ses yeux noirs brillant.

Excellent. J'adorais quand elle était énervée contre moi.

Seul problème. Maintenant, ma bite était si dure qu'elle me faisait mal.

« C'est faux ! »

Merde, elle était glorieuse. Ses cheveux étaient tirés en une queue de cheval lâche et des boucles sauvages s'échappaient, et ses joues étaient roses. Elle portait un legging noir extensible et un t-shirt trop grand qui lui tombait sur les hanches. Même avec un t-shirt qui faisait de son mieux pour cacher ses atouts, je voyais tout. Ses seins généreux pressés contre le fin coton.

« Je te dis que si. » répliquai-je.

Elle croisa les bras et souffla.

« Pourquoi tu dis ça ? »

Je levai une main en levant mon index.

« Jusqu'à présent, tu as réussi à ne jamais être seule avec moi de toute la semaine. »

Je levai un autre doigt.

« Tes réponses à mes textos ne sont même pas liées à ce que je dis. »

Un autre doigt.

« Tu ne me regardes pas dans les yeux. »

Un autre doigt.

« Et, je crois que tu essaies de faire comme si de rien n'était. »

Ses yeux se plissèrent et elle mordit sa lèvre inférieure avec ses dents. Oh bordel. Il fallait que ça s'arrête. J'avais enfin pris le dessus pendant une seconde. Autant que possible alors que je retenais une érection déchaînée et parfaitement visible dans mon slip. Heureusement, seule Maisie était là pour le voir.

« Tu as promis de ne rien dire. dit-elle enfin.

— Je n'ai rien dit à personne et je ne vais pas revenir là-dessus. Mais je n'ai certainement pas promis de ne pas t'en parler à toi. »

Elle gardait sa lèvre inférieure coincée dans ses dents alors qu'elle me fixait. Décroisant ses bras, elle posa une main sur sa hanche.

« On n'a pas besoin d'en parler. »

Oh putain non. Je n'allais pas la laisser faire comme s'il n'y avait rien entre nous. Pas quand j'étais déjà au bord de l'explosion, et que l'air entre nous vibrait presque de désir.

« Eh bah, on n'est pas obligé d'en parler. Il y a d'autres façons de communiquer. » dis-je lentement en laissant traîner mes mots.

Je pouvais voir les petits points serrés de ses mamelons à travers son haut. Ma bite palpitait.

Ses joues passèrent du rose au rouge cerise. J'étais assez près pour voir le bond de son pouls dans son cou. Il me fallut toute la volonté du monde pour ne pas me pencher et faire glisser ma langue le long de son cou.

« Beck... elle s'arrêta et prit une profonde inspiration. Écoute, je ne pense pas que ce soit une bonne idée que quoi que ce soit d'autre se produise entre nous. On travaille ensemble, et tu es presque mon patron. C'était super et tout... »

Elle s'arrêta et secoua la tête de frustration.

« Pour toi c'est un jeu. Comme tout le reste. Mais moi, j'ai besoin de ce travail et je ne veux pas que ça devienne bizarre. »

Je la regardai. Rationnellement, je savais que ce qu'elle disait avait du sens. Je ne répondis pas pour pouvoir y réfléchir plus tard. Mais ça ne me plaisait pas. Je la voulais. Bon sang, je la voulais maintenant plus que je ne la voulais avant.

« Ça ne deviendra pas bizarre. Ce n'est pas bizarre maintenant, n'est-ce pas ? » contrai-je.

Ses dents s'enfoncèrent à nouveau dans sa lèvre inférieure charnue. *Pour l'amour de Dieu*. Je ne pouvais pas supporter cette pression. J'essayais d'être un gentleman et de ne pas lui sauter dessus.

« Tu dois arrêter ça. » dis-je, mon ton bourru à la limite de l'ordre.

Ses yeux se plissèrent à nouveau.

« Arrêter quoi ? demanda-t-elle, d'un ton clairement agacé.

— De te mordre la lèvre. »

Elle s'arrêta, ne serait-ce que parce que sa bouche s'ouvrit.

« Qu'est ce qui ne tourne pas rond chez toi ? » demanda-t-elle d'un ton exaspéré.

Je décidai d'être direct. Inutile de danser autour du pot.

« Je veux t'embrasser. Tu fais ça, et ça me donne encore plus envie de t'embrasser. Tu dois avouer que je fais tout pour me retenir là. Ce n'est pas comme si tu ne savais pas ce que je veux. »

Son souffle se retint brusquement.

Bien.

Elle ferma lentement la bouche, tout en me fixant. Je ne doutais pas du fait qu'elle me veuille aussi, mais elle réfléchissait. Beaucoup trop. Il fallait que j'y mette fin. Je tendis la main vers elle, mais elle recula.

« Beck, je ne vais pas te mentir et faire comme si ce ne serait pas sympa de continuer à m'amuser avec toi. Mais ce n'est pas une bonne idée, et tu le sais. Je ne veux pas être juste une autre de tes aventures. Ce n'est tout simplement pas qui je suis. »

Elle s'arrêta, le regard incertain mais déterminé.

Je ne savais pas ce qu'elle voulait dire ensuite, mais je sautai sur l'occasion pour combler le vide en me faisant peur à moi-même.

« Maze, tu sais très bien que je ne pense pas à toi comme ça. Tu es loin d'être juste une aventure. Si c'est ce qui te gêne, arrête d'y penser comme ça. »

Maisie me regarda. J'essayais de reprendre mes esprits. Je n'arrivais pas à croire ce que je venais de dire. Alors que nous nous tenions là dans le calme chargé, je réfléchissais à ce que je devais dire maintenant. Mon cœur cognait contre mes côtes, et un léger sentiment de panique serrait ma poitrine et montait dans ma gorge.

« Si je ne suis pas une aventure, qu'est-ce que je suis ? » demanda-t-elle.

Excellente question. Si seulement j'avais la réponse.

J'avais l'impression d'être honnête en ce moment, alors ma prochaine réponse suivit la lancée.

« Je ne sais pas. »

Ses yeux marron chocolat n'arrêtaient pas de me fixer, questionnant, m'évaluant avec un soupçon de confusion.

Je n'avais rien prévu de tout ça. Tout ce que je savais, c'est que je voulais Maisie. Ce besoin avait outrepassé mon contrôle habituel. Je n'avais pas pensé à ce que cela pouvait signifier, aux questions qu'elle pourrait avoir et aux questions que j'aurais maintenant. Le seul point de clarté était que je la voulais en continu. Violemment. Je repoussai mes propres pensées loin dans ma tête car je ne savais pas quoi en faire pour le moment. Je m'attendais vraiment à ce qu'une fois suffise. Que ça me permettrait de me sortir Maisie de la tête et que nous resterions bons amis. Je n'avais jamais eu de mal à rester ami avec des femmes avec qui j'étais sorti. Mais personne avec qui j'étais sorti n'était tout à fait comme Maisie. Personne ne m'avait atteint comme elle. Et c'était avant que j'aie un avant-goût de ce que c'était que d'être avec elle.

En terrain incertain, je me rabattis sur le mondain.

« Au fait, qu'est-ce que tu fais ici ? Je pensais que tu étais partie ily a des heures. »

Je me sentais plutôt stupide à me tenir là, encore tendu dans mon slip. Bien que, Dieu merci, ma bite n'était pas si dure que ça. Tenter d'avoir une conversation rationnelle sur l'état de nos affaires avait refroidi le désir qui me parcourait.

À ma question, Maisie enroula une boucle lâche autour du bout de son doigt. C'était une habitude nerveuse chez elle. Même lorsque ses cheveux étaient tirés en arrière, elle avait beaucoup de boucles à tordre. Elles étaient sauvages. Puis elle se mordit à nouveau la lèvre. *Oh bordel*. Juste au moment où je pensais que je contrôlais les choses.

« Je suis revenue pour essayer de changer l'huile de mon pick-up. » proposa-t-elle.

Ma confusion devait se voir sur mon visage.

Enroulant cette boucle sombre autour de son doigt, elle me regarda.

« Susannah m'a montré comment la changer. Je

pensais avoir bien compris, mais j'ai remarqué qu'il y avait une tache d'huile là où je gare le camion chez Gram.

— Oh, bah, amène-le. Laisse-moi jeter un œil. »

Elle avait l'air tellement soulagée que ça me donna envie de la serrer dans mes bras. Seule Maisie suscitait en moi des envies de câlins. Je n'étais pas vraiment tactile ou doux. Elle me faisait me sentir immense. Considérant que je la voulais comme un fou, c'était une petite faveur qu'elle me faisait de me faire me sentir comme un héros pendant quelques minutes. Tout ça parce que je lui avais proposé de l'aider à changer de l'huile. Des trucs d'homme.

« Tu m'aiderais ? » demanda-t-elle.

C'est alors que je réalisai que je pouvais négocier.

« Faisons un marché. »

Le soulagement dans ses yeux se transforma en suspicion.

« Quoi ?

— Je regarderai ton pick-up et réparerai tout ce qui ne va pas si tu arrêtes de prétendre qu'il n'y a rien entre nous. »

Un silence chargé. Mince. Elle me fixa, son regard était réfléchi. Je pensai un instant qu'elle savait que je bluffais. Parce que la vérité était que je m'occuperais de son camion quoi qu'il arrive. Je pensais qu'elle me connaissait assez bien pour le savoir.

Juste au moment où je pensais avoir poussé trop loin, elle parla.

« D'accord. »

C'est tout ce qu'elle a dit.

« D'accord ? » demandai-je.

Elle lâcha un petit souffle. Merde, j'adorais l'embêter. Bien sûr, l'effet secondaire était que je bandais à nouveau.

« Juste ça. D'accord. J'apprécie ton aide, et je vais essayer de... »

Elle s'arrêta et fit un petit signe de la main.

« ... de ne pas faire comme s'il n'y avait rien entre nous. Je ne sais pas vraiment ce que ça veut dire, mais je vais arrêter de m'en inquiéter pour le moment. »

Je lâchai un alléluia silencieux. Je n'allais pas montrer à quel point j'étais soulagé.

« D'accord alors. Je vais m'habiller et tu pourras amener ton camion sur le côté. »

Pendant un instant, j'envisageai d'insister un peu. Nous étions seuls, et j'étais déjà à moitié nu. Mais je sentais que je devais bien jouer mes cartes, et cela signifiait probablement lui laisser un peu d'espace. Je n'avais pas pensé au fait que j'étais perdu dans ce jeu. Je n'étais pas le gars qui proposait autre chose qu'une aventure. Pourtant, je ne pouvais même pas envisager l'idée de ne pas avoir *plus* de Maisie.

Chapitre Treize

MAISIE

Je regardai les bottes de Beck. Elles dépassaient de sous mon camion alors qu'il vérifiait mon filtre à huile. Des bottes en cuir noir abîmées et usées, rien de plus. Pourtant, elles faisaient en quelque sorte partie de tout ce qu'il était. Il était tellement masculin que je doutais qu'il y ait déjà pensé. Venant de Californie, j'avais vu beaucoup de bottes en cuir flambant neuves faites pour avoir l'air usées. Ça m'étonnerait que ce genre de bottes soient vendues en Alaska. La vanité n'avait pas beaucoup de place ici. Alors que Beck détruisait probablement plusieurs paires de bottes comme celle-ci chaque année.

C'était un homme dur, robuste et tellement mâle alpha que c'en était presque ridicule. Il ne devrait pas me faire l'effet qu'il me faisait. Il y avait des gars comme lui partout dans cette caserne, tous les jours. Tous durs à cuire, de vrais sapeurs-pompiers endurcis. Mais il n'y avait que Beck qui me faisait cet effet-là. Beck me faisait pratiquement fondre de l'intérieur tellement il était canon.

La première fois que j'avais vu Beck, mon pouls

s'était accéléré, j'avais eu des palpitations dans le ventre et il m'avait donné envie de choses insensées.

Je baissai les yeux sur ses bottes pendant que mon esprit revenait à la semaine dernière. Je ne pouvais même pas y penser sans me mettre à transpirer. Mon vagin se serra alors que je me tenais là. Voilà ce qu'il se passait dans mon corps pendant que Beck changeait mon filtre à huile. J'avais l'impression qu'il se parlait un peu en travaillant parce que je l'entendais parfois dire quelques mots, mais je ne comprenais rien.

Mon corps se souvenait de la sensation de sa queue en moi, des poussées et des tractions pendant qu'il massait mon canal. J'essayais de déglutir pour me débarrasser du besoin qui me parcourait. C'était de la folie. J'avais essayé toute la semaine d'oublier ce qui s'était passé. J'avais scrupuleusement évité d'être seule avec Beck, ce qui avait demandé un certain effort puisqu'il venait tout le temps me voir pour discuter. Je n'avais pas réalisé qu'il faisait ça aussi souvent et à quel point j'aimais ça. Il disait invariablement quelque chose pour m'énerver, et on se prenait le bec. Pendant tout ce temps, je croyais qu'il voulait m'embêter. C'était bien le cas, mais c'était amusant et léger. Toute cette semaine, depuis qu'il m'avait démontée et m'avait montré que j'étais folle de croire que le fantasme l'emporterait sur la réalité, j'avais fait semblant d'être au téléphone dès qu'il passait.

Je me demandais combien de temps j'arriverais à utiliser cette technique. Je me demandais aussi combien de temps je pourrais lui résister. Je pensais que ce serait une aventure d'un soir. Je m'attendais à être un peu déçue et je m'attendais à ce que tous mes fantasmes disparaissent. Au lieu de cela, il m'avait époustouflée, m'avait envoyé au septième ciel et m'avait donné envie de plus, de bien plus.

Je sursautai quand il glissa rapidement de sous mon camion. Il était sur le dos sur une de ces planches à roulettes. Il posa une botte au sol, et il avait l'air détendu sur cette fichue planche, bien que ça paraisse impossible. Une fine bande de peau bronzée apparaissait entre son t-shirt et son jean. Ce petit aperçu envoya une autre vague de chaleur dans mon corps. Je savais à quel point il était musclé et je connaissais la sensation de sa peau contre la mienne.

« C'est bon ! annonça-t-il avec un petit sourire.

— Ah, c'est vrai ? Qu'est-ce qui n'allait pas ? »

Il fit rouler la planche un peu et se leva, attrapant la planche avec sa botte.

« Pas grand-chose. Tu avais tout bien fait. Il fallait juste serrer un peu plus. Comme il fuyait, j'ai remplacé le filtre parce que le joint était fichu. »

Il ramassa rapidement quelques outils et nettoya la zone. Je le regardai pendant qu'il se lavait les mains dans l'évier géant du garage. Nous nous tenions entre mon camion et le mur du garage. Le pont élévateur sur lequel nous nous trouvions restait toujours vide à moins qu'ils n'aient besoin d'amener l'un des véhicules pour un entretien. Plus près de la partie principale de la station se trouvaient les ponts et garages principaux, qui contenaient deux camions de pompiers. À part là où nous étions, le garage était sombre.

Il faisait à peine jour dehors et la longue et lente descente du soleil était presque terminée. Par la fenêtre, je pouvais voir un tout petit éclat de son orbe tomber derrière les montagnes. La lumière extérieure était d'un gris argenté.

Je regardai vers Beck. Il jeta une serviette en papier dans la poubelle à côté de l'évier et se tourna vers moi, accrochant ses mains sur le bord de l'évier. Les réactions de mon corps étaient déjà assez gênantes quand l'un de nous était occupé, mais c'était carrément ridicule quand il n'y avait rien pour me distraire. À la seconde où son regard vert foncé se posa sur moi, mon ventre se retourna lentement et mon pouls s'accéléra. Il était calme, son regard pensif. Dans l'espace étroit entre mon camion et l'évier, nous étions à moins d'un mètre l'un de l'autre. L'espace semblait soudain minuscule et bouillant. Je brûlais, à l'intérieur comme à l'extérieur.

Beck tendit la main et accrocha ses doigts à l'ourlet de mon t-shirt. J'étais revenue à la caserne, m'attendant à ne voir personne. Donc je portais un t-shirt qui tombait sur mes hanches et un legging, ma tenue confortable habituelle. Je ne me sentais pas du tout sexy, mais quand Beck me regardait, mon corps s'illuminait. Il me tira doucement vers lui.

Il m'aurait fallu un effort monumental pour résister, chaque fibre de moi voulait s'approcher de lui. J'avais déjà oublié la longue liste de raisons pour lesquelles je ne devais plus rien laisser se passer entre nous. Il m'attira contre lui et laissa échapper un bourdonnement satisfait.

Je me sentais toute douce contre lui, ne serait-ce que par contraste avec ses muscles. En plus du fait que je pouvais sentir sa bite chaude et dure contre moi, il était dur partout. Mon corps s'affaissa presque de soulagement contre lui. Essayer de ne pas le regarder la semaine dernière m'avait demandé plus d'efforts que ce que j'avais imaginé. Me laisser aller à ce que je voulais – en gros, toucher son corps et oublier le reste du monde – était une vraie libération. Je fredonnais de besoin, mais pour une fois, je n'essayais pas de me retenir. Je fermai les yeux et j'essayai de reprendre mon souffle. J'étais soulagée d'enfin arrêter de me battre contre mon propre désir, mais le toucher ne faisait qu'augmenter mon besoin.

« Maze. »

La voix de Beck était basse et tendue. Ce son envoya un picotement le long de ma colonne vertébrale. J'ouvris les yeux. Quand je croisai les siens, ma respiration et mon rythme cardiaque se saccadèrent. Son regard était féroce et si intense que je pouvais à peine le supporter.

Je respirai.

« Oui ?

— C'est maintenant que tu me dis qu'on ne peut pas faire ça ? »

Ma tête trembla avant que je puisse former une réponse.

« Il va falloir que tu sois plus claire. » dit-il en glissant une main sur mes fesses pendant qu'il soulevait l'autre pour faire glisser ses doigts sur mes mamelons.

Ils étaient déjà tendus et douloureux, implorant son contact. La caresse subtile sur le coton fin me fit presque gémir. Je me précipitai pour garder un semblant de contrôle, mon esprit brumeux d'envie.

« Claire ? lâchai-je.

— Tu secoues la tête. Je ne sais pas si ça veut dire qu'on ne peut pas continuer, ou si ça veut dire que tu ne dis *pas* qu'on ne peut pas continuer. Et si tu me disais ce que tu veux ? »

Il semblait plus capable de parler que moi, même si sa voix était tendue. Je pouvais sentir le battement rapide de son cœur contre moi. Sa bite était nichée au sommet de mes cuisses, juste à l'endroit où il m'avait serrée contre lui. J'aurais aimé qu'il n'exige pas que je précise ce que je voulais. D'une certaine manière, ça me donnait l'impression qu'on partageait quelque chose de réel, quelque chose que je ne pouvais pas attribuer à une envie sauvage et impulsive.

Je regardai ses yeux – une chaleur ardente glissa dans mes veines et s'accumula dans mon ventre, sentant l'humidité glissante entre mes cuisses – et je ressentis une connexion profonde que je n'avais jamais connue auparavant. Ça me donna envie de détourner le regard, mais s'il y avait bien une chose que je n'étais pas, c'était une lâche. J'étais vraiment têtue quand il s'agissait d'affronter des obstacles. Alors je soutins son regard alors que mon cœur battait comme les ailes d'un oiseau et que l'émotion me prenait à la gorge.

J'avalai de l'air et je surmontai la peur qui me dévorait à l'intérieur.

« Je te veux. »

Mes mots sortirent rauques, et emplis de la profondeur de mon envie. Pour faire bonne mesure, je glissai ma paume sur son sexe. Ses paupières tombèrent alors qu'il se cambra subtilement sous mon contact.

« Putain, Maze. Tu me rends dingue.

— Eh bien, au moins on est deux alors. »

Son petit rire envoya des frissons sur ma peau.

Ses doigts s'enfoncèrent dans mes fesses. Avec un grognement, il baissa la tête et fit glisser sa langue le long de mon cou.

« Tu as tellement bon goût. » murmura-t-il entre deux coups de langue, des baisers et des pincements.

Je passai de fredonner de besoin à presque fondre d'envie. Dieu merci, Beck me tenait fermement. Ses lèvres rejoignirent enfin les miennes. J'avais besoin de l'embrasser autant que j'avais besoin de respirer et peut-être plus encore. Je mis une main dans son t-shirt et je plongeai dans notre baiser. Il y avait les baisers et puis il y avait les baisers *de Beck*. Peut-être que j'avais peu d'expérience, mais lui était un putain d'expert. De profonds coups de langue entrecoupés avec des caresses sur mes lèvres, il attrapait ma lèvre inférieure entre ses dents, murmurait je ne sais quoi puis replongeait dans ma bouche. C'était l'équilibre parfait entre dur et doux, chaud, profond, humide et puissant. Au moment où il recula, j'étais sur le point de chevaucher son genou, qui avait glissé entre mes cuisses à un moment. Mon haut était relevé à mi-hauteur et ses deux mains étaient sur mes seins, ses doigts taquinant mes mamelons pour me rendre folle.

Chapitre Quatorze

BECK

Je reculai et pris une inspiration. J'étais presque perdu dans le mélange de Maisie. Ses lèvres étaient humides et gonflées de nos baisers, ses yeux étaient brumeux et sombres, et sa peau était rougie partout. Ses hanches roulaient contre ma cuisse et j'étais tellement dur que j'avais peur d'exploser.

J'étais normalement plus mesuré quand il s'agissait de sexe. J'adorais ça et j'adorais vraiment faire perdre la tête à une femme. Mais c'était toujours pour arriver à la fin du jeu, à la jouissance. Avec Maisie, c'était tout autre chose. Oh, il y avait le désir, il y avait le besoin, mais c'était bien plus que cela. Il n'y avait pas de but final. Je me perdais simplement dans la sensation d'être avec elle – avoir ses seins dans mes mains, ses mamelons serrés roulant sous mes pouces, la chaleur humide de son sexe pressant contre ma cuisse. Il n'y avait rien de mesuré dans tout ce que je faisais avec elle. C'était un désir pur, brut, incontrôlable, mêlé à autre chose. Quelque chose que je ne voulais pas vraiment admettre pour l'instant.

Je la soulevai contre moi et je ne pus m'empêcher

de sourire de satisfaction lorsqu'elle enroula ses jambes autour de mes hanches. Elle était un ensemble de courbes douces et riches. Son parfum brut m'entourait. Mince. Rien que son odeur me faisait bander plus dur. Je la transportai jusqu'au bout du pick-up, j'ajustai ma prise et j'ouvris le coffre d'une main.

« Qu'est-ce que tu... ? »

Sa question se termina par un hoquet lorsque je posai ses hanches à l'arrière du pick-up et que je passai une main entre ses cuisses pour faire glisser mes doigts sur le coton humide.

« Tu es tellement mouillée. » murmurai-je.

Un petit gémissement lui échappa quand j'intensifiai la pression et passai sur son clitoris.

J'étais sur le point de perdre la tête, mais j'avais un objectif. J'éloignai ma main à contrecœur et j'attrapai l'élastique de son legging. Elle fut très utile et écarta mes mains pour retirer son bas en un rien de temps. Elle s'occupa ensuite de moi, relevant mon t-shirt. Elle s'emmêla et lâcha un gros mot. Je ris et passai la main derrière mon cou pour l'enlever plus rapidement. Elle commença à déboutonner mon jean et je pris ses mains dans les miennes.

Ses yeux se posèrent sur les miens, l'impatience brûlait dans son regard.

« T'inquiètes pas, on va y venir. »

J'attrapai l'ourlet de son t-shirt et je le retirai et le jetai au sol avec le mien. Bordel. Elle était magnifique. Ses seins débordaient du haut de son soutien-gorge en soie noire, ses tétons tendus comme de petites perles. C'était seulement la deuxième fois que nous couchions ensemble, mais je remarquais qu'elle avait un penchant pour la soie noire. Ça n'aurait pas dû me surprendre. Elle avait un penchant gothique dans son look en général, mais sa peau crémeuse, ses taches de rousseur et son adorable caractère dénotaient fortement.

Je fis glisser le petit fermoir entre ses seins, gémissant quand ils se libérèrent. J'y posai ma bouche avant même d'y penser. J'avais besoin de la goûter, de sentir ses mamelons se resserrer sous ma langue et entre mes lèvres. Elle se cambra contre moi, criant quand je la mordis légèrement. J'agrippai ses hanches et la tirai jusqu'au bord du coffre du pick-up, ses mollets pendant sur mes hanches. Alors qu'elle se serrait contre moi, je passai ma main le long de son corps, sur la douce courbe de son ventre, avant de déposer des baisers entre ses cuisses.

Elle bougea nerveusement contre moi quand j'écartai ses cuisses. La soie de sa culotte était trempée de son jus. Je voulais faire traîner les choses, mais j'avais besoin de la voir. Je passai un doigt sur le bord fin de la soie, je retirai sa culotte, la glissant dans ma poche. Je n'avais aucune intention qu'elle rentre avec ce soir. Je baissai les yeux pour voir sa chatte, rose et luisante. Il me vint à l'esprit qu'elle était trop pure pour l'endroit où nous étions en train de baiser. Non pas qu'elle soit vierge. Plutôt qu'elle était tellement belle, naturelle et libérée dans la façon dont elle me répondait. Nous étions dans un endroit plus souvent rempli d'hommes qui revenaient couverts de suie. Cet endroit était ultramasculin, et elle était parfaitement féminine.

Je glissai lentement mes mains le long de ses cuisses, les écartant davantage comme j'aimais faire. Je fis glisser un doigt dans ses plis — elle était tellement mouillée. Mes genoux en fléchirent presque. Couverte de son jus, son odeur était comme une drogue. J'enfonçai une phalange plus profondément en elle, regardant ses hanches rouler sous mon contact.

« Beck, s'il te plaît, ne me fais pas attendre, murmura-t-elle entre deux respirations.

— Oh, je ne te ferai pas attendre. C'est le premier round. »

Je cédai enfin à mon envie et je laissai aller ma langue à lécher sa fente. Ses hanches se soulevèrent et elle attrapa mes cheveux. J'enfonçai un autre doigt dans sa fente et je me mis à la baiser avec mes doigts pendant que je goûtais chaque centimètre d'elle. Elle était salée et sucrée, et vraiment magnifique. Elle ne se retenait pas et j'adorais ça chez elle. Elle était peut-être froide et sarcastique, mais sa forte personnalité était parfaite une fois qu'elle baissait sa garde.

Pendant que ses hanches roulaient contre moi, je caressais ses lèvres, frôlant son clitoris encore et encore, tout en caressant profondément ses plis. Quand elle commença à palpiter sur mes doigts, je fis tourner ma langue autour de son clitoris et l'aspirai entre mes dents. Elle cria fort, puis lâcha mon nom en un faible gémissement, alors qu'elle convulsait sur mes doigts. Je reculai lentement, réticent à m'éloigner. J'aurais pu recommencer, mais elle était déjà au bord de l'orgasme. Elle se leva sur un coude et attrapa mon jean. Ma bite était si dure que je n'aurais pas été surpris d'y trouver la marque de ma fermeture éclair. Elle la libéra en l'espace d'une seconde, alors que j'eus à peine le temps de sortir mon portefeuille de ma poche arrière pour attraper un préservatif.

Elle me l'arracha et déchira le paquet si violemment que je crus qu'elle allait couper le préservatif en deux. J'attrapai ses mains.

« Doucement. Je n'en ai qu'un, donc si tu le déchires, c'est fini pour nous. »

Elle souffla.

« J'ai besoin de…

— Oh, j'en ai besoin aussi. » dis-je, grognant presque.

Ça la fit rire.

« Laisse-moi faire le reste. »

Je mis ce préservatif en un temps record. Je la regardai et mon cœur manqua un battement. Elle était tellement belle qu'elle me coupait le souffle. Ses cheveux étaient détachés et tombaient en une cascade de boucles emmêlées sur ses épaules. J'étais jaloux des rares mèches qui reposaient contre ses seins, taquinant ses mamelons. Je n'avais pas assez de mains pour la toucher partout où je voulais la toucher. Avec ses joues rougies, ses courbes généreuses et ces petites taches de rousseur éparpillées partout, elle était la plus belle femme que j'aie jamais vue.

Le besoin me violenta comme un fouet, je plaçai ma bite à l'entrée de ses lèvres et m'enfonçai en elle d'un seul coup. Elle était tellement mouillée que je glissai facilement. Elle haleta un peu et ferma les yeux.

Je ne savais pas pourquoi, mais j'avais besoin qu'elle me regarde.

« Maze. »

Ses yeux marron s'ouvrirent. Une fois son regard accroché au mien, elle ne détourna plus les yeux. J'étais si près de la jouissance, c'était un miracle que je ne sois pas venu à la seconde où je m'étais enfoncé dans sa fente crémeuse et serrée. Je restai immobile un instant puis je commençai à bouger. Avec ses jambes enroulées autour de mes hanches, on se balançait ensemble. Avec son souffle court et rauque et ses yeux accrochés aux miens, une chaleur s'empara de ma colonne vertébrale et mes couilles se crispèrent.

Je voulais qu'elle explose avec moi. Je passai une main entre nous, mais elle me devança. J'étais déjà à bout et motivé par rien d'autre que le besoin le plus déchirant que j'aie jamais connu. La vue de ses doigts encerclant son clitoris dodu et gonflé anéantit tout contrôle que j'avais encore sur ma personne. Ma libération me frappa si fort que mes genoux fléchirent. Je cognai en elle si fort que je vis des étoiles. Je tombai en avant, la rattrapant dans mes bras en même temps.

Le métal du camion résonna avec le poids de mon corps qui s'effondra. Ma tête atterrit dans la douce courbe de son cou. Alors que j'essayais de reprendre mon souffle, son odeur me prit d'assaut. Je sentis son pouls battre contre ma joue. Je restai immobile, absorbant la sensation de la tenir aussi détendue dans mes bras et me dis que j'aurais pu y rester pour toujours.

Chapitre Quinze

MAISIE

Je sautai par-dessus une flaque d'eau et poussai la porte du Firehouse Café, faisant sonner la cloche au-dessus de ma tête en passant. Je m'arrêtai et regardai autour de moi. Le café était bondé. Pour les habitants, la nourriture et le café étaient toujours bons, c'était donc un lieu de rassemblement central. En été, les touristes ajoutaient au bourdonnement incessant. Ajoutez à cela un jour de pluie et les touristes qui étaient généralement partis en randonnée, en vélo, à la pêche, à la chasse ou autre qui avaient pris refuge ici.

En plein cœur de Willow Brook, sur la rue principale, le Firehouse Café était installé dans la caserne de pompiers historique de la ville. Un grand bâtiment carré qui avait été rénové et l'ancien garage transformé en un coin salon pour les repas, avec une boulangerie et une cuisine ouverte vers l'arrière. Les barres de descente au centre de la pièce étaient peintes de couleurs vives et avec des fleurs, en plus des murs colorés et des œuvres d'art dans tout le café, le tout créant un espace fantaisiste et accueillant. La salle à manger était parsemée de tables carrées en bois avec

un comptoir séparant la salle de la cuisine et la boulangerie, plus ouvertes vers l'arrière.

Je me faufilai à travers un groupe de touristes à
l'entrée et commençai à faire la queue. J'étais en retard
ce matin et j'avais oublié de prendre la gamelle que je
m'étais préparée en sortant. J'étais affamée et j'avais
vraiment besoin de café. J'avais eu deux nuits agitées,
avec peu de sommeil. Je n'arrivais pas à chasser Beck
de mon esprit, de jour comme de nuit. Depuis notre
aventure dans le garage, il s'était installé de façon
permanente dans mon esprit et dans mon corps. Je
manquai de rire à haute voix. J'avais eu la meilleure
partie de jambes en l'air de ma vie − deux fois − dans
une caserne de pompiers, qui se trouvait également
être l'endroit où je travaillais. C'était comme si j'étais
complètement folle avec lui. Rien ne pouvait me
retenir une fois qu'il me touchait.

« Qu'est-ce qu'il y a de si drôle ? »

Je jetai un coup d'œil derrière moi pour trouver
Lucy Caldwell qui se faufilait dans la file d'attente. Ses
cheveux blonds étaient tirés en arrière en une queue
de cheval floue et étaient aussi humides que les miens.
En plus d'avoir oublié mon déjeuner, j'avais aussi
oublié mon imperméable ce matin.

Je ne pouvais pas vraiment lui dire à quoi je
pensais, à savoir le fait que je revisitais mes escapades
sexuelles avec Beck à la caserne dans ma tête. Bon
sang. Donc je haussai les épaules.

« Oh pas grand-chose. Comment ça va ? demandai-
je rapidement, me décalant pour lui faire de la place.

— Affamée. Et toi ?

— Idem. »

Les yeux bleu vif de Lucy attirèrent les miens.

« Tu veux te joindre à moi ? On aura déjà assez de
mal à trouver une table à deux.

— Bien sûr. » dis-je.

Ce n'était rien du tout, mais je n'étais pas habituée. Toute ma vie avant Willow Brook avait consisté à passer d'une ville à l'autre. Donc se faire des amis n'avait jamais été facile. Au moment où j'avais quitté mon père, je travaillais tellement pour joindre les deux bouts et terminer mes études que je n'avais pas de temps pour les amis. Willow Brook était un endroit accueillant, mais j'avais encore besoin de m'habituer au fait que je n'étais pas seulement de passage. Il n'avait fallu qu'un an à Susannah pour enfin réussir à me faire sortir.

« Hé, hé, Lucy. » dit une voix d'homme.

Je jetai un coup d'œil et vis Levi Phillips s'approcher. Levi était un autre pompier. Il travaillait dans l'équipe de Cade et avait, lui aussi, beaucoup de femmes à ses pieds. Avec ses cheveux blond foncé, ses yeux bleu vif et son corps à mourir, il n'était en effet pas désagréable à regarder. Et comme d'habitude, je ne ressentais rien en le regardant. Le seul qui m'affectait était Beck.

Le regard de Levi se tourna vers moi.

« Salut Maisie. Pause déjeuner ? »

Je hochai la tête.

« C'est ça. J'ai oublié ma gamelle ce matin. »

La file avançait petit à petit et Levi s'arrêta à côté de nous alors qu'il avalait une longue gorgée de sa tasse de café. Il semblait être sur le point de sortir.

Il mit une main dans sa poche, tournant les yeux vers Lucy. Quand je jetai un coup d'œil dans sa direction, je me rendis compte qu'elle avait l'air de mauvaise humeur.

« Tu as oublié comment dire bonjour ? » demanda Levi, un sourire lent étirant ses lèvres.

Lucy souffla un peu. Je me demandais quel était son problème.

« Salut Levi. Comment ça va ? » demanda-t-elle d'un ton froid.

Levi croisa mon regard et me fit un clin d'œil.

« Comme un jour de pluie. Et toi ? »

Lucy croisa les bras.

« Super. Si ça ne te dérange pas, Maisie et moi allions déjeuner. »

Notre décision légère de manger ensemble était soudainement un rendez-vous officiel. D'accord. Je pouvais suivre le mouvement. Je ne savais peut-être pas ce qui se passait, mais si Lucy avait besoin d'aide de ma part, elle l'aurait.

Levi arqua un sourcil, son sourire s'agrandissant. Il haussa simplement les épaules.

« D'accord mesdames. Bon déjeuner. »

Lucy se tourna dans l'autre sens. J'attirai les yeux de Levi, un peu mal à l'aise du vent brutal que Lucy venait de lui mettre. Levi était un gars sympa. Il offrait toujours son aide chaque fois que quelqu'un avait besoin de quelque chose à la station. J'avais entendu dire par l'équipe qu'il était hyper stable sur le terrain, quel que soit le niveau de risque.

Levi ne semblait pas si mal à l'aise. Il me fit un clin d'œil et haussa les épaules.

« Lucy n'apprécie pas qu'on lui dise qu'elle est magnifique. C'est pour ça qu'elle m'en veut. » présenta-t-il en guise d'explication.

Le souffle de Lucy siffla et elle se retourna vers lui. Elle commença à dire quelque chose puis se tut. Après un moment, elle dit froidement :

« Passe un bon après-midi, Levi. »

Il gloussa et continua de marcher, poussant la porte.

La sonnette ponctua son départ d'un joyeux tintement. Nous avions enfin atteint le devant de la file. Je me demandais pourquoi Lucy était aussi énervée contre Levi, mais il était temps de commander à manger.

Janet James nous accueillit avec un large sourire.

« Hé les filles, qu'est-ce que ce sera aujourd'hui ? »

Janet était la propriétaire du Firehouse Café. Elle était là presque tous les jours. C'était une bonne amie de Gram. Je me souvenais qu'elle passait tout le temps chez Gram lorsque j'allais lui rendre visite quand j'étais petite. Avec ses yeux bruns chaleureux, son sourire joyeux et ses manières maternelles, elle était facile à adopter. Elle avait fait tout son possible pour prendre soin de moi quand j'étais venue voir Gram avant qu'elle ne décède. C'était aussi elle qui m'avait emmenée voir l'avocat de Gram. Sans elle, j'aurais sans doute quitté la ville avant, sauf que j'étais fauchée à l'époque.

« J'ai besoin d'un café aussi noir que possible pour commencer. » dis-je.

Janet rit.

« Est-ce qu'un double fera l'affaire ?

— Parfait. »

Curieusement, j'étais un peu une snob du café, un effet secondaire d'avoir travaillé dans un café branché à San Francisco. Le Firehouse Café faisait un très bon café, et Janet savait ce que j'aimais. Un double expresso de son café maison arriverait à secouer mon cerveau privé de sommeil.

« Lucy ? demanda Janet.

— Je vais prendre la même chose. répondit rapidement Lucy.

— Ça marche, dit Janet alors qu'elle s'éloignait. Allez trouver une table. Je vous apporte vos cafés dans quelques minutes et je prendrai le reste de votre commande à ce moment-là. »

Par chance, un couple partait d'une table dans le coin. Lucy courut pratiquement jusqu'à la table pour la prendre. Je me glissai dans la chaise en face d'elle alors qu'elle s'asseyait avec un soupir.

« Levi Phillips m'énerve tellement, annonça-t-elle.

— Un peu difficile de ne pas le remarquer. »

Je ne la connaissais pas encore très bien, mais comme elle était si directe, je pensai qu'il était prudent de partager mon observation plutôt évidente.

Lucy retira l'élastique de ses cheveux et passa ses doigts dans ses mèches humides. Je n'allais pas le dire, mais Levi avait raison. Elle était belle. Ses cheveux blond brillant tombaient en vagues folles et humides sur ses épaules. Avec sa peau crémeuse, ses yeux bleu vif et ses traits fins, elle était à couper le souffle. Elle était vêtue de sa tenue de construction habituelle avec un vieux jean strié de saleté, un t-shirt ample et des bottes de travail en cuir.

Lucy fit claquer l'élastique à son poignet et croisa mon regard avec un sourire contrit.

« C'est vrai. Je me suis laissée emporter j'imagine.

— Qu'est-ce qu'il y a de si agaçant chez lui ? demandai-je, sincèrement curieuse.

— Il n'arrête pas d'essayer de me convaincre de dîner avec lui. » dit Lucy, rougissant légèrement.

Je ne me serais jamais attendue à ce que Lucy soit troublée par quoi que ce soit. Elle et Amelia étaient tellement intimidantes, ne serait-ce qu'avec le fait qu'elles se débrouillaient dans un domaine à dominante masculine avec Kick A** Construction. Après avoir entendu son point de vue sur les relations la semaine dernière quand on buvait un verre avec tout le monde, j'avais été encore plus surprise. Je me retrouvais en elle – s'embêter avec des relations n'en valait pas la peine.

Je réfléchissais à la manière de répondre. Mes pensées étaient que si elle ne ressentait rien pour Levi, ça ne devrait pas être un si gros problème qu'il l'invite à dîner. Sa réaction n'était pas de la pure contrariété, comme s'il insistait trop. C'était comme si ses demandes la mettaient face à la réalité de la chose et, par conséquent, mal à l'aise. Mon instinct me disait qu'elle était mal à l'aise parce qu'elle l'aimait bien. Je ne me considérais pas particulièrement experte quand il s'agissait de choses comme ça, mais je savais ce que je voyais parce que c'était terriblement proche de ce que je ressentais pour Beck.

Différence majeure : il m'avait donné la baise de ma vie. À deux reprises.

Il était tout ce à quoi je pouvais penser la plupart du temps. J'étais légèrement soulagée de pouvoir me concentrer sur les problèmes d'homme de quelqu'un d'autre.

« J'imagine que tu ne veux pas aller dîner avec lui. » répondis-je.

Lucy leva les yeux au ciel et soupira.

« Pas vraiment.

— Pas vraiment ? »

Janet arriva à notre table à ce moment-là. Elle posa rapidement nos cafés et sortit son bloc-notes.

« Bon, qu'est-ce que je peux vous apporter à manger ?

— Le plat du jour pour bmoi. déclara Lucy.

— Burger au saumon et frites de patates douces ? » demanda Janet.

Lucy hocha fermement la tête.

« Je mangerais n'importe quoi qui sort de ta cuisine, mais merci de me prévenir de ce que c'est. »

Janet gloussa et me regarda.

« Je vais prendre la même chose.

— Eh bien, c'était facile, déclara Janet avec un petit rire alors qu'elle remettait son bloc-notes dans la poche avant de son tablier.

— Quand vas-tu craquer et sortir avec Levi ? » demanda-t-elle en jetant un coup d'œil à Lucy avec un sourire narquois.

Lucy était en plein dans une gorgée de son café et bafouilla. Je lui tendis une serviette et je restai silencieuse. Ça ne me surprenait pas du tout que Janet mette son nez dans les affaires de Lucy. À part Susannah, elle était l'amie la plus proche que j'avais dans cette ville. J'attribuais ça à sa longue amitié avec Gram. C'était comme si elle se sentait responsable de moi. J'avais déjà repoussé de nombreuses questions de sa part sur ma vie personnelle inexistante.

« Tu écoutes toujours les conversations des gens ? » demanda Lucy. Ses joues étaient rose vif alors qu'elle regardait Janet.

Janet hocha la tête.

« Bien sûr. J'entends tout ce qui se passe dans la file d'attente. Levi est après toi depuis des mois, et je ne sais pas pourquoi tu le repousses. C'est évident qu'il te plaît. »

Lucy secoua la tête.

« Les relations, ce n'est pas mon truc, Janet. Combien de fois dois-je te le dire ? »

Janet haussa simplement les épaules.

« Comme tu voudras. Mais je pense que tu te trompes. »

Son regard perspicace rebondit entre Lucy et moi.

« Vous êtes pareilles toutes les deux. Toutes les deux dures à cuire et amoureuses de votre indépendance. »

Heureusement, quelqu'un appela Janet depuis le comptoir.

« Je reviens avec votre nourriture dans un instant. » dit-elle en s'éloignant.

Lucy croisa mon regard et secoua la tête.

« Oh mon Dieu. J'adore Janet, mais c'est la personne la plus curieuse que je connaisse.

— Je ne vais pas te contredire là-dessus. » dis-je en riant.

Je pris une gorgée de mon café, savourant la saveur riche et amère.

« Eh bien, je ne suis pas une experte, mais si *pas vraiment* veut dire autre chose que juste *non*, il n'y a rien de mal à aller dîner. »

Dès que les mots sortirent de ma bouche, je me demandai ce que je foutais. Qui étais-je pour donner des conseils amoureux ?

Lucy me fixa, les joues encore un peu roses. Après un temps, elle soupira et longea paresseusement le bord de sa tasse de café.

« Écoute, quoi qu'il arrive, les relations ne sont pas mon truc. Levi est gentil et tout, mais tout ce qui se rapproche d'une relation est un désastre pour moi. Je pense qu'il finira par arrêter de me voir comme un défi à gagner et passera à autre chose. »

Ses mots me firent mal au cœur. Je ne connaissais pas son passé et je ne savais pas qui avait causé la douleur et l'obscurité que je voyais dans ses yeux, mais ça me rendait triste. J'avais mes propres bonnes raisons de croire que la vie de célibataire avait le plus de sens pour moi, mais là, j'étais prête à dire à Lucy, une femme qui était à peine une amie, qu'elle devrait peut-être élargir ses horizons. C'était triste de penser qu'elle se coupait cette possibilité.

« Peut-être. Ou peut-être pas. Je connais un peu

Levi puisque je le vois tout le temps à la caserne. C'est un gars assez patient. Ce n'est pas ce que tu demandes, mais il est aussi gentil. Comme quelques autres gars, je sais que beaucoup de filles pensent qu'il est sexy, mais il n'est pas du tout arrogant là-dessus. »

Je ne pouvais pas croire ce que je venais de dire. Tout d'abord, je n'étais pas très proche de Lucy. Pour autant que je sache, ça l'énerverait que je parle de tout ça. Et mes connaissances en matière d'amitié étaient tellement sous-développées que je plongeais dans cette conversation tête la première. Je défendais Levi qui, à bien des égards, ressemblait beaucoup à Beck. Mais il faisait partie des gentils. Il était peut-être canon et sexy et habitué à ce que les femmes se jettent sur lui, mais ce n'était pas un connard. Quelque chose me disait qu'il aimait Lucy pour plus que son apparence.

Ces pensées prirent un tournant qui me conduisit directement à Beck. Je ne pouvais pas m'empêcher de me demander s'il m'aimait bien, ou si j'étais simplement un défi qu'il voulait relever. Je chassai cette pensée. Ce n'était pas une chose à laquelle je voulais penser plus tard. Ou à aucun moment d'ailleurs.

Les joues de Lucy devinrent encore plus roses et sa bouche se tordit.

« Oh mon Dieu. J'espérais avoir trouvé une âme sœur.

— Oh, je suis désolée, je... »

Elle écarta mes excuses.

« Ne sois pas désolée. Amelia est la mascotte de l'amour de conte de fées ces jours-ci. Avant, elle était amère, mais maintenant qu'elle et Cade se sont remis ensemble c'est presque nauséabond de parler de ça avec elle. Tu as raison en tout cas. Je ne devrais pas laisser tout ça m'atteindre. »

Janet arriva à notre table, déposant rapidement nos assiettes.

« Plus de café ? »

Je vidai ma tasse et je hochai la tête.

« Quand tu auras le temps. »

Elle attrapa ma tasse et continua à bouger.

Lucy et moi commençâmes à manger. La conversation migra sur un sujet beaucoup plus facile. Je partis un peu plus tard après que Lucy m'eut fait promettre de la rejoindre avec Amelia pour le jeu de cartes entre filles qu'elles organisaient toutes les semaines.

Mon esprit n'arrêtait pas de revenir à Beck. Mes pensées étaient un boomerang quand il s'agissait de lui. Certaines choses pouvaient détourner mon attention, mais il revenait toujours. Même si la conversation avec Lucy avait porté sur elle, mon cœur était un peu troublé. La tristesse que j'avais ressentie m'avait surprise. Ça n'aurait pas dû. Pourquoi devrais-je me soucier du fait qu'elle ait décidé d'ignorer toute opportunité de relation ? J'imagine que je m'étais retrouvée un peu trop dans ce qu'elle vivait.

Chapitre Seize

BECK

Le bruit des pales d'hélicoptère qui grondait dans l'air était étrangement réconfortant. J'appuyai ma tête contre le siège dans un soupir. J'étais fatigué et toute notre équipe aussi. Nous avions été appelés pour un incendie qui ne voulait tout simplement pas mourir dans le centre de l'Alaska. Notre équipe avait terminé une garde de deux semaines avant que nous ne soyons remplacés par l'une des équipes de la région de Fairbanks. Nous traversions un autre été sec, qui occupait les équipes de pointe dans tout l'État. Le scolyte de l'épinette avait ravagé les vastes étendues de forêt de conifères de l'Alaska. L'insecte avait été ramené dans du bois de chantier en provenance d'Asie. Depuis son arrivée, il survivait dans les nombreuses étendues d'épinettes d'Alaska et laissait des hectares d'arbres morts dans son sillage. Des étés chauds et secs et autant de combustible voulait dire des incendies rapides, qui se propageaient facilement et étaient sacrément difficiles à éteindre.

Je fis rouler ma tête sur le côté et regardai le paysage sous nos têtes. Quand j'étais au plus profond de la nature à combattre les incendies, c'était facile d'oublier que nous étions en terre sacrée. La beauté de l'Alaska était à couper le souffle. Je regardai les sections noircies de la forêt s'éloigner. Alors que nous volions vers le sud, les arbres devenaient plus épais et plus verts et les montagnes d'Alaska apparaissaient devant nous. Denali grimpait dans le ciel, le sommet de la chaîne d'Alaska. D'épais nuages blancs entouraient son sommet.

Mon souffle s'arrêta. Même si j'étais né et que j'avais grandi en Alaska et que sa beauté naturelle faisait partie de mon quotidien, elle m'épatait encore parfois. Mon grand-père, décédé depuis longtemps, appelait ce désert la cathédrale de Dieu. Ce n'était pas un homme particulièrement religieux, mais il était convaincu que nous devions respecter le sol sur lequel nous marchions. Je pris une lente inspiration et je regardai les montagnes alors que nous les survolions. Le mince ruban d'une rivière scintillait sous les rayons du soleil. Je scrutai l'horizon en suivant la rivière des yeux.

Willow Brook apparut et Maisie, qui était restée logée dans mon cerveau pendant des semaines, me pinça le cœur. Quand j'étais en train de combattre les flammes, je n'avais pas beaucoup de temps pour réfléchir. Une longue journée et une courte nuit n'était pas une idée abstraite ou uniquement liée au soleil pour les pompiers d'Alaska. Le soleil se levait vers quatre heures du matin dans la partie la plus au nord de l'État où nous étions allés et ne se couchait complètement qu'après minuit. Quatre heures au mieux, c'était la durée de la « nuit » là-bas pendant l'été. Nous avions travaillé de l'aube jusqu'au crépuscule et nous nous étions effondrés chaque nuit. Dans ces moments d'épuisement, avant de sombrer dans un sommeil sans rêves, j'avais beaucoup de temps pour réfléchir. Le peu de pensées que je rassemblais allaient à Maisie. Elle m'avait manqué. Personne ne m'avait jamais manqué quand j'étais absent.

La sensation elle-même était étrange – très étrange, m'obligeant à étirer mes épaules et détendre mon cou un instant. Je me demandais si elle serait de service à l'atterrissage. Sans doute. Le fait que je connaissais son emploi du temps en disait long. Ce qui était amusant, c'était que je connaissais son emploi du temps depuis qu'elle avait commencé à travailler à la station. Dès les premiers jours, j'avais eu envie de la revoir tous les lendemains. J'avais adoré son côté vache avec nous tous au début. Elle était passée à autre chose depuis longtemps, mais pour être honnête, je faisais tout mon possible pour la provoquer parce que c'était sacrément amusant de l'énerver. Ça m'excitait aussi. Maintenant que j'avais goûté à elle, tout en elle m'excitait. Rien que de penser à la dernière fois que je l'avais vue me fit bander.

C'était le lendemain de notre dernier intermède époustouflant dans le garage. Mon équipe avait reçu l'appel le lendemain. C'était mon travail, et j'étais tout à fait habitué à partir pendant des semaines. Pourtant, je n'avais pas pu m'empêcher de passer à son bureau. Je ne savais pas ce que je voulais, mais je voulais plus que ce que j'avais.

Elle était redevenue froide avec moi. Ça m'avait énervé. Ce qui en soi était encore autre chose. La façon dont elle m'affectait était une vraie énigme. J'étais un gars facile à vivre. Je m'étais lancé dans cette aventure en pensant que mon désir incontrôlable pour Maisie serait sous contrôle. Au lieu de cela, une série d'effets secondaires inattendus me prenaient en otage. Pour commencer, être avec elle n'avait fait que rendre mon besoin de l'avoir dangereux. Je me doutais qu'elle serait joueuse et passionnée parce que ça correspondait au reste de sa personnalité. Elle était comme ça, peu importe la situation. Je n'avais pas réfléchi à comment tout cela attiserait les flammes de mon désir pour elle.

Je me tortillai sur mon siège quand le souvenir de la voir crier en se serrant autour de moi envahit mes pensées. Merde. J'étais tellement dans la merde. Ça aurait dû me faire paniquer. Pourtant, ça allait. Je m'étais à peu près convaincu qu'il était temps de tenter le tout pour le tout avec elle. Cette pensée même aurait dû me faire réfléchir. À quoi diable pensais-je ? Je pensais que Maisie était tellement sexy, tout ce que je voulais, c'était plus, plus et plus. Il y avait ça et la façon dont mon cœur se tordait dans ma poitrine chaque fois que je pensais à elle. Je n'avais aucune idée de ce qu'il fallait en penser parce que c'était quelque chose que je n'avais jamais vécu. Tout ce que je savais, c'était que tout ça alimentait directement mon désir et vice versa, les deux sentiments se nourrissant l'un de l'autre.

Le pilote de l'hélicoptère dit quelque chose dans son casque, puis s'orienta vers l'aire d'atterrissage derrière la caserne. Willow Brook avait un petit aéroport, comme à peu près toutes les villes ou villages d'Alaska. Des milliers de petits avions décollaient et atterrissaient dans l'État, car une grande partie n'était pas reliée par la route. Le petit aéroport de Willow Brook avait quelques hangars à avions et pas grand-chose d'autre. Sa petite piste allait jusqu'à la caserne des pompiers, qui offrait un emplacement idéal pour notre héliport.

Après l'atterrissage, je sortis avec le reste de

l'équipe. Fred Banks, le pilote, me donna une tape sur l'épaule quand il me tendit mon équipement.

« J'imagine que je te verrai dans quelques semaines, hein ? »

Ses yeux bleus se plissèrent aux coins de son visage patiné quand je lui lançai un regard. Fred était un dur à cuire et ça se voyait. Avec ses cheveux gris acier, sa carrure souple et son sourire avenant, il était toujours le bienvenu à la fin d'une grosse mission incendie.

« Comme d'habitude, Fred. Tu vas où ensuite ? demandai-je en retour.

— Je dors ici cette nuit, mais demain je vais à Fairbanks. J'ai quelques vols à partir de là.

— Ah, eh bien, prends un bon café au Firehouse Café avant de prendre l'avion demain. »

Fred fit un clin d'œil.

« Toujours. Janet me prépare un petit déjeuner à emporter à chaque fois. »

Je ris et fis un signe de la main en me dirigeant vers la gare.

« Évidemment. À la prochaine Fred ! »

Ma foulée s'accéléra à l'approche de la station. Habituellement, je me dirigeais directement vers les douches, sans m'arrêter. Aujourd'hui, j'avais besoin de voir Maisie d'abord. J'ouvris la porte d'un coup de pied avec ma botte et je tournai dans le couloir qui menait à l'avant. Un autre coup de pied dans une autre porte, et elle était là.

Assise derrière son bureau. Ses boucles sauvages en queue de cheval. Ses yeux jaillirent de son écran d'ordinateur. À la seconde où elle me vit, ses joues rougirent. Elle avait peut-être envie de la jouer cool, mais je m'en fichais.

Chapitre Dix-Sept

MAISIE

Je fixai Beck et je sentis mes joues se réchauffer. Il portait un jean délavé strié de saleté et un t-shirt gris qui ne cachait en rien ses pectoraux ou ses bras ridiculement musclés. Son gros sac d'équipement tomba au sol avec un bruit sourd. Il me fallut une seconde pour réaliser qu'il contournait le bureau et fonçait droit sur moi. En un éclair, il était à côté de moi, son regard vert foncé planté dans le mien.

Mon pouls s'accéléra, ma respiration se brouilla et la chaleur m'inonda. Il suffisait qu'il me *regarde* pour que mon vagin se serre. Il était parti deux semaines entières et il m'avait manqué. Terriblement. Mon cœur lança un coup dans mes côtes alors que je le fixais. Ses boucles noires étaient ébouriffées et soufflées par le vent. Il ne s'était probablement pas douché depuis des jours, voire depuis son départ. Le terme *douche* lui-même était un peu vague. Je savais parfaitement que quand les gars étaient sur le terrain, plonger dans un ruisseau était sans doute ce qui se rapprochait le plus d'une douche, ou une petite baignade s'ils avaient le temps de se reposer. Quoi qu'il en soit, il était sale, et j'étais tellement heureuse de le voir que l'émotion me bloqua la gorge.

J'avais peut-être fantasmé de temps en temps sur lui depuis que je l'avais rencontré, quand je baissais ma garde. Et pourtant, j'avais l'habitude qu'il soit parti pendant de longues périodes. C'était la vie d'un pompier de milieu naturel. Ils allaient et venaient en ville, partant pendant des semaines à la fois. Je ne m'attendais pas à ce qu'il me manque. Habituellement, quand Beck n'était pas là, j'étais un peu soulagée. Il me mettait à cran avec ses taquineries, et j'étais déterminée à garder mes distances à cette époque. Quand il était parti, je pouvais me détendre et ne pas m'inquiéter des réactions rebelles de mon corps.

Céder à mon désir pour lui m'avait rendue folle. Tant que je ne pensais à rien de ce qui s'était passé entre nous, ça allait. Le problème était que je n'arrivais plus à arrêter d'y penser. Mon idée idiote que le fantasme serait mieux que la réalité s'était avérée ridiculement fausse.

Mes yeux buvaient avidement son visage. Il attrapa le dossier de ma chaise et me fit pivoter vers lui. Il me fallut toute ma volonté pour ne pas sauter et jeter mes bras autour de lui.

Wow. Tu es vraiment, vraiment ridicule. Reprends-toi.

Mon petit monologue ne fit rien pour aider le désir qui se déchaînait en moi et le fait que mon cœur avait commencé à sauter de joie en le voyant. Je ne dirais pas que je ne m'inquiétais pas pour les gars quand ils étaient sur le terrain. Je savais qu'ils faisaient un travail dangereux, mais ils étaient tous si bons que j'envisageais rarement les vrais risques. Mais ces deux dernières semaines pendant que Beck était parti ? Plus d'une fois, ça m'avait traversé l'esprit qu'il pourrait être blessé ou mourir. L'année dernière, l'une des équipes avait eu un accident d'avion. Ils s'en étaient tous sortis indemnes, rien de plus que des blessures mineures, mais ça aurait pu être bien pire.

Beck me fit sursauter quand il posa ses hanches contre le comptoir à côté de mon bureau et fit glisser son dos le long du mur jusqu'à atterrir sur ses talons, entre mes genoux. Il m'attrapa les mains juste au moment où la ligne d'urgence sonna dans mon oreille.

Alors que son regard était fixé sur moi, je dus détourner le mien. Il libéra facilement une de mes mains, mais garda l'autre entre les siennes. Je détournai mon attention de lui et j'appuyai sur le bouton de mon casque pour prendre l'appel.

« 911, quelle est la nature de votre urgence ?

— Salut Maisie, c'est Carrie Dodge. »

Je manquai de rire. J'avais compris qu'une fois que les gens savaient qui j'étais, ils avaient tendance à me saluer par mon nom lorsqu'ils appelaient le 911. J'étais la seule opératrice de Willow Brook avec Anchorage comme remplaçant en dehors de mes heures de travail, il allait donc de soi que les gens m'appellent par mon nom. Ça m'amusait toujours. Ça me donnait aussi le sentiment de faire partie de la communauté, ce qui me semblait étrange.

« Bonjour Carrie, pouvez-vous me dire la nature de votre urgence ? » demandai-je, en m'en tenant au script de mes appels.

Je me souvins de mon dernier appel, quand il lui avait fallu une bonne dizaine de minutes pour me dire qu'elle était coincée à l'intérieur d'une pelleteuse dans un fossé. Beck passa paresseusement son pouce sur ma paume. La sensation de son doigt rugueux me rappela le toucher de ses mains dans toutes sortes d'autres endroits. Mon canal se serra et j'en détournais mon attention autant que possible pour lui lancer un regard noir.

« Oh, Herman est à nouveau coincé dans le même arbre. Habituellement, j'utilise la pelleteuse et le sors avec le godet. C'est une sorte de jeu pour nous. Mais si vous vous souvenez, la dernière fois que j'ai fait ça, ça ne s'est pas très bien passé.

— Je m'en souviens. Ça vous dérange si je vous demande si vous allez bien ? »

Je pouvais l'entendre souffler de son côté de l'appel et retenir un rire.

« Je vais bien. J'ai juste besoin que quelqu'un vienne faire descendre Herman de l'arbre, répondit-elle.

— Ça marche. Je vais envoyer l'une des équipes vers chez vous. »

— Vous n'allez pas me faire rester en ligne pour me faire parler cette fois, n'est-ce pas ? »

— Pas besoin cette fois. Vous êtes saine et sauve. Si l'un des camions n'est pas là dans les quinze minutes, vous pouvez me rappeler, d'accord ? »

Elle raccrocha sans plus de réponse. Je secouai la tête et jetai un coup d'œil à Beck. Mon pouls bondit à nouveau et mon cœur fit un sursaut bizarre. Il s'assit contre le mur, ses yeux rivés sur moi. Le moment me semblait trop intime, trop intense, et je ne savais pas quoi en faire. Alors, je me concentrai sur le pragmatique.

« Je déteste devoir te dire ça, mais tu vas peut-être devoir rassembler quelques gars pour aller aider Carrie Dodge à faire descendre Herman d'un arbre. »

Un sourcil noir se leva d'interrogation.

« Herman ?

— Son chat. »

Un rire sourd lui échappa, et mon ventre se tordit, de petites étincelles de chaleur me traversèrent.

« Où sont les autres équipes ?

— L'équipe de Cade est sur un incendie sur un chantier de construction juste à l'extérieur de la ville, et l'autre équipe est à Anchorage pour une rotation. Les gars de Cade sont partis seulement quand Fred a appelé pour donner votre heure d'atterrissage. Ils ont dû se dire que vous pourriez gérer les appels qui arriveraient. »

Beck pencha la tête en arrière avec un soupir. J'étais tellement concentrée sur le fait d'enfin le voir après qu'il m'eut tant manqué pendant ces deux semaines, que je n'avais pas remarqué à quel point il avait l'air fatigué. La lassitude était gravée dans ses traits. Il leva les yeux et hocha la tête avant de serrer légèrement ma main et de se mettre debout. Il resta silencieux un instant, ses yeux parcourant mon visage.

« Est-ce que je peux te voir ce soir ? » demanda-t-il d'une voix bourrue.

Sa question me fit sursauter, suffisamment pour que j'acquiesce avant d'y réfléchir.

Son regard brûlant m'envoya une bouffée de chaleur. *Mon Dieu*. La façon dont il me regardait me rendait folle.

« Tu n'es sans doute pas obligé d'aller chez Carrie. Quelques gars avec la nacelle élévatrice devraient suffire. » dis-je, faisant référence aux cabines que les pompiers utilisent pour atteindre les choses en hauteur.

Beck haussa les épaules.

« Je sais que je pourrais envoyer quelqu'un d'autre, mais c'est pas sympa. On est tous crevés. Le moins que je puisse faire, c'est d'aider. »

Mon cœur se serra alors que je le fixais. Il fallait

qu'il m'achève en étant un gars décent. Il était le chef d'une équipe de vingt personnes. Il ne faisait aucun doute qu'il n'en faudrait que quelques-uns pour aider à sauver le bien-aimé Herman de Carrie. Mais Beck n'était pas le genre de leader qui manquait à son devoir et déléguait à son équipage quand il pouvait gérer. Un autre jour, s'ils n'avaient pas été tous crevés après des semaines à repousser un incendie de forêt, il aurait pu imaginer envoyer une partie de l'équipe et rester là. Mais pas aujourd'hui.

Je déglutis contre l'émotion soudaine qui me bloquait la gorge et hochai la tête.

« Ça marche. OK, d'accord... »

Mes mots disparurent parce que je n'avais aucune idée de quoi dire d'autre.

Il jeta un coup d'œil à l'horloge au-dessus de la porte à côté de mon bureau.

« Tu pars à six heures ? » demanda-t-il.

Mon emploi du temps était le même tous les jours, donc ça n'aurait pas dû me surprendre qu'il le connaisse. Mais quand même. Une petite boucle de chaleur s'enroula autour de mon cœur en sachant qu'il faisait attention à mes habitudes.

« Ouais, répondis-je en regardant l'horloge sur mon écran d'ordinateur.

Je finissais dans une demi-heure.

« Je vais m'assurer qu'Herman va bien, dit-il avec un sourire avant de s'arrêter. Je viendrai chez toi après. Ça te va ? »

Encore une fois, ma tête se contentait de hocher.

Il resta là un instant, les yeux sur moi. L'air était électrique. Je voulais toutes sortes de choses − le toucher, me perdre dans sa force. Mais je ne fis rien car nous n'étions en aucun cas dans un endroit privé. Une équipe entière était dans la caserne, sans parler du chef Masters qui était toujours quelque part. Alors je gardai mes sentiments au loin et le regardai me faire un clin d'œil et s'éloigner.

Chapitre Dix-Huit

BECK

Jesse Franklin sourit en me tendant le chat de Carrie Dodge. Herman me regarda comme s'il était saoulé par cette affaire. Nous venions de passer une bonne heure à manœuvrer la nacelle élévatrice alors qu'il sautait de branche en branche du grand épicéa. Heureusement, Herman était un chat tigré orange. Sa fourrure brillante nous avait aidés à le retrouver quand il était grimpé dans les branches supérieures de l'arbre.

Je passai mes doigts sous son menton et il se mit à ronronner tout de suite.

Jesse gloussa.

« Oh, maintenant il est content. Heureusement que j'avais des gants. Il a essayé de me griffer comme un fou moi. »

Je baissai les yeux vers Herman alors qu'il ronronnait et s'enfouissait dans mes bras.

« Laisse-moi déposer le petit gars et on pourra retourner à la station, dis-je en jetant un coup d'œil à Jesse.

— Compris. »

Je traversai la cour. Carrie marchait déjà vers moi.

Je connaissais Carrie depuis mon enfance. Elle me semblait ne jamais vieillir. Elle avait les mêmes cheveux argentés tirés en une longue tresse et les mêmes yeux bleus perçants que quand j'étais jeune. Elle bougeait un peu plus lentement, mais c'était à peu près tout. Elle me retrouva à mi-chemin, grondant Herman quand je lui remis.

« Tu sais que tu ne devrais pas monter aussi haut, Herman. »

Son ronronnement s'accentua un peu plus fort quand elle me regarda.

« Merci de l'avoir rattrapé. C'est la troisième fois qu'il fait ça cet été. »

Je haussai les épaules.

« Aucun problème. Normalement, j'essaierais de trouver des solutions pour qu'il évite cet arbre, mais c'est un chat. »

Carrie rit.

« Exactement. Jusqu'à la dernière fois, je m'en occupais moi-même. J'ai juste besoin de récupérer ma pelleteuse...

— Vous n'êtes pas sur le point de me dire que vous la faite réparer et que vous seriez assez bête pour essayer de le récupérer vous-même, n'est-ce pas ? Vous savez que ce n'est pas fait pour ça, non ? »

Carrie haussa les épaules.

« Qu'est-ce que je vais faire d'autre avec ? Je ne l'ai que parce que John ne s'en est jamais débarrassé avant de mourir, déclara-t-elle, faisant référence à son mari décédé.

— Carrie, appelez-nous. On viendra récupérer Herman dans ce foutu arbre dès que vous en aurez besoin. »

Elle soupira et baissa les yeux sur Herman qui était totalement impénitent et ronronnait dans ses bras.

« Bien, merci. Les garçons, vous avez besoin de quelque chose à manger ? »

Mon esprit se tourna vers Maisie et je jetai un coup d'œil à ma montre. Nous étions ici depuis plus longtemps que prévu, et il était bien plus de six heures.

« Non, mais merci d'avoir proposé. »

Elle fit un signe de la main depuis son porche alors que Jesse et moi partions en voiture. J'envisageai de demander à Jesse de me déposer chez Maisie vu que c'était sur le chemin de la station, mais ça lancerait une série de questions auxquelles je n'étais pas prêt à répondre. J'étais agité et impatient de la retrouver.

Après la douche la plus rapide de ma vie, je sautai dans ma voiture et je me dirigeai vers chez elle. Quand il n'y eut aucune réponse à mon coup à la porte de la cuisine, je l'ouvris prudemment, pas assez patient pour attendre.

« Maze ? »

J'entendis une voix au loin et j'ouvris la porte en grand. Je fus accueilli par la vue de son postérieur alors qu'elle regardait dans le four. Bon sang. Ses fesses étaient parfaitement exposées pour moi. Le seul inconvénient était qu'elle n'était pas encore nue. Mais elle portait un legging élastique qui se resserrait sur ses fesses charnues. Je repoussai l'envie de passer derrière elle et de mettre mes mains sur ses hanches. Mis à part ces quelques instants à la caserne, ça faisait deux semaines complètes que je ne l'avais pas vue. Je ne savais vraiment pas où nous en étions. Je savais ce que je voulais. Elle. Comme pas possible.

Elle se redressa et se tourna vers moi. Ses joues étaient rosies et ses cheveux étaient détachés, ses boucles sombres et sauvages tombaient sur ses épaules. Je voulais m'approcher d'elle, enfouir ma main dans ses cheveux et déposer deux semaines d'envie accumulée sur ses lèvres.

« Hé, je ne savais pas si tu venais encore parce que... »

Apparemment, je ne réfléchissais pas. Du tout. Parce que je fis exactement ce que j'imaginais. Je fermai la porte d'un coup de pied derrière moi et je m'avançai devant elle en deux longues enjambées. Je glissai une main dans ses cheveux, des boucles soyeuses et douces. Son souffle se retint brusquement. Je l'attirai contre moi. Ma bite était devenue dure à la seconde où je l'avais vue. Bon dieu. Sentant ses courbes douces contre moi et la chaleur chaude au sommet de ses cuisses, je gémis.

L'air qui nous entourait bourdonnait de vie. Je fermai les yeux et respirai son odeur. Quand je les ouvris à nouveau, je trouvai son regard brun chocolat qui m'attendait. Je pouvais pratiquement voir des questions tourner dans son esprit. Je savais au battement rapide de son pouls dans son cou et à la rougeur de ses joues qu'elle me désirait. Je sentais que si nous parlions, elle commencerait à poser des questions et je ne pouvais rien répondre pour le moment. J'avais juste besoin... d'elle.

Je baissai la tête et déposai des baisers le long de son cou. Je sentis la chair de poule monter sur sa peau et je ressentis une bouffée de satisfaction. Je ne voulais pas être seul dans mon besoin sauvage et palpitant. Une sonnette d'alarme lointaine retentit dans mon esprit, mais je l'ignorai. J'étais capable de beaucoup de choses, mais me laisser aller au désir sans devenir léger et irresponsable n'était pas dans mes compétences. Jamais. Mais je ne voulais pas penser aux choses sérieuses. Je voulais juste me perdre dans Maisie et cette attirance entre nous.

Un bip retentit. Je levai la tête en voyant Maisie prendre du recul. Par réflexe, je la suivis. Je ne pouvais pas arrêter de la toucher. Pas maintenant.

Elle se retourna et éteignit la minuterie du four. Non pas pour me déplaire, elle se pencha et ouvrit le four pour vérifier que ce qu'elle cuisinait était prêt. Je fis courir mes mains le long des courbes de ses hanches et je ne pus résister à prendre ses fesses et à glisser une main entre ses cuisses. Je souris quand j'entendis un petit gémissement lui échapper. Je traînai mes doigts sur le coton, humide. Le simple fait de savoir qu'elle était mouillée rendait ma bite si dure que ça me faisait mal.

« Éteins le four. » dis-je, ma voix basse et rauque.

Je passai mes doigts une nouvelle fois sur sa chatte. Elle se cambra par réflexe sous mon contact et jeta un coup d'œil par-dessus son épaule.

Mince. Putain, il n'y avait rien d'artificiel chez elle, et c'était la femme la plus sexy que j'aie jamais connue. De loin. Elle mordait sa lèvre inférieure. Avec une boucle lâche qui pendait sur sa joue, elle avait l'air sale et sauvage, et je la voulais tellement que j'écrasai ma bite contre elle.

« Depuis quand es-tu si autoritaire ?

— Depuis que je ne t'ai pas vue depuis deux semaines. Les cinq minutes à la caserne ne comptent pas. Éteins le four. » répétai-je.

Un sourire attrapa le coin de sa bouche avant qu'elle ne se détourne pour éteindre le four. Elle se redressa et le referma. Pendant tout ce temps, je restais au ras d'elle, mon sexe palpitant de besoin. Une fois qu'elle se retourna dans mes bras, je glissai de nouveau une main dans ses cheveux et je posai ma bouche sur la sienne. Je versai deux semaines de désir et d'envie dans sa bouche. Elle se laissa aller, complètement. Notre baiser devint fou en l'espace d'une seconde, nos langues emmêlées, notre souffle se mêlant et la folie qui s'accumulait en moi.

J'avais besoin de plus. Tout de suite. Je m'éloignai et la fixai.

« Chambre. » m'étouffai-je.

Elle commença à reculer et à se retourner.

« Nan. Pas assez près. » dis-je en attrapant sa main et en la tirant vers moi.

Elle jeta un coup d'œil par-dessus son épaule, les yeux incrédules.

« Je ne peux pas exactement aller à la chambre sans, eh bien, marcher, expliqua-t-elle.

— Bien sûr que si. »

Je la soulevai contre moi, souriant quand ses jambes s'enroulèrent par réflexe autour de mes hanches.

« Tu me portes ? Ce serait pas plus facile si j'étais sur ton dos ? » demanda-t-elle d'un ton amusé.

Je haussai les épaules.

« Peut-être, mais nous on fait comme ça. Dis-moi où aller. »

Elle gloussa et mon cœur se serra.

Maisie ne riait pas souvent. Elle était trop tendue, et y penser me fit un peu mal au cœur. Je n'avais pas l'habitude de m'attacher aux gens comme je m'attachais à Maisie. Soudainement j'avais envie de savoir pourquoi elle était si piquante et distante et lui dire qu'elle n'avait pas besoin d'être comme ça. Je voulais prendre soin d'elle pour ne jamais revoir ce regard inquiet qui était si souvent présent dans ses yeux.

Elle regarda par-dessus son épaule et montra les escaliers qui menaient à l'étage. Je réussis à monter les escaliers en la gardant dans mes bras. C'était un miracle que je ne trébuche pas en montant quand elle commença à taquiner mon cou avec ses lèvres. Je n'avais pas l'habitude d'être la cible de ce genre d'attention. Oh, ne vous méprenez pas. J'étais très habitué au flirt et à la séduction osée, mais maintenant que j'avais goûté à Maisie, j'avais découvert quelque chose de nouveau. Il n'y avait rien de calculé ou de mesuré à son sujet. Elle ne cherchait jamais à déclencher quelque chose en moi. Tout était réel et brut, et ça me prenait le cœur et alimentait mon désir comme jamais auparavant.

Je franchis la dernière marche alors que l'envie menait mon corps avec une telle force et une telle vitesse que je dus faire une pause pour faire glisser ma langue le long de son cou. Son goût me fit oublier le reste du monde.

« Chambre. » murmurai-je contre son cou.

Elle leva la tête. Je jetai un coup d'œil autour de moi, constatant où nous étions. Le balcon longeait le mur à l'étage avec une balustrade de l'autre côté, donnant sur les deux étages de fenêtres du salon. Le soleil était au bout de sa lente descente vers l'horizon, laissant dans son sillage un ciel aquarelle. Elle me donna un coup de coude.

« Là. » dit-elle doucement, la voix rauque.

Je jetai un coup d'œil de l'autre côté pour voir la porte qu'elle indiquait. Je me tournai et la remontai, l'ajustant dans mes bras. La porter était encore meilleur que ce que j'aurais pu imaginer. Elle était un paquet de courbes, et j'aimais l'avoir serrée contre moi, la chaleur de son cœur frottant contre ma bite. Je ne pensais pas beaucoup à tout ce fantasme de gars protecteur et fort, mais bon sang, ça me faisait du bien de l'avoir dans les bras, comme si je pouvais la protéger de tout.

Nous étions dans cet entre-deux du crépuscule où

la lumière est vaporeuse. Les derniers rayons du soleil passaient à travers l'une des fenêtres de sa chambre, projetant une douce lueur argentée. Je jetai un coup d'œil autour de moi, admirant la pièce. Elle avait un lit bas, encastré dans le mur, avec des étagères de chaque côté et des piles d'oreillers. J'avais un dilemme. Je ne voulais pas la lâcher. Du tout. Mais je la voulais nue m'avalant au plus profond d'elle. Mais pour en arriver là, j'allais être obligé de la lâcher.

Je la posai au sol, réticent à reculer. Elle me fit immédiatement oublier mon plan en attrapant ma ceinture. Avant que je m'en rende compte, elle baissait mon jean et enroulait sa paume autour de ma bite. Nous étions debout au pied de son lit, et elle reposa ses hanches sur le bord du cadre et leva les yeux.

Je voulais dire quelque chose. Aucune idée de quoi. Elle me priva rapidement de la capacité de parler lorsqu'elle sortit sa langue et lécha la goutte de liquide pré-séminal qui reposait sur la tête de ma bite.

Je gémis. Que Dieu m'aide. Je n'avais pas l'habitude d'être à la merci de qui que ce soit, mais avec ses grands yeux bruns qui me regardaient à travers de longs cils et avec sa langue qui explorait chaque centimètre de ma bite, mes genoux manquèrent de fléchir. Je passai mes mains dans ses cheveux alors qu'elle commençait à me rendre fou. Sa langue était bien plus coquine que je n'aurais pu l'imaginer. Elle traîna lentement de haut en bas de mon membre, taquina mon gland avec des baisers, et enfin, *enfin*, enroula ses lèvres autour de ma queue.

Oh putain. J'étais sur le point de perdre la tête tellement j'étais excité quand elle se mit à me sucer. J'étais sur le point d'exploser. Bon sang, ça faisait deux semaines entières que je n'avais pas joui. On peut dire que quand on est un pompier en forêt qui passe de longues journées à combattre des incendies, la dernière chose à laquelle on pense c'est le sexe. Et il n'y avait aucune opportunité d'y penser. Je ne m'étais même pas branlé depuis deux semaines. Alors avec sa bouche qui me poussait à bout et s'enroulait aussi étroitement sur ma peau fine, je manquai d'exploser.

Lorsqu'elle se recula et me regarda, j'attrapai le bout d'un fil de contrôle effiloché et reculai. C'était un putain de spectacle avec ses lèvres gonflées et humides d'avoir bichonné ma bite. Elle recommença à tendre la main vers moi, mais je fis un autre pas en arrière, retirant mon t-shirt et le jetant au sol. J'avais besoin de sentir chaque centimètre d'elle contre ma peau.

Je la tirai vers le haut, attrapant brutalement son t-shirt pour le retirer et gémissant à la vue de ses seins pleins dans un soutien-gorge en soie noire. Bordel. Son penchant pour la soie noire était la cerise sur le meilleur gâteau que j'aie jamais mangé. Elle enleva son legging, tandis que j'enlevais mes bottes et mon jean.

J'étais au-delà de la frénésie et j'avais juste besoin de me rapprocher d'elle le plus rapidement possible.

Mon désir brûlant me fouettait, me dirigeait. Rien n'était mesuré, rien n'était calculé.

En quelques secondes, nous étions emmêlés sur son lit, sa peau douce contre moi. Je ne me souvenais même pas si elle avait enlevé son soutien-gorge et sa culotte, ou si je l'avais fait moi-même. Tout ce que je savais, c'était à quel point j'étais soulagé de la caresser entre ses cuisses et de la trouver chaude et lisse.

Je cartographiai son corps avec mes lèvres et mes mains. Faisant glisser des baisers le long de son cou, savourant le piquant de sa peau, je murmurai :

« Tu m'as manqué... »

Les mots m'échappèrent. Je les sentis résonner quelque part dans mon cœur. Maisie s'immobilisa et je sentis le rythme rapide de son pouls sous mes lèvres. Je levai la tête pour trouver ses yeux grands ouverts.

Je n'avais pas réfléchi avant de parler, mais je le pensais si farouchement que je n'avais pas l'intention de le reprendre. Ça me mettait un peu mal à l'aise. Je n'étais pas habitué aux sentiments suscités par Maisie, mais ils étaient là et je n'étais pas un lâche.

Mon cœur battait vite et fort dans mes côtes. Elle me fixa dans le calme pondéré.

« Je t'ai manqué ? » demanda-t-elle dans un murmure rauque.

Pendant un instant, j'hésitai et imaginai fuir. Pourtant, je restai là.

« Oui. Ça a été deux longues semaines. »

J'attendis, me demandant si j'avais parlé trop tôt. Maisie était nerveuse et dangereuse, un peu comme un porc-épic.

Je regardai le brun chocolat de ses yeux vaciller, la couleur changeant subtilement comme des nuages dérivant dans le ciel.

Je pouvais la sentir se serrer à l'intérieur. Elle inspira une bouffée d'air, la laissant échapper dans un soupir rauque.

« Tu m'as manqué aussi » dit-elle, ses mots teintés de résignation.

Je le pris comme une victoire et j'éloignai ses boucles emmêlées de son visage. Mené par le besoin qui tambourinait en moi, je montai sur elle. Ses genoux s'ouvrirent et sa paume glissa le long de ma colonne vertébrale. Ma bite était nichée dans ses plis, si glissante et humide que je m'enfonçai presque à l'intérieur d'elle immédiatement. La réalité me retint juste à temps. Je n'avais pas de préservatif.

Je commençai à reculer, mais elle enroula ses

jambes autour de mes hanches et me maintint en place.

« Je déteste te dire ça, mais je n'ai pas de préservatif. D'habitude, j'en ai, mais je suis parti deux semaines et...

— Oublie. Je prends la pilule. »

Je me glissai sur un coude et la regardai. Des pensées me traversaient l'esprit. Je ne pouvais même pas me rappeler la dernière fois que j'avais eu un rapport non protégé. On n'est pas pompier sans être préparé. Une grossesse accidentelle n'était pas ce que j'appelle être préparé. Quoi qu'elle ait vu dans mon regard, le sien passa de brumeux et passionné à incertain.

« Je n'aurais probablement pas dû supposer que... j'ai juste... »

Je secouai la tête.

« Arrête. Tu m'as pris par surprise. C'est tout. »

Je savais ce que je voulais. Désespérément. Mais elle devait être sûre.

« Tu es sûre ? »

Elle hocha la tête rapidement.

« Oui ! Je prends la pilule depuis toujours. »

Je n'hésitai pas et je reculai mes hanches, m'enfonçant en elle en une poussée rapide.

Elle était étroite et glissante. C'était tellement bon que je manquai de jouir tout de suite. Je passai mes doigts dans les siens et je tendis ses bras vers le haut, déposant des baisers sur son visage et le long de son cou alors que je luttais pour garder le contrôle.

Elle n'avait pas ce problème et commença à balancer ses hanches contre moi, avec de petits gémissements et une respiration lourde. Ça m'acheva. Mon contrôle s'effondra, et je glissai mes hanches en arrière, m'enfonçant à nouveau jusqu'à la garde. Tout se brouilla en rien d'autre que la sensation de ses seins pressés contre moi, ses mamelons serrés comme de petites perles, sa peau humide contre la mienne, ses hanches se levant pour répondre à chaque coup de reins, son canal palpitant autour de ma bite − tellement serré, chaud et humide.

La chaleur se tordait dans ma colonne vertébrale, la tension devenait de plus en plus forte jusqu'à ce qu'elle se cambre contre moi, criant mon nom. Ma libération me traversa si fort que ma tête tourna alors que j'explosais à l'intérieur d'elle.

J'essayai de déplacer mon poids sur le côté, mais elle resserra ses jambes autour de moi.

« Ne bouge pas, murmura-t-elle, ses lèvres contre mon cou.

— Je ne veux pas t'écraser. » dis-je avec un petit rire.

Je m'approchai doucement d'elle, mais je restai profondément enfoui entre ses plis. Un soulagement me traversa. Ce n'était pas simplement le soulagement de trouver enfin une décharge pour mon besoin refoulé. C'était le soulagement d'être à nouveau emmêlé peau à peau avec Maisie.

Chapitre Dix-Neuf

MAISIE

« 911, quelle est la nature de votre urgence ? » demandai-je en scannant l'écran de mon ordinateur pendant que le système recherchait l'adresse de la personne qui appelait.

Que quelqu'un appelle depuis un téléphone portable ou une ligne fixe, le système informatique scannait l'appel instantanément pour en trouver l'emplacement. Avant que la personne ne réponde à ma question, le système me dit qu'elle appelait à partir d'un téléphone portable et qu'elle était située à proximité de l'autoroute principale menant à Willow Brook parce que son signal passait par une tour cellulaire à côté de l'autoroute.

« Euh, nous avons eu un accident de voiture en faisant un écart pour essayer d'éviter un élan. » déclara une femme, la voix tremblante.

J'appuyai sur le bouton qui alertait l'équipe de service, qui se trouvait être l'équipe de Beck. Le seul moment où je ne pensais pas à lui, car mon esprit était pas mal obsédé par sa personne, c'était quand je prenais des appels. Dans ces moments-là, mon attention se focalisait comme un laser sur la personne en ligne.

« D'accord, nous avons une équipe en route. Pouvez-vous me dire votre nom ?

— Jerri, c'est Jerri.

— D'accord, Jerri. Je suis Maisie. Pouvez-vous me confirmer votre position ?

— Nous sommes sur l'autoroute à l'extérieur de Willow Brook.

— Est-ce qu'il y a des blessés ?

— Euh, je pense que oui, mais je ne peux pas être sûre. Quand mon mari a fait un écart pour éviter l'élan, notre camping-car a heurté un poteau téléphonique et on a roulé dans un fossé. Je suis écrasée dans le coin du côté passager et je ne vois pas très bien. »

La voix de Jerri était tremblante et je pouvais sentir sa peur et son inquiétude vibrer à travers le téléphone.

J'entendis la sirène de l'ambulance et deux véhicules de police sortir à fond du garage de la station et je savais qu'ils n'étaient qu'à quelques minutes de la scène. Je gardai Jerri en ligne jusqu'à ce que je confirme que l'équipe d'urgence était sur les lieux. J'entendis la voix de Beck appeler quelqu'un en arrière-plan et je ressentis un sentiment de confiance. Il s'assurerait que tout le monde allait bien.

Je mis fin à l'appel et finis d'entrer tout ce qui était nécessaire dans le système, passant à un système de données que le chef Masters m'avait demandé de gérer. Mon esprit revint à Beck. J'étais absolument certaine que tout le monde irait bien uniquement parce qu'il était là. C'était ridicule de lui faire autant confiance. L'équipe complète, des pompiers à la police en passant par les ambulanciers, s'occuperait de tout. En vérité, l'équipe de Beck était ceux qui avaient le moins à faire dans ce genre d'urgence. Ils aideraient à faire sortir tout le monde du camping-car en toute sécurité et à redresser le camping-car et le faire sortir de la route. Les ambulanciers feraient le gros du travail pour s'occuper des blessés.

Mais c'était Beck, donc c'était le héros dans mon esprit. J'étais passée de fantasmes torrides à une réalité encore plus torride avec lui. J'étais aussi passée de le haïr presque parce qu'il m'embêtait tellement à m'évanouir mentalement en pensant à lui.

Tu es gaga maintenant. Tellement que ça en devient gênant.

Et alors ? Depuis quand je n'ai plus le droit de m'amuser ?

Depuis que tu as eu assez de bon sens pour savoir que les hommes ne restent jamais longtemps. Tu sais comment c'est. Prends soin de toi car personne d'autre ne le fera.

Cette petite voix qui essayait de me convaincre de ce dernier point resta silencieuse après ça. D'aussi loin que je me souvienne, j'étais seule responsable de mon bien-être. Pendant les trois courtes années de ma vie avant la mort de ma mère, c'était peut-être différent, mais je ne m'en souvenais pas.

Mes souvenirs clairs, dès que j'étais à la maternelle, avaient tous un point commun : je prenais le relais de mon père. Je suis allée à mon premier jour de maternelle sans panier-repas. Je n'étais jamais allée à la maternelle, donc mon esprit de petit enfant n'avait aucune idée que j'en avais besoin. Ce soir-là, j'avais supplié mon père de m'emmener au magasin en acheter un. Il m'y avait envoyée avec sa petite amie du moment. Je ne me souvenais même pas de son nom, mais elle avait semblé aussi déconcertée par l'affaire que lui. Elle m'avait emmenée à l'épicerie, qui n'avait pas beaucoup de choix, où j'avais choisi une boîte en plastique bleu vif qui est restée ma boîte à repas tout au long de la maternelle. Le plastique résistait à tout, c'était fou. Dieu merci, car il était peu probable que mon père m'offre un jour une autre boîte à repas.

Ce n'était pas que je n'étais jamais sorti avec qui que ce soit, même si je n'étais même pas sûre que je « sortais » avec Beck. J'avais eu un genre de petit ami au lycée, puis quelques autres semi-petits amis à l'université. Rien qui marchait vraiment. J'étais toujours trop sérieuse. Je n'étais pas capable d'être insouciante et amusante. Quoi qu'il en soit, ce que je voulais dire, c'était que j'avais déjà aimé des gars, mais je n'avais jamais, *jamais* eu l'impression d'être en sécurité grâce à un gars. Beck s'était transformé en ce héros du feu dans mon esprit. Il pouvait prendre soin de n'importe qui et de tout le monde. Y compris moi.

Mais je n'avais besoin de personne pour prendre soin de moi. J'étais responsable de moi-même et le serais toujours. C'était risqué et bête de compter sur quelqu'un d'autre. Pourtant, j'étais là, à penser que je pouvais me détendre et compter sur Beck.

J'étais en train de secouer fermement la tête de gauche à droite – en réponse à mon propre dialogue interne stupide – quand Amelia poussa la porte de la station.

Amelia était magnifique. Elle était grande, aussi grande que la plupart des hommes. De longues jambes, avec des courbes généreuses et des cheveux et des yeux ambrés, ça ne me surprenait pas du tout que Cade soit si ridiculement amoureux d'elle. Je ne connaissais pas toute leur histoire, mais ils faisaient partie de ces couples faits l'un pour l'autre, du moins c'était ce que j'avais entendu dire, après avoir été fous l'un de l'autre au lycée et à l'université. La rumeur disait qu'ils avaient eu une rupture compliquée et que Cade avait quitté la ville. Quand il est revenu, j'avais l'impression qu'il allait s'enflammer quand elle était dans les parages. Brûlant était un mot approprié quand il s'agissait de la façon dont il la regardait.

Elle s'arrêta et pencha la tête sur le côté, le regard interrogateur.

« C'est si désagréable de me voir ?

— Oh non. Je disais non, juste, euh, pour autre chose. » dis-je, en m'emmêlant dans les mots.

Je n'allais pas dire que j'étais obsédée par Beck et à quel point je m'entichais de lui.

Amelia sourit et vint s'accouder au comptoir.

« Alors, tu seras là ce soir ? » demanda-t-elle.

Elle dut percevoir la confusion sur mon visage.

« La soirée cartes entre filles, précisa-t-elle.

— Ah oui. J'avais oublié. »

Je n'avais rien de prévu. Parce que j'avais rarement quoi que ce soit de prévu. Pourtant, pendant un instant, j'hésitai. Et si Beck voulait revenir ce soir ?

Tu n'as aucune idée de ce que Beck veut faire. Ça te ferait du bien d'avoir quelques amies pour la première fois de ta vie, alors vas-y.

Eh bien, bon sang. Ce côté de moi était un peu autoritaire. La vérité, c'était que je voulais bien explorer le côté « se faire des amies ». Je n'allais pas partir d'ici de sitôt. Aussi loin que je puisse voir, j'avais prévu de rester à Willow Brook. J'étais assez loin de la vie improvisée de mon père, j'étais presque certaine qu'il ne viendrait pas me demander de l'argent comme il avait tendance à le faire quand je n'habitais pas loin. J'avais un bon travail, une maison, une voiture et tout ce que Gram m'avait laissé. J'avais aussi plus de stabilité que jamais. S'il y avait une chose dont j'avais envie, c'était ça.

Je croisai le regard d'Amelia et je hochai la tête.

« Je serai là. Je ne crois pas qu'on m'ait dit l'heure ou l'adresse.

— Chez Lucy. Elle habite au-dessus de notre bureau juste en bas de la rue. Tu vois ?

— Comment pourrais-je manquer le panneau ? » dis-je en riant, en faisant référence à son panneau d'entreprise Kick A** Construction bleu vif.

Amelia lança un sourire.

« C'est vrai. C'est ce que je me suis dit quand j'ai choisi le nom. J'espérais que ça ferait que les gens s'en souviendraient.

— De ce que j'entends de Cade, tu es pas mal occupée, donc ça doit fonctionner.

— En parlant de Cade, il est dans les parages ou il est en sortie ? »

L'équipe de Beck était techniquement de service pour les appels locaux aujourd'hui, mais ça ne voulait pas dire que Cade n'avait pas suivi. J'appuyai sur le bouton de l'interphone de mon casque.

« Cade, tu es dans le coin ? demandai-je au canal général, sachant que ma question serait entendue dans toute la station.

— Je viens vers toi, Maisie. » répondit Cade.

Quelques secondes plus tard, Cade poussa la porte. Amelia se tourna vers lui, son visage s'illuminant. Il la tira contre lui et l'embrassa. Ce fut rapide, mais tellement chaud que je dus détourner le regard. C'était généralement comme ça entre eux. Beck avait surnommé Cade *aveugle à Amelia* car il oubliait le monde entier quand elle était là. Ça m'époustouflait, ne serait-ce que parce qu'ils se connaissaient depuis toujours.

Je restai concentrée sur la feuille de suivi et j'entrai quelques chiffres supplémentaires, ne levant les yeux que lorsque j'entendis mon nom.

« Hein ? »

Cade fit un clin d'œil.

« J'entends dire que tu vas au jeu de cartes des filles. Fais attention. Lucy gagne toujours aux cartes. »

Amelia lui donna un coup de coude alors qu'elle reposait ses coudes sur le comptoir. Ses joues étaient rouges et ses yeux brillants. Je ressentis une pointe de… quelque chose. Je n'appellerais pas ça de la jalousie parce que ce n'était pas ça, plus de la nostalgie. Regarder Amelia et Cade ensemble me faisait penser à ce que ça pourrait être d'avoir quelque chose comme ça. L'intimité entre eux était palpable. En dessous, il y avait un sentiment de joie partagée et le sentiment qu'ils faisaient face à tout dans la vie ensemble. Amelia semblait être une femme très indépendante, tandis que Cade était sans aucun doute un homme fort et indépendant. Ils se tiraient mutuellement vers le haut et s'adoraient au-delà de la raison.

Amelia attira mon attention.

« Lucy est bonne, mais nous ne jouons pas pour de l'argent, juste pour le plaisir.

— Sois simplement prête à perdre. » ajouta Cade.

J'étais assez compétitive quand il s'agissait de cartes, et j'avais appris à jouer jeune. Mon père organisait des parties de poker hebdomadaires, peu importe ce qui s'était passé dans nos vies. Les cartes étaient le seul domaine où il avait un sens de l'honneur. Il jouait proprement et partageait sa fierté de gagner avec moi. J'avais peu de bons souvenirs avec mon père et son approche parentale douteuse, mais jouer aux cartes avec lui faisait partie des bons moments. Il était plutôt bon. Et par conséquent, moi aussi.

« Je suis prévenue. » dis-je avec un sourire.

Amelia s'éloigna du comptoir et accrocha son bras à celui de Cade.

« Tu déjeunes avec moi ?

— Bien sûr. » répondit-il facilement.

Je les regardai sortir, me rappelant à quel point Cade était amer au tout début de son retour à Willow Brook. J'étais assez nouvelle dans mon poste à l'époque et je ne savais pas grand-chose sur qui que ce soit. Il avait été un nuage noir dans la caserne jusqu'à ce que les choses s'arrangent avec Amelia.

Tout en lui s'adoucissait quand elle était là.

Chapitre Vingt

BECK

« Mec, ne me force pas à y aller seul. » lança Cade.

Je le regardai de l'autre côté de la table. Nous nous étions arrêtés à Wildlands après le travail. Cade était perdu parce qu'Amelia était avec ses amies.

« Tu peux gérer, mec. »

Cade secoua la tête, son regard presque suppliant.

« Allez. C'est Amelia, Lucy, Maisie et quelques autres. Qu'est-ce que t'as ces jours-ci en vrai ? Ça fait un mois que je t'ai pas vu regarder une femme. »

Il fit tourner paresseusement sa bouteille de bière vide sur la table, son regard perspicace posé sur moi. Je bougeai mes épaules, légèrement mal à l'aise sous son regard. Cade me connaissait bien. Nous avions grandi ensemble. Nous nous étions éloignés lorsqu'il était parti pendant sept ans, mais nous étions rapidement retrouvés à son retour. Je le respectais et j'avais une confiance totale en lui sur le terrain. Il connaissait son boulot et faisait attention à tout le monde au milieu d'une forêt en feu.

Je n'avais pas pris en compte le fait que mes habitudes avaient changé. Beaucoup. Jusqu'à ce que ce truc avec Maisie commence, je passais souvent des soirées dans les bars, à m'amuser un peu avec n'importe quelle femme qui me plaisait. Maintenant, l'idée même d'être avec quelqu'un d'autre que Maisie me faisait presque frissonner. Je jetai un coup d'œil dans le bar, mes yeux passant sur plein de femmes attirantes. Les étés à Willow Brook amenaient de nombreuses femmes à la recherche d'une aventure avec n'importe quel type aux épaules carrées, qui avait l'air d'avoir grandi en Alaska. Facile. D'habitude, j'adorais ça. Mais au cours des dernières semaines, ça m'avait presque agacé de devoir sans cesse repousser des avances.

Mon regard revint à Cade et je haussai les épaules.

« Et alors ? »

Il plissa les yeux et sembla réfléchir à comment formuler les choses.

« Ok. Ça ne me regarde pas, mais qu'est-ce qui se passe entre toi et Maisie ? »

Oh bordel. Est-ce que j'allais vraiment devoir danser autour de ça ?

« Rien, mentis-je. Pourquoi tu demandes ?

— Principalement parce que vous vous embêtez tout le temps d'habitude, mais ces derniers temps, j'ai l'impression que tu l'évites beaucoup plus. »

Je ne pouvais pas exactement lui dire que c'était le seul moyen de ne pas la baiser partout où je croisais son chemin. Je savais qu'elle avait peur de la façon dont ça pourrait être perçu si les gars savaient qu'il se passait quelque chose, alors je l'évitais la plupart du temps à la caserne.

Je croisai le regard de Cade et je haussai les épaules.

« Aucune raison, juste le hasard, j'imagine. Quoi qu'il en soit, allons-y. »

Même si je sentais qu'il savait que je changeais de sujet, Cade accepta volontiers. On laissa l'argent sur la table pour couvrir notre note et quitta le bar tard dans la soirée.

Je savais qu'il n'était probablement pas sage d'aller chez Lucy avec lui, sachant que Maisie serait là. Mais je ne pouvais pas résister. C'était impossible de dire non à une chance de la voir.

Passer la nuit avec elle l'autre nuit n'avait fait que renforcer sa présence continue dans mon esprit et mon corps. Je n'étais pas tout à fait prêt à admettre que mon cœur était impliqué, mais j'étais sacrément certain que c'était le cas.

———

Maisie était assise à la table de la cuisine dans l'appartement de Lucy Caldwell, riant à quelque chose. Sa queue de cheval perdait sa bataille pour garder ses boucles attachées alors que de nombreuses mèches sombres lâches pendaient autour de son cou et de son visage. Un regard, et j'eus envie de l'embrasser. Cependant, elle n'avait même pas remarqué que j'étais entré. Amelia, Lucy et Susannah étaient également à la table.

Amelia fut la première à remarquer que nous étions là. Elle regarda dans notre direction et sourit.

« Lucy a perdu ! » annonça-t-elle.

Cade gloussa et se dirigea vers la table pour déposer un baiser sur le côté du cou d'Amelia.

Lucy leva les yeux au ciel.

« Je n'avais pas réalisé à quel point ma défaite te ferait plaisir. »

Amelia gloussa. Elle était manifestement ivre, c'est pourquoi Cade était là. Il était venu faire le chauffeur quand il avait reçu son texto.

« C'est juste amusant de voir quelqu'un d'autre gagner. C'est tout. »

Elle se tourna pour regarder Maisie.

« Tu as une sacrée *poker face*. »

Maisie haussa les épaules.

« Je crois que oui. »

Ses joues étaient rouges et ma bite était dure. Mince. J'appuyai mes hanches contre le comptoir de la cuisine, espérant que le léger angle masquerait mon excitation flagrante. Venir ici était une erreur.

Lucy se leva de table.

« Eh bien les garçons, êtes-vous tous les deux ici pour faire le taxi ? »

Cade s'appuya contre le comptoir à côté de moi et hocha la tête.

« Amelia m'a envoyé un texto pour la ramener à la maison. Qui d'autre a besoin d'être déposée ? »

Maisie sembla enfin me remarquer, ses yeux s'écarquillant et la rougeur de ses joues s'approfondissant. Son regard n'aidait pas les choses avec ma bite.

« Eh bien, puisque vous êtes deux, je dis que tu peux prendre moi et Susannah, et Beck peut prendre Maisie. La maison de Susannah est sur le chemin du retour. Maisie vit dans la direction opposée. » annonça Amelia avec un petit rire.

Cade me jeta un coup d'œil, le regard perplexe, avant de se retourner vers elle.

« Qu'est-ce qui est si drôle, bébé ? »

Amelia haussa les épaules et gloussa à nouveau.

Cade secoua la tête.

« C'est une bonne chose que ce soit moi qui conduise. »

Maisie se tourna pour regarder Amelia.

« Je n'ai pas besoin d'un chauffeur. » Dit-elle, son ton légèrement belliqueux.

Susannah donna de la voix :

« Oh si ! On a bu deux bouteilles de vin à nous quatre. »

Même les mots de Susannah se brouillaient légèrement.

Je n'allais surtout pas m'opposer à ramener Maisie chez elle, alors je restai silencieux. Sans oublier que je n'allais pas lui permettre de rentrer chez elle dans son état actuel. Je ne laisserais aucun ami rentrer chez lui comme ça, mais elle me donnait envie de la protéger avec une telle force que c'en était surprenant.

Maisie souffla.

« Je peux très bien conduire. »

À ce moment-là, elle s'adossa à sa chaise avec un peu trop de force et se renversa rapidement sur le côté. Je ne réfléchis même pas et j'étais déjà à côté d'elle, l'aidant à se remettre sur sa chaise, avant même de le savoir.

« Tu viens de prouver ce que je dis. » déclara Susannah d'un geste souple de la main.

Je jetai un coup d'œil autour de la table. C'était un sacré spectacle. Lucy se laissa retomber sur sa chaise avec un soupir élaboré. Chacune d'elles avait les joues rouges et un regard légèrement brumeux.

« Amelia a raison. Personne ne conduit ce soir. » dis-je en croisant les yeux de Cade.

Qui aurait cru que la soirée de cartes entre filles voulait dire beuverie ?

Cade gloussa.

« Ça c'est sûr. Vous êtes prêtes toutes les deux ? » demanda-t-il, passant d'Amelia à Susannah.

Quand elles firent toutes les deux des hochements de tête chancelants, je jetai un coup d'œil à Maisie. Ma main était posée sur son épaule depuis que je l'avais aidée à se remettre sur sa chaise. Ce seul point de contact fit bourdonner mon corps. Bon sang, j'avais été dur depuis que j'avais posé les yeux sur elle, mais la toucher ne faisait qu'empirer les choses.

« On dirait bien que je suis ton taxi. »

Elle leva son regard, ses yeux marron liquide se verrouillant sur les miens. Quelque chose clignotait au fond de ses yeux, mais je ne savais pas ce que c'était.

« Je crois pouvoir… »

Je secouai la tête.

« Tu ne conduis pas. Soit, tu me laisses te ramener à la maison, soit tu restes ici. Lucy, tu veux de la compagnie ? » demandai-je en la regardant.

Lucy envoya un regard sévère en direction de Maisie.

« Ne sois pas stupide. Ça ne me dérange pas si tu squattes mon canapé, mais ton amoureux est là pour te ramener à la maison. »

Oh merde. Je n'avais aucune idée d'où venait ce commentaire.

Je jetai un coup d'œil à Maisie pour voir que ses joues étaient devenues rouge cerise. Amelia et Susannah se levaient de table et semblaient avoir raté le commentaire de Lucy. Cade, de son côté, attira mon attention et me lança un sourire entendu.

Je l'ignorai et retournai à Maisie.

« Alors, qu'est-ce que ce sera ? Un tour avec moi, ou une nuit sur le canapé de Lucy ? »

Maisie ne répondit pas, mais elle se leva, vacillant légèrement sur ses pieds. Sans réfléchir, je glissai mon bras autour de sa taille pour la stabiliser.

« Bon choix. » déclara Lucy avec un hochement de tête trop enthousiaste.

En quelques instants, nous avions réussi à nous dire au revoir sans d'autres commentaires, et j'aidais Maisie à monter dans ma voiture. Elle perdit l'équilibre lorsque son pied glissa du marchepied. Quand j'attrapai son poids contre moi − putain, elle était toute douce et chaude − elle marmonna quelque chose.

« Quoi ? demandai-je.

— Je n'ai pas besoin de ton aide. » dit-elle avec un coude ferme en direction de mes côtes.

N'y voyant plus clair, elle finit par claquer son coude contre le côté du camion.

« Aïe !

— Tu vas bien ?

— Ouais, mais ça fait mal. » dit-elle, essayant maintenant de se frotter le coude avec son autre main.

J'avais essayé de la laisser monter dans le pick-up et était resté en arrière pour ne pas qu'elle tombe. Maintenant, je prenais le relais et la soulevai contre moi pour la poser sur le siège passager.

« Je t'ai dit... »

Je la coupai.

« Je sais. Tu n'as pas besoin de mon aide. Mais clairement si. Si je n'avais pas été là, tu serais sur le sol là. C'est une sacrée bonne chose que tes amies ne t'aient pas laissée conduire. »

Elle n'avait rien à dire, alors je bouclai sa ceinture de sécurité et fermai la porte. Elle était silencieuse quand je me mis en route vers chez elle, alors je restai silencieux aussi. Ma bite était encore dure. Avoir tenu Maisie dans mes bras était un moyen garanti de m'exciter. Je m'en voulais déjà dans ma tête parce que je savais qu'il n'y aurait aucun soulagement ce soir. Je la désirais peut-être tellement que j'en avais mal physiquement, mais elle était trop ivre.

Je me garai dans son allée et je fis le choix rapide de ne pas lui demander si elle avait besoin d'aide pour entrer. Elle était silencieuse et me surpris en ne protestant pas du tout quand je me dirigeai vers sa porte avec elle. Je la suivis à l'intérieur, fermant la porte derrière moi. Je m'apprêtais peut-être à passer une nuit de torture, mais je ne voulais pas partir. Je voulais m'endormir à nouveau à côté d'elle.

Elle me fit sursauter en me retournant et en attrapant le bord de mon t-shirt pour me tirer vers elle. Avant que je ne puisse faire quoi que ce soit, ses lèvres tracèrent une traînée chaude et humide le long de mon cou. Il me fallut toute ma volonté pour m'éloigner et la repousser.

« Faut que tu ailles te coucher. dis-je rapidement, me retournant et attrapant sa main.

— Tu es autoritaire. » annonça-t-elle alors que nous étions à mi-hauteur des escaliers.

Le bout de sa chaussure attrapa le bord de l'escalier supérieur et elle trébucha légèrement. Je la stabilisai au niveau des hanches. Elle se retourna, vacillant à nouveau. Je resserrai ma prise pour l'empêcher de tomber.

J'étais un cran en dessous d'elle, donc nous étions à peu près à niveau. Ses yeux se bloquèrent sur moi. En un éclair, l'air devint lourd. Elle enroula ses bras autour de mon cou et se rapprocha, se cognant contre ma bite dure comme de la pierre.

Même si je la voulais, et bon sang je la voulais, ça n'arriverait pas. Pas ce soir. Pas quand elle était saoule et qu'elle pouvait à peine se tenir debout. Je glissai mes mains le long de ses flancs, savourant le doux gonflement de ses seins en passant par là et agrippai ses hanches, la faisant reculer.

Je la tournai et je la dépassai rapidement, m'accrochant à sa main et la faisant entrer dans sa chambre.

Elle se laissa tomber au bord du lit, rebondissant légèrement. Elle gloussa. *Maisie* gloussa. Mon cœur se serra et je me sentais bizarre. J'avalai de l'air et la regardai, voulant que mon cœur arrête de battre assez fort pour me faire mal.

Je voulais dire quelque chose, mais Maisie se recroquevilla sur le côté et s'endormit en moins de deux secondes. Je l'observai un instant. Sans réfléchir, je me penchai et écartai quelques boucles lâches de sa joue. Mon cœur donna un autre coup rapide, celui-ci assez fort pour peut-être casser une côte.

Je me redressai, me demandant si je devais rester ou partir. La réponse vint facilement. Je devais rester. Je ne pouvais pas me forcer à partir. Avec un autre coup d'œil pour confirmer qu'elle dormait profondément —ronflant même — je sortis tranquillement de sa chambre et descendis pour m'assurer que tout était verrouillé.

Après être retourné dans sa chambre, j'enlevai soigneusement son jean et réussis même à décrocher son soutien-gorge et à retirer son t-shirt. Sa culotte s'était emmêlée dans son jean, m'envoyant une décharge d'envie. La remettre en place était plus de travail, alors je la laissai de côté et me fit la morale sur le fait qu'il fallait la laisser dormir. Elle était si profondément endormie qu'elle ne se réveilla même pas quand je la soulevai du bas du lit et la bordai sous les couvertures. Une fois que j'étais sûr qu'elle était à l'aise, je pris une douche glacée.

Quelques minutes plus tard, je réussis à me glisser sous les draps sans la réveiller. Dès que je m'installai sur le dos, elle se retourna, accrocha sa jambe sur la mienne et cala sa tête contre mon épaule, sa paume atterrissant au milieu de ma poitrine. Je n'avais jamais beaucoup pensé à la partie *dormir ensemble* quand il s'agissait de femmes. Une nuit avec Maisie m'avait donné envie de plus avec elle. Je regardai à travers la lucarne au-dessus de son lit, sentant la tension de la journée me quitter et savourant la douce chaleur de son corps recroquevillé contre le mien.

Chapitre Vingt-Et-Un

MAISIE

Je m'enfouis plus près du corps chaud et fort à côté de moi. Oh mon Dieu. C'était tellement bon de...

Mes pensées endormies s'estompèrent légèrement et pendant un moment, j'étais confuse. La brume se dissipa et je réalisai que le corps à côté de moi appartenait à Beck. J'étais pratiquement sur lui. Au moment où mon cerveau émergea complètement, je réalisai que j'étais gluante de désir et que sa bite était très dure, pressée contre ma hanche.

Oh.

Bon.

Mes souvenirs d'hier soir étaient flous. J'avais définitivement bu un peu trop de vin. Le dernier souvenir que j'avais était de monter les escaliers avec Beck et de penser que je le voulais enfoui au plus profond de moi. Il ne me restait rien après ça. Je faisais un inventaire rapide. Je ne portais pas de culotte et un t-shirt. Hum.

Je me levai sur un coude et je le regardai. Mince. Il était canon même quand il dormait. Ses boucles noires étaient ébouriffées. Dans le sommeil, son visage était plus détendu. Je me laissai une minute pour l'admirer. Pendant si longtemps, j'avais dû refouler mon désir de le regarder. Ses traits étaient ce que je pensais qu'on pouvait appeler « ciselé ». Sa mâchoire était large et définie, et bon sang ses pommettes étaient comme sculptées, le genre que la plupart des femmes mouraient d'envie d'avoir. Son nez était une ligne droite nette. Ses cils noirs et épais se recourbaient contre ses joues. Sa bouche était faite pour le péché — des lèvres pleines avec une légère fossette au centre de celle du bas.

Avant de réaliser ce que je faisais, je m'étais penchée et j'avais embrassé Beck. Parce que ses lèvres étaient si tentantes. Ses lèvres s'animèrent sous les miennes. On se lança dans un baiser lent et paresseux — un enchevêtrement sensuel de langues. Il embrassait incroyablement bien — dangereusement bien. C'était ridicule avec quelle facilité il pouvait me faire fondre. Une fois que sa langue avait balayé ma bouche, j'eus l'impression que de la lave en fusion coulait à travers moi. Sa paume glissa autour de mes fesses et me fit glisser sur lui.

Mes genoux atterrirent à côté de ses hanches avec ma chatte humide glissant sur sa bite. Je gémis dans sa bouche, tellement en feu à l'intérieur que je pouvais à peine respirer. Je me libérai de notre baiser pour avaler de l'air. Je sentis sa main glisser dans mes cheveux, son pouce traçant mes lèvres. En ouvrant les yeux, je trouvai son regard en attente — vert foncé et étincelant de désir.

« Bonjour. » murmura-t-il, la voix rocailleuse de sommeil.

Tout ce qu'il fallait, c'était le son de sa voix pour envoyer un frisson dans ma colonne vertébrale. En le regardant dans les yeux, mon cœur se serra dans ma poitrine et ma respiration se coupa. Pendant tout ce temps, je pensais qu'il n'était qu'un playboy superficiel. Peut-être que c'était le cas, mais pas quand j'étais avec lui.

Le désir et l'intimité nous enveloppaient comme de la fumée. Je n'aurais pas pu détourner le regard si je l'avais voulu. Et je n'en avais pas envie.

« Bonjour. » murmurai-je.

Il était tôt, du moins selon la lumière vaporeuse qui filtrait à travers mes rideaux. C'était comme si nous étions les seuls au monde à être réveillés.

Il traça mes lèvres avec son pouce. Je l'attrapai entre mes dents et le tirai dans ma bouche, ressentant une montée de désir quand ses yeux s'assombrirent et qu'il balança ses hanches contre moi. Son membre glissa contre mes plis lisses et mon clitoris, envoyant une pointe de plaisir à travers moi. Je me penchai en arrière, le besoin de le sentir à l'intérieur de moi l'emportant sur tout.

Passant un bras entre nous, je me levai et j'étais à une milliseconde de m'enfoncer quand ses mains saisirent mes hanches brutalement. Je relevai la tête pour le regarder.

Son regard était féroce, me brûlant jusqu'au cœur.

« Va pas trop vite. » dit-il brutalement.

Je déglutis contre la soudaine contraction de ma gorge et restai immobile un instant. La tête de sa bite embrassa l'entrée de ma chatte – je fondais à l'idée de le sentir me remplir. Sur les talons, d'un souffle, j'ajustai mes hanches et glissai lentement vers le bas, savourant le délicieux étirement quand il me remplit jusqu'à la garde.

Je m'immobilisai une fois assise.

« C'était assez lent ? » demandai-je, ma voix étouffée par le désir.

Ses mains relâchèrent leur prise sur mes hanches et glissèrent jusqu'à la jonction de mes cuisses, ses pouces effleurant doucement ma peau hypersensible sur cette zone. Je pouvais à peine respirer − submergée par les émotions qui me parcouraient.

Je me forçai à rester immobile. J'étais prise entre deux impulsions. Il y avait le besoin physique brut de chercher du soulagement en me perdant dedans. Et il y avait aussi le besoin de rester avec lui dans ce moment, d'écouter. Pas *écouter* dans le sens spécifique de répondre à ce qu'il disait, plutôt écouter à un niveau viscéral.

« Oui. » dit-il, cette voix bourrue envoyant un autre choc dans mon corps.

Il commença à se balancer contre moi, soulageant mes hanches au rythme de son mouvement. On trouva un rythme lent et sensuel. Ses yeux restèrent fixés sur les miens et je ne pouvais pas détourner le regard. Le plaisir me traversa encore et encore et encore avec chaque bascule de ses hanches dans les miennes. La pression monta en moi jusqu'à ce que je poursuive la douce et chaude libération que je sentais venir. Mon souffle se transforma en un halètement et des gémis-sements.

Sa paume glissa le long de mon dos dans une caresse lente, m'inclinant vers l'avant, créant juste assez de pression contre mon clitoris quand il s'enfon-çait en moi. Je m'entendis crier son nom alors que la pression était si forte qu'elle me faisait mal puis dispa-raissait, laissant le plaisir me traverser.

Il jouit juste après moi, un cri rugueux lui échap-pant. Il m'attrapa rapidement alors que je m'effondrais sur lui. Je restai immobile contre lui, haletant pour reprendre mon souffle. Je pouvais sentir son cœur battre contre moi, faisant écho au battement sauvage du mien. Je me détendis lentement, une douce lassitude glissant en moi.

Chapitre Vingt-Deux

BECK

Maisie était un enchevêtrement de douceur et de peau soyeuse contre moi. Enfoui au plus profond d'elle, je ne voulais pas bouger. Jamais. Je passai mes doigts dans ses boucles. Elle commença à descendre de moi, mais je la tins fermement.

« Ne bouge pas. » murmurai-je.

Elle rit doucement.

« Tu es autoritaire ce matin. »

Elle leva la tête, ses yeux marron brillant de joie.

« Ah oui ? »

Elle hocha la tête, ses boucles en désordre rebondissant.

« *Va pas trop vite, ne bouge pas*. Que ne devrais-je pas faire d'autre ? »

Son commentaire me rappela que je lui avais dit de ne pas aller trop vite à un moment pendant ce petit intermède sexy que nous venions de vivre. Mon cœur se serra un instant et je dus prendre une lente inspiration pour reprendre mes esprits. Elle avait un effet dingue sur moi. Je ne voulais pas que ça se termine trop vite. Bon sang, si on avait pu faire durer ces moments pour toujours, je l'aurais fait.

Je ne savais pas quoi faire de ces sentiments, alors je haussai les épaules et souris. C'était pratiquement impossible de ne pas sourire quand elle était là.

« Plus d'ordres. »

Son ventre gronda. Elle mit aussitôt la main dessus.

« Oh mon Dieu. C'était bruyant.

— Et si tu bougeais maintenant ? On peut prendre une douche et je préparerai le petit déjeuner. »

Je n'arrivais pas à croire ce que je venais de dire. Mais je l'avais dit. J'étais assez attaché à mes habitudes avec les femmes. Je passais rarement la nuit chez elle. Et quand ça arrivait, j'étais levé et parti avant l'aube. Je ne prévoyais pas de douches et de matinées paresseuses avec petit déjeuner, mais c'est tout ce que je voulais avec Maisie.

Son sourire s'estompa alors qu'elle me regardait. Après un moment, mon cœur recommença à cogner follement contre mes côtes, et elle inclina la tête sur le côté.

« Tu cuisines ?

— Oui. Assez bien, d'ailleurs. »

Son large sourire me donna envie de la serrer dans mes bras. Maisie était la seule et unique personne au monde qui suscitait cette envie en moi. Tout à l'heure, j'avais juste glissé ma main le long de sa colonne vertébrale. Ma bite avait tremblé. J'aurais pu la reprendre tout de suite, quelques minutes seulement après m'être lâché à l'intérieur d'elle.

« Ma mère adorait cuisiner, donc elle m'avait tout le temps dans la cuisine avec elle quand j'étais petit. Il s'avère que c'est une bonne façon d'apprendre à cuisiner, ajoutai-je en guise d'explication.

— Oh. » dit doucement Maisie.

Je sentis quelque chose bouger sous les eaux de notre conversation, mais je ne savais pas ce que c'était.

« Ma mère est décédée il y a quelques années. Elle me manque comme pas possible, mais je pense à elle chaque fois que je cuisine. »

Les mots m'échappèrent... et me firent sursauter. Je n'étais du genre à partager ce genre de choses avec qui que ce soit. C'était vrai que ma mère me manquait. Mon père était toujours là mais il était perdu depuis sa mort. Il avait reconstruit une vie qui fonctionnait pour lui, mais elle lui manquait. J'avais eu de la chance. J'avais deux parents qui m'avaient aimé tout au long de mon enfance.

Maisie soutint mon regard et hocha lentement la tête.

« Je suis désolée qu'elle soit partie.

— Moi aussi. Mais c'est la vie, non ? J'ai eu de la chance qu'elle soit là aussi longtemps. On lui a diagnostiqué un cancer du sein quand j'étais petit. On a eu de la chance et elle l'a battu, mais il est revenu plus tard. »

Maisie semblait pensive, et je ne savais pas trop quoi en penser. Bon sang, moi-même j'étais assez surpris de la façon dont je me confiais à elle. Elle hocha de nouveau la tête et déplaça son poids, se retirant lentement de moi. Je résistai à l'envie de la tenir en place et la suivis dans la douche.

En peu de temps, nous étions en bas. Elle fit couler du café pendant que je fouillais dans son réfrigérateur pour voir ce que je pouvais concocter pour le petit déjeuner.

« Ça te dérange si j'utilise ces œufs et du fromage ? dis-je en jetant un coup d'œil par-dessus mon épaule.

— Utilise ce que tu veux. »

Je préparai rapidement des omelettes. Elle me regarda avec un demi-sourire et me tendit une tasse de café frais à un moment. C'était le genre de matinée que je n'avais pas eu depuis des années. Enfin, je n'avais jamais eu une matinée comme celle-ci, pas avec une femme avec qui je pensais vouloir sortir. Ou plus. C'était le genre de matinée que mes parents partageaient −détendus, en étant juste ensemble. Je vivais seul depuis que j'avais quitté la maison de mes parents. J'étais un célibataire assez typique à l'exception que je mangeais assez bien. Mais c'était plus amusant de cuisiner pour quelqu'un d'autre.

Maisie mettait nos assiettes vides dans le lave-vaisselle un peu plus tard quand on frappa fort à la porte. Elle me regarda.

« Tu attends quelqu'un ?

— Moi ? C'est ta maison. répondis-je en riant.

— Oui, mais personne ne vient me voir. » dit-elle, l'air perplexe.

Elle s'avança vers la porte et l'ouvrit. J'étais assis au comptoir de la cuisine, finissant ma tasse de café, une tasse de café plutôt délicieuse d'ailleurs. J'avais une vue directe sur la porte.

Elle s'immobilisa, et je pouvais toujours la voir d'où j'étais. Sa colonne vertébrale se raidit, et j'entendis sa forte inspiration. Il y avait un homme. Il était grand avec des cheveux presque blancs. Son visage était marqué. Je ne pouvais pas dire pourquoi, mais je me sentis instantanément le besoin de protéger Maisie.

Je posai mon café au moment où elle se mit à parler.

« Papa, qu'est-ce que tu fais ici ? demanda-t-elle, d'un ton surpris.

— Maisie, ma fille ! Je suis ici pour te voir, pourquoi d'autre ? »

Il la serra fort dans ses bras, et je la vis se tendre. L'homme que je savais maintenant être son père parlait d'une manière joviale. Il passa la porte, même si elle ne l'avait pas invité à entrer.

Mon esprit fouilla dans les bribes d'informations que j'avais sur l'enfance de Maisie grâce à Carol. Carol, la grand-mère de Maisie, avait été l'assistante administrative de la caserne pendant de nombreuses années. Son mari était décédé des années avant elle. Je savais qu'ils avaient eu une fille qui avait déménagé après être tombée amoureuse d'un gars qui avait fait de la randonnée en Alaska un été. Je savais que Carol avait été dévastée quand sa fille était morte. Je n'avais jamais entendu un seul mot négatif de sa part sur le père de Maisie, mais j'avais supposé qu'il n'était pas très stable.

Je le regardai entrer dans la cuisine et regarder autour de lui. Son regard se détourna de moi. Maisie ferma la porte derrière lui. Elle ne me regarda pas. Elle resta là où elle était près de la porte, laissant transparaître une tension et un sentiment de lassitude. Son père profita de l'espace – c'était une belle maison. Carol avait rénové toute la maison quelques années seulement avant son décès. Lumineux et aéré, l'espace était accueillant.

Le regard du père de Maisie se retourna vers elle.

« C'est une belle maison que tu as là. » dit-il avec un signe de tête avant d'entrer rapidement dans le salon et de s'allonger sur le canapé.

Au-delà du comptoir incurvé de la cuisine se trouvait le salon. Avec des fenêtres s'étendant sur deux étages jusqu'au plafond, aucun éclairage n'était nécessaire pendant la journée. Même à cette heure matinale, il faisait clair. Il y avait un canapé d'angle au centre de la pièce, offrant une vue sur les fenêtres d'un côté et faisant face à la télévision à écran plat fixée au mur de l'autre. J'avais d'ailleurs aidé Carol à mettre ça en place après que ma mère m'eut demandé de l'aider. Mis à part le canapé, il y avait un grand pouf rembourré et quelques tables éparpillées dans la pièce.

Maisie bougea enfin, passant devant moi, ses yeux se tournant brièvement vers moi. Son regard était dur et contrôlé, rappelant le regard qu'elle avait si souvent à ses débuts à la caserne, quand elle est venue remplacer sa grand-mère. Elle s'arrêta au coin du canapé, posant une main sur sa hanche.

« Papa, qu'est-ce que tu fais ici ? » demanda-t-elle, son ton bas avec seulement un soupçon de frustration que je sentais sortir d'elle par vagues.

Ne sachant pas si elle voulait mon soutien, je me levai et marchai à ses côtés. Je ne savais pas qui était son père pour elle, mais je savais sans aucun doute qu'elle était chamboulée par son apparition brutale.

Il leva les yeux du canapé.

« Tu vas me présenter à ton petit ami ? demanda-t-il, ignorant complètement sa vraie question.

— Papa, c'est... »

Je la coupai, glissant mon bras autour de ses épaules comme j'aimais le faire.

« Je suis Beck. Beck Steele, dis-je avec un hochement de tête ferme. Ça vous dérange de répondre à la question de Maisie ? »

Son père, dont je ne connaissais toujours pas le nom, me regarda un instant. Ses cheveux blancs étaient ébouriffés, ses yeux étaient gris clair. Il avait l'air plus vieux que son âge, mais dégageait un sentiment de privilège.

« Hank Thomas. » dit-il finalement avec un hochement de tête.

Il regarda de moi à Maisie et haussa les épaules.

« Je pensais juste que je viendrais rendre visite. »

Je pouvais sentir la tension vibrer dans le corps de Maisie. Je voulais exiger qu'il parte et ensuite faire tout ce qui était nécessaire pour qu'elle se détende à nouveau. Je n'aimais pas la voir comme ça. Je glissai ma paume le long de sa colonne vertébrale et reculai. Elle se détendit légèrement contre moi et je pris une inspiration. Je me forçai à rester silencieux. J'avais si peu d'informations pour comprendre sa réaction, et je ne voulais pas dépasser les limites. J'étais à peu près certain qu'elle était sur le point de contester le terme « petit ami » utilisé par son père, tandis que j'avais cimenté sa perception en la coupant comme ça. Je m'en foutais. En fait, j'étais plus qu'heureux qu'il me voie ainsi. Et merde, j'étais prêt à l'annoncer au monde. Je devais juste attendre et m'assurer que Maisie était d'accord.

Ses épaules se soulevaient et s'abaissaient avec de profondes inspirations, et je fis glisser ma paume en une autre caresse le long de sa colonne vertébrale. Je ne savais pas ce qu'elle voulait dire à son père, mais j'étais là pour elle autant qu'elle en avait besoin.

« Papa, depuis quand tu rends visite ? J'ai déménagé à dix-huit ans et j'ai vécu en Californie à moins d'une demi-heure de route de toi pendant des années, et tu ne m'as pas rendu visite en sept ans. Quand tu venais, c'était parce que tu avais besoin d'argent. Tu n'as pas appelé en deux ans, depuis que j'ai emménagé ici. Qu'est-ce que tu fais ici ? » répéta-t-elle, sa voix se brisant à la fin.

Mon cœur se serra à cette petite fissure dans sa voix, révélant la fissure dans son sang-froid.

Si Hank comprenait à quel point elle était en détresse, il ne le montrait pas. Il haussa simplement les épaules.

« C'est quoi le problème si ton bon vieux père veut te rendre visite ? »

Eh bien, ce commentaire passa *crème*. La colonne vertébrale de Maisie se redressa comme une baguette. Je jetai un coup d'œil de côté pour voir ses narines se dilater et deux taches rose vif apparaître en haut de ses pommettes.

« Papa, tu n'as jamais été mon bon vieux père. Je ne sais pas ce que tu veux de moi, mais laisse tomber ton petit spectacle. De quoi tu as besoin ? D'argent ? »

J'essayais encore de comprendre la dynamique, mais bordel, si son père était là pour l'intimider et obtenir de l'argent, il n'y avait pas moyen en ce qui me concernait. Je me forçai cependant à rester silencieux. Il ne fallait pas que je m'impose davantage dans la situation, pas plus que je ne l'avais déjà fait.

Les yeux de Hank se plissèrent à son commentaire. Il semblait remarquablement peu surpris par la question.

« Tu ne peux tout simplement pas croire que je pourrais vouloir te voir. Merde, Maisie. Après la mort de ta mère, je t'ai élevée tout seul. Ça mérite pas un peu de confiance ça ? J'aurais pu t'envoyer ici pour que tu vives avec ta grand-mère, mais j'ai essayé de bien faire. »

Bon, maintenant j'étais furieux. Je n'avais peut-être pas tous les détails, mais une chose devenait claire : Hank n'en avait rien à foutre de Maisie.

« Eh bien, ma vie aurait été bien meilleure si tu m'avais laissée ici, rétorqua Maisie. Arrête tes conneries. De quoi tu as besoin ? »

— Très bien. Je voulais te rendre visite pendant quelques jours, mais ça ne ferait pas de mal si tu m'aidais avec quelques factures. » déclara Hank, son ton *tellement pas* coupable, je voulais le frapper.

— Comment vous avez réussi à vous payer un billet d'avion si vous avez besoin d'argent ? » demandai-je, oubliant que j'essayais de laisser Maisie gérer ça.

— Ma petite amie m'a trouvé un truc. Elle travaille à la récupération des bagages à l'aéroport. » déclara-t-il avec un haussement d'épaules.

Si Maisie était contrariée par mon intervention, elle ne dit rien. En fait, elle resta silencieuse. Ses épaules étaient si tendues sous mon bras que j'étais inquiet.

Je lui jetai un coup d'œil. Ses traits étaient serrés et tirés, et elle avait l'air au bord des larmes. Je voulais que Hank sorte d'ici et vite.

Je réalisai que les manières que ma mère m'avait inculquées n'aidaient pas. Je n'étais pas obligé de rester ici devant ce connard juste pour bien faire. Il n'était pas invité. Je me retournai et Maisie n'hésita pas, me permettant de l'emmener. Je visai directement la salle de bain, vu que c'était ça, ou monter à l'étage pour un peu d'intimité.

Une fois dans la salle de bain, je fermai la porte. Maisie s'appuya contre le mur et enfouit son visage dans ses mains. J'attendis, ne sachant pas quoi faire. Au bout d'un moment, j'entendis son souffle se couper dans un sanglot et je cédai finalement à ce que je voulais faire depuis que son père s'était présenté à la porte. Je la pris dans mes bras et je la tins. Elle se raidit pendant une seconde puis se détendit contre moi, laissant ses mains tomber de son visage lorsqu'elle les enfouit contre ma poitrine.

Après plusieurs respirations tremblantes alors que mon cœur se serrait à l'idée qu'elle pleure et soit si blessée par son père, elle glissa ses bras autour de ma taille et inspira de l'air.

« Mon père est un nul, marmonna-t-elle contre ma poitrine. Je suis désolée qu'il ait débarqué comme ça. »

Je passai mes doigts dans ses cheveux, partagé entre une douleur viscérale de la voir bouleversée comme ça et une colère contre son père de l'avoir mise dans cette situation.

« De quoi tu t'excuses ? C'est lui qui est arrivé à l'improviste. Pour info, je me fous de ton père, ou de si c'est un nul ou pas. Je n'aime pas te voir comme ça. Si tu veux que je le jette dehors pour toi, je le ferai. Dis-moi simplement ce dont tu as besoin. »

Elle leva la tête, ses grands yeux bruns si vulnérables, c'était comme un coup de poing dans mon ventre.

« Je ne sais pas. J'ai l'habitude de tout gérer moi-même. Je veux dire, c'est mon père. Je vais juste lui donner de l'argent et il s'en ira. »

Je retins les insultes que je voulais cracher sur cet homme.

« C'est ce que tu veux faire ? »

Elle se mordit la lèvre, sa bouche se tordit et un air triste pénétra ses yeux.

« Non, mais ça le fera partir. Écoute, ce n'est pas un méchant, c'est juste un raté. Il ne fait pas grand-chose. »

J'avais toutes sortes de choses à dire, la plupart impliquaient de secouer son père et de l'escorter hors de sa vie parce que je détestais voir cette douleur et cette lassitude dans ses yeux. Je repoussai ces mots et pris une inspiration.

« D'accord, si tu ne veux pas lui donner d'argent, ne lui en donne pas. Si j'ai bien compris certaines choses, il t'a déjà fait le coup. Chaque fois que tu dis oui, ça le pousse à revenir la prochaine fois qu'il en veut plus. Que dis-tu de ça ? Je vais demander une faveur à un de mes amis à Anchorage. Je peux probablement lui faire passer une nuit à l'hôtel là-bas. Je vais lui acheter un aller simple pour retourner d'où il vient. Il n'a pas besoin de savoir qui s'occupe de son billet. »

Maisie me fixa, mordillant sa lèvre inférieure.

« Je ne sais pas. Je ne peux pas te demander de faire ça. Je veux dire, je dois gérer moi-même. Ce n'est pas...

— Tu n'as *pas* à gérer ça seule. »

Mes mots sortirent plus féroces que prévu.

Elle était silencieuse et soudainement ses yeux brillèrent et une larme coula sur sa joue. Oh putain. Mon cœur se serra à nouveau. J'essuyai sa larme avec mon pouce.

Dire que je m'emmêlais les pinceaux était un euphémisme massif. Je n'avais aucune idée de ce que je faisais. Mon seul objectif était de faire en sorte que Maisie se sente mieux. Maintenant, elle pleurait, et je ne savais pas trop pourquoi.

« Écoute, on peut faire ce que tu veux. Je proposais juste ça... »

Elle passa sa manche sur ses joues et son nez, secouant la tête.

« C'est bon. Je me sens comme de la merde. Je veux dire, c'est mon père. Je déteste juste la façon dont il fait ce genre de conneries.

— J'imagine. »

Elle renifla et se frotta à nouveau les joues. J'attrapai un mouchoir en papier sur le comptoir de la salle de bain.

Dès que je le lui tendis, elle se moucha bruyamment et jeta le mouchoir à la poubelle. Sur les talons d'un souffle tremblant, elle leva les yeux vers moi.

« Je ne me sens pas bien de l'envoyer à Anchorage. Je vais appeler Janet et voir si elle peut lui trouver une place dans son B&B.

— Tu veux quand même que je lui réserve un billet ? »

Ça me tua de prendre du recul et de la laisser choisir, mais je savais que je devais le faire. Même si c'était un nul, c'était son père.

Elle haussa les épaules.

« Je ne suis pas encore sûre. Si oui, je te rembourserai. »

Je secouai la tête, seulement pour qu'elle secoue la sienne avec insistance. Ses boucles, encore humides de notre douche, se balançaient d'avant en arrière.

Je ris. Quand elle sourit un peu, le soulagement me frappa. Je détestais, *détestais*, la voir dans cet état. Ce n'était peut-être qu'un bref répit, mais voir ce petit sourire me donna envie de crier.

C'était à quel point Maisie était entrée dans mon cœur. Mince.

Je n'avais pas le temps d'y réfléchir, alors je me concentrai sur le moment.

« On pourra en parler plus tard. Tu es sûre ? Parce que si tu donnes l'ordre, dès qu'il sort d'ici, je fais ces réservations.

— Ce n'est jamais bon pour moi d'être trop longtemps avec lui, mais laisse-moi lui parler avant de faire les réservations. »

Elle prit une autre profonde inspiration et recula. Sa chaleur et sa douceur contre moi me manquèrent instantanément. Je voulais la garder près de moi, la protéger de tout ce qui pourrait la blesser. Je retenais l'envie de la ramener à moi. D'une part, elle avait l'air prête à repartir et à faire face à son père. D'autre part, il attendait et n'irait nulle part tant que nous ne nous serions pas occupés de lui.

Donc je laissai tomber mes mains à contrecœur. Elle me regarda.

« Est-ce que j'ai l'air d'avoir pleuré ? »

Ses joues étaient un peu roses et ses yeux à peine humides. Mon cœur cogna. Douloureusement.

« Ce serait pas grave si c'était le cas, mais pas vraiment. Dis-moi ton plan avant que j'aille me ridiculiser. »

Chapitre Vingt-Trois

MAISIE

Plus tard dans l'après-midi, je terminai un appel et me retournai pour m'occuper d'un peu d'administratif. J'avais la tête à moitié enfoncée dans mon classeur quand j'entendis mon nom.

« Une seconde. » marmonnai-je en faisant reculer ma chaise.

Le bas de ma queue de cheval s'accrocha au classeur alors que je me redressais. J'attrapai mes cheveux d'une main et me retournai.

« Puis-je vous aider ? » demandai-je automatiquement alors que je luttais pour rattacher mes boucles maintenant lâches.

Je levai les yeux et tombai nez à nez avec Janet qui riait.

« Oh salut. Tu as besoin de quelque chose d'officiel ? »

Elle appuya un coude sur le comptoir et secoua la tête.

« Nan. La rumeur dit que tu as peut-être besoin que je te trouve une chambre.

— Tu aurais quelque chose de libre ? Je sais que c'est à la dernière minute, mais... »

Elle me fit signe de me taire.

« Je garde généralement une chambre de libre, donc je te la donne à une condition. »

Je fis claquer l'élastique de ma queue de cheval et je la regardai, immédiatement suspicieuse.

« Ouais, d'accord. Quoi ? »

Ses yeux bruns se plissèrent dans les coins avec un sourire.

« Dis-moi ce qui se passe entre toi et Beck. »

Mes joues devinrent chaudes. Je me réprimandai mentalement. J'aurais dû m'en douter tout de suite. La seule personne qui savait que je cherchais une chambre pour mon père était Beck. Beck avait fait tous les efforts du monde ce matin, et je luttais avec ce que je ressentais à ce sujet. Entre le soutien qu'il m'avait apporté quand je m'étais effondrée ce matin, et le fait qu'il se soit porté volontaire pour emmener mon père et le déposer avec le chef Masters pour un événement d'entraînement conjoint entre les pompiers et les policiers. Il avait pensé que c'était le moyen le plus sûr de garder mon père occupé et hors de mes pattes toute la journée. Étant donné que mon père avait fait de l'auto-stop jusqu'à ma maison depuis Anchorage, il n'avait pas grand choix. Beck l'avait fermement escorté dehors et m'avait complètement soutenue sur le fait que mon père ne resterait pas chez moi pendant quelques jours.

Je n'avais pas l'habitude d'avoir quelqu'un sur qui m'appuyer. Je ne savais pas trop quoi en penser. En plus de mes sentiments confus à son propos, Beck ne faisait qu'ajouter à ma confusion intérieure. La partie la plus étrange était que je me sentais bien, si bien que je voulais presque me pincer. Chaque fois que ce sentiment me traversait, c'était comme un coup de fouet émotionnel. Je ne pouvais pas lui faire confiance, et j'étais en colère contre moi-même.

Janet s'éclaircit la gorge. Ah, c'est vrai. Elle attendait pendant que je parlais de Beck dans ma tête. Je regardai de nouveau ses gentils yeux marron et haussai les épaules.

« Comment ça ? »

J'essayai de paraître innocente, mais Janet n'était pas dupe. Elle pencha la tête sur le côté et haussa un sourcil.

« Donc je récapitule. Apparemment Beck était chez toi à l'aube. Il semble également être le taxi de ton père pour la journée. Il l'a confié au chef de la police et s'est arrêté au café pour me prévenir que tu demanderais une chambre pour ton père. Il n'a pas dit grand-chose, mais je ne suis pas idiote. »

Mes joues étaient si chaudes à ce stade que j'avais besoin de m'éclabousser le visage pour me rafraîchir. Voyant que ce n'était pas une option à ce moment-là, je rassemblai mes pensées et rencontrai le regard trop perspicace de Janet.

« On se voit peut-être. S'il te plaît, ne dis rien. Je ne veux pas que les autres gars ici soient bizarres. Ce travail est vraiment important pour moi et... »

Le regard de Janet s'adoucit.

« Hé, tu sais que je ne dirai rien. Je sais peut-être tout parce que, eh bien, mon café est un peu le centre de l'univers à Willow Brook, mais je ne commère pas moi-même. Pas sur les trucs importants. En ce qui me concerne, je suis plus que ravie de te voir sortir de ta zone de confort. Tu étais un peu une espèce de tortue dans cette ville, toujours dans ta carapace. Et puis, je pense que Beck est un bon gars. Il a l'air vraiment attaché. »

Je la dévisageai, ne sachant pas comment répondre pendant un instant. Janet me regarda simplement en arquant les sourcils. La chaleur de son regard aida à apaiser la tension accumulée dans ma poitrine.

Je soupirai.

« D'accord, bien. On se voit peut-être. Je veux juste que personne d'autre ne le sache. Je ne sais pas ce que les autres gars penseraient à la caserne. »

Janet haussa les épaules.

« Je ne suis pas les autres gars, chérie. Je comprends pourquoi tu veux garder ça secret. Mais n'essaie pas de te convaincre que tu vois "peut-être" Beck. Pour autant que je sache, il est sacrément sérieux à propos de votre histoire. Il trimballe ton père et s'assure qu'il ait quelque part où dormir. En parlant de ton père, qu'est-ce qu'il fout ici ? »

L'émotion se serra dans ma poitrine et un sentiment familier de tristesse et de fatigue monta en moi. C'était ce que j'avais toujours ressenti en pensant à mon père. C'était mon père, le seul que j'avais, et je l'aimais, mais j'aurais aimé qu'il puisse arrêter le manège sans fin de sa vie chaotique. J'aurais aimé qu'il ne vienne pas me voir uniquement parce qu'il avait besoin d'argent. Je savais qu'il ne le voyait pas comme ça. Je doutais qu'il ait jamais vraiment réfléchi à la façon dont ses actions pourraient être perçues, par moi ou par quelqu'un d'autre d'ailleurs. Il n'était pas réfléchi. Il était charismatique et amusant et attirait facilement les gens dans son orbite. Mais les parties banales et moins excitantes de la vie, comme payer les factures, venaient après. Par conséquent, il demandait à qui voulait bien l'entendre quand il avait inévitablement besoin d'être sorti de son gouffre financier.

« Il a besoin d'argent, et il a pris un avion jusqu'en Alaska pour en trouver, dis-je catégoriquement. Il dit qu'il a eu son billet d'avion par sa petite amie. Elle l'a probablement eu pour lui. Je ne sais pas quoi faire. Beck dit que je ne devrais pas lui donner d'argent parce qu'à chaque fois que je le fais, il reviendra pour en demander plus.

— Beck a bien raison là-dessus. » déclara Janet, les yeux brillants.

Ses lèvres se resserrèrent en une fine ligne.

« Ne le laisse pas te faire ça. Tu ne le mérites pas. Je sais que c'est ton père mais... »

Je la coupai.

« Exactement. C'est le problème. C'est mon père, le seul que j'ai. Je sais que c'est un nul. Je sais que ce n'est pas bien qu'il me fasse ça, mais je ne peux pas simplement dire non. »

Mon cœur me fit un peu mal et je me sentis minuscule. J'avais passé une grande partie de ma vie à sauter et à agiter les bras pour attirer l'attention de mon père. Juste assez d'attention pour que mes besoins de base soient satisfaits. Il tirait sur les cordes usées de mon cœur, quoi qu'il fasse.

Les yeux de Janet s'adoucirent à nouveau.

« Chérie, tu peux aimer ton père, mais tu peux dire non à ça. Il ne meurt pas de faim. Il a probablement juste besoin d'un peu plus pour s'en sortir. Ne le laisse pas se moquer de toi. Il doit arrêter de te faire du mal comme ça. Beck a raison. Il va juste continuer à revenir. »

Elle s'arrêta, inclinant la tête sur le côté.

« Combien de fois t'a-t-il fait ça ? »

Je haussai les épaules.

« Je ne sais pas. Probablement une fois par an depuis que j'ai déménagé. Enfin, sauf depuis que j'ai emménagé ici. C'est la première fois qu'il vient ici.

— Chérie, je ne peux pas te dire quoi faire, mais je

le ferai quand même. Ton père n'est peut-être pas un méchant, mais il a toujours cherché la solution de facilité, peu importe à qui il s'accroche. C'est exactement ce qu'il fait, et tant que tu le laisses faire, il continuera à le faire. Si tu veux une chance d'avoir une relation à moitié décente avec lui, prend du recul. C'est un charmant vaurien et ça l'a toujours été. C'est comme ça qu'il a séduit ta mère. Elle est tombée amoureuse de lui juste assez longtemps pour se retrouver dans une très mauvaise passe. Si Beck avait fait ce qu'il voulait faire, il serait déjà en train d'emmener ton père à Anchorage pour le mettre dans un avion. J'ai une chambre pour ton père. Que dis-tu de ça : Il reste pour ce soir, assez longtemps pour que tu aies une courte et bonne visite. Tu t'assures qu'il comprenne que tu ne vas pas continuer à lui donner de l'argent à chaque fois qu'il te le demande. Tu n'es pas sa banque personnelle. Demain, laisse Beck le conduire à Anchorage pour prendre cet avion. Ça te paraît correct ? »

Je la regardai. La culpabilité s'introduisit dans mes pensées. C'était si difficile de fixer une limite avec mon père. Même si je savais qu'il n'avait été là qu'à moitié toute mon enfance, ça aurait pu être bien pire et je le savais. Il avait essayé d'être père de la seule façon dont il était capable. Ça avait été un effort vain, mais c'était le mieux qu'il puisse faire. Je savais que Janet avait raison.

Je pris une profonde inspiration, essayant de chasser ma culpabilité et d'apaiser mon anxiété, et je hochai la tête.

« OK, j'essayerai. Tu as besoin que je te paie sa chambre, parce que je sais qu'il n'a pas l'argent ? »

Elle secoua lentement la tête.

« Non, chérie. Ne t'en fais pas. Passe au café après le travail ? On peut manger un morceau ensemble. Peu importe ce que je pense de ton père après tout ce qui s'est passé avec ta mère, je préfère être avec toi quand tu as besoin de lui faire face. D'accord ? »

Ma poitrine était pleine. Entre Janet et Beck, je n'avais pas l'habitude d'avoir autant d'aide. J'avais l'habitude d'affronter tout toute seule. C'était un tel soulagement de savoir que j'avais des gens comme ça qui s'assuraient que je ne m'occupais pas de tout toute seule. Mais c'était un sentiment étrange, quelque chose auquel je n'étais pas habituée. L'émotion monta à nouveau à l'intérieur. Je respirai pour me calmer.

« D'accord. » dis-je.

Janet recula du comptoir et me lança un sourire.

« Donc, si Beck veut nous rejoindre, il peut ? »

Je la regardai. Je savais parfaitement qu'il viendrait probablement et ça voulait dire qu'on se montrait en public. Mon esprit tourna alors que je contemplais les implications de cette idée. Comme si elle pouvait prédire la direction dans laquelle allait mon esprit, Janet me regarda.

« C'est rien du tout. Tu es amie avec tous les gars qui travaillent ici. N'importe lequel d'entre eux prendrait un café après le travail dans mon café avec toi. Si tu en fais une montagne, là ça crèvera les yeux. C'est sûr qu'il faut prendre le temps de clarifier ce qui se passe entre vous deux, mais pas besoin d'essayer d'être invisible. Crois-moi, si tu veux répandre des ragots comme un feu de brousse, c'est le moyen le plus rapide. »

À cela, elle fit un clin d'œil, se retourna et partit. Je me rassis à mon bureau en regardant par la fenêtre, puis je me secouai un peu. Je me remis à l'administratif, mon esprit sautant entre quoi faire pour mon père et quoi faire pour Beck.

Chapitre Vingt-Quatre

BECK

Je marchai à côté de Cade, en retirant mes gants de pompier et en les frappant contre mes jambes, pour dégager la saleté. Il fit de même pendant que nous marchions. Je m'arrêtai un instant et me retournai pour regarder les flammes jaillir dans le ciel derrière nous. Aujourd'hui était l'un des nombreux exercices annuels que nous menions avec les ambulanciers, la police et les pompiers. Nous nous installions à la station de transfert de la ville et nous mettions le feu à un tas d'ordures, en gros. Mon équipe et celle de Cade avaient terminé nos rotations. La dernière équipe intervenait pour gérer le reste de l'après-midi jusqu'à ce que l'incendie s'éteigne. À l'unisson, nous avions fait demi-tour, marchant vers nos véhicules.

Cade jeta un coup d'œil dans ma direction.

« Tu veux prendre une bière après le travail aujourd'hui ? » demanda-t-il.

Ma réponse habituelle serait oui. Je n'aurais même pas à y penser. Mais aujourd'hui, je devais penser au père de Maisie. Je l'avais laissé avec le chef de la police, qui se trouvait être le père de Cade, il y a quelques heures. Je savais que j'étais en train de me mettre au cœur des potins à Willow Brook. Cade n'écoutait pas vraiment ce genre de choses. En fait, il détestait ça. Sa vie avait été très affectée par les commérages il y a quelques années quand lui et Amelia s'étaient séparés pour la première fois.

Je jetai un coup d'œil dans sa direction et secouai la tête.

« Nan. J'ai quelque chose dont je dois m'occuper. » expliquai-je, en restant vague et en espérant que ça suffirait.

Cade arqua un sourcil.

« Oh ? »

Je me préparai. S'il y avait un ami à qui je pouvais me confier, c'était Cade, alors autant être honnête.

« Oui, le père de Maisie est arrivé à l'improviste aujourd'hui. Pour autant que je sache, il est ici pour lui soutirer de l'argent. J'ai recruté ton père pour qu'il m'aide. Son père n'a pas de voiture, et je ne voulais pas qu'il la harcèle toute la journée, alors je l'ai déposé à la station de police. Je pensais que ton père serait à l'exercice d'entraînement ce matin et qu'il le garderait attaché à lui. »

Je ris.

« Ton père a été sympa sur tout ça. Je dois revoir Janet, m'assurer qu'elle a une chambre pour lui. J'espère pouvoir persuader Maisie de me laisser lui acheter un billet d'avion pour partir demain. »

On était arrivés à nos camions, ils étaient garés côte à côte. Cade appuya ses hanches contre le pare-chocs du sien et me fixa, la bouche grande ouverte. Il secoua un peu la tête, ferma puis ouvrit les yeux.

« Qu'est-ce qui se passe ? demanda-t-il. Je me disais que tu avais un faible pour Maisie, depuis un moment maintenant. Mais je ne sais pas comment on en est arrivés au point où tu l'aides à s'occuper de son père. Sans parler du fait que je ne sais pas grand-chose sur son père, mais ma mère dit que c'est un con. »

Je ris.

« Je suis presque sûr que c'est un gros nul. J'en avais entendu parler par ma mère il y a des années. »

Je m'arrêtai et réfléchis à ce que je devais dire ensuite. Cade n'était pas idiot, et il devinerait si je ne disais rien.

« Ce qui se passe avec Maisie, c'est qu'on se voit. On peut le dire comme ça j'imagine. »

Les yeux de Cade s'écarquillèrent légèrement, puis un sourire lent s'étira sur son visage.

« Mince. Je vais gagner mon pari avec Amelia.

— Quel pari ? demandai-je.

— Oh, je lui ai dit il y a quelque temps que je pensais que tu avais un faible pour Maisie. Elle ne m'a pas cru. »

Merde. Je ne voulais pas avoir à m'inquiéter du fait que qui que ce soit mette le nez dans nos histoires. Je n'avais pas particulièrement peur que Cade devienne lourd, mais les nouvelles circulaient comme un feu de paille à Willow Brook. En fait, ce qui comptait pour moi – beaucoup – c'était ce que Maisie ressentait à ce sujet. Je regardai Cade, appuyant une hanche contre mon pare-chocs et posant mon coude sur le capot.

« Rends-moi un service. Si tu veux, tu peux en parler à Amelia, mais demande-lui de ne rien dire. Maisie va stresser. Elle pense que si quelqu'un sait ce qui se passe, ça affectera la façon dont les autres gars la voient. »

Cade me regarda, son sourire s'estompa. Il acquiesça.

« Compris, mec. »

Il resta silencieux pendant quelques minutes. Je

roulai mes épaules. J'étais arrivé à certaines conclusions dans ma tête à propos de moi et Maisie, mais ce n'était pas quelque chose dont j'avais tout à fait trouvé comment parler.

Cade me regarda longuement avant de parler.

« Eh bien, il était temps si tu veux mon avis.

— Comment ça ?

— Juste ça. Tu enchaînais les nanas depuis des années. Tu n'es pas un connard, tu es juste le plus gros dragueur que j'aie jamais connu. Je me disais que ce n'était qu'une question de temps avant que tu trouves la bonne femme. »

Mon cœur se tordit dans ma poitrine, comme il le faisait à chaque fois que je pensais à ce que je commençais à ressentir pour Maisie. Mes sentiments confus devaient se voir sur mon visage.

Il poursuivit :

« Je pensais que tu finirais par t'assagir. C'est tout ce que je voulais dire. »

Toutes sortes de questions me traversaient l'esprit, je n'étais prêt à répondre à aucune d'entre elles pour l'instant. Alors je hochai la tête.

« D'accord. Je vais aller voir ton père et Janet et trouver quoi faire avec le père de Maisie. Ça devrait être un après-midi intéressant. » dis-je.

Cade s'éloigna de son camion en riant.

« J'imagine. À plus tard alors. Dis-moi si tu as besoin de quoi que ce soit.

— Ça marche. »

On se mit en route chacun de notre côté, moi en direction de la station. Quelques instants plus tard, j'entrai dans le bureau du chef Masters. Le poste de police était relié à la caserne des pompiers, mais l'entrée se trouvait de l'autre côté du bâtiment. Je trouvai le père de Maisie assis sur une chaise dans la salle d'attente. Il feuilletait un magazine. Il jeta un coup d'œil dans ma direction quand je franchis la porte, en relevant le menton.

« Salut. Tu es venu me chercher ? demanda-t-il.

— Ouais. Donnez-moi une seconde. Je dois vérifier avec le chef. »

Hank baissa simplement les yeux sur son magazine et continua à tourner les pages. Je frappai rapidement à la porte du bureau du chef. Au son de sa voix, j'entrai, fermant la porte derrière moi. Cade était le sosie de son père. Rex Masters avait les mêmes cheveux bruns bouclés, bien qu'ils soient maintenant striés de gris. Son visage était marqué, et il avait toujours un sourire sur le visage. Du moins pour moi.

« Ici pour reprendre la garde de l'enfant ? » demanda-t-il avec un sourire.

Je ris.

« C'est exactement pour ça que je suis ici. Quelque chose que je devrais savoir ? » demandai-je.

Rex secoua la tête.

« Nan. Journée plutôt calme. Je pensais l'emmener à l'exercice d'entraînement, mais je terminais dans une heure. Je me disais que tu voudrais peut-être éviter les questions que sa présence pourrait apporter. »

J'avais fait un résumé à Rex ce matin. Il était tout à fait d'accord que Hank devrait quitter Willow Brook dès que possible. Comme il le disait, la seule qualité qu'il connaissait à Hank était qu'il jouait très bien au poker.

Comme si Rex lisait dans mes pensées, il dit :

« J'ai repensé à la peur que tu as qu'il essaie de soutirer de l'argent à Maisie. Emmène-le pour une partie de poker à Wildlands ce soir. S'il est aussi bon qu'il y a vingt ans, il va probablement tout remporter.

Ça fera moins mal quand Maisie lui dira qu'elle ne lui donnera plus d'argent à partir de maintenant. »

Je penchai la tête sur le côté et hochai la tête.

« Excellent plan. J'aurais dû y penser moi-même. »

Rex gloussa.

« Eh bien, je résous les problèmes, c'est mon boulot. Mais j'étais aussi dans les parages quand il a fait les poches de toute la ville et a emmené la mère de Maisie avec lui. Il était ici depuis quelques semaines. Tu sais que j'aime les jeux de cartes, donc je le croisais dans les bars à l'époque. Il maîtrise bien le poker. Il semble en être fier, dit le chef.

— Ce n'est pas ce que j'appelle une soirée amusante, du moins pas avec lui, mais je le ferai. Vous auriez dû voir l'expression sur le visage de Maisie lorsqu'elle a ouvert la porte et qu'il se tenait là. Vous en savez plus sur lui ? » demandai-je.

Je n'avais pas eu l'occasion de parler très longtemps avec Janet aujourd'hui. Elle connaîtrait toute l'histoire sans doute, bien plus que mes souvenirs éparpillés de ce que ma mère disait quand j'étais plus jeune. Tout le monde avait été proche de Carol, alors ils la protégeaient tous après que sa fille se fut éloignée et ne revint jamais. Ça lui avait brisé le cœur, et je n'avais pas pu m'empêcher de me demander si la mère de Maisie serait revenue si elle n'était pas morte. Mais elle était morte, et ça rendait le retour impossible — complètement et pour toujours.

Rex s'adossa à sa chaise et passa une main dans ses cheveux.

« Georgie saurait mieux que moi, commenta-t-il, faisant référence à sa femme. Je lui ai téléphoné aujourd'hui et je lui ai fait jurer de ne pas commencer à répandre des rumeurs sur toi et Maisie. »

Je n'avais offert aucune explication à Rex, mais il

n'y avait pas beaucoup de raisons pour lesquelles j'aurais été chez Maisie à l'aube ce matin. J'aurais aimé avoir une chance de parler à Maisie avant que son père ne débarque. Je voulais lui dire que je ne voulais plus garder tout ça secret. Mais je savais très bien qu'elle aurait sa propre opinion à ce sujet.

Fut un temps, ça n'aurait pas été le cas, mais aujourd'hui je m'en fichais. En fait, tout ce que je voulais, c'était être avec elle. Même si je ne l'avais pas encore complètement dit, je savais avec une quasi-certitude que quelque chose avait changé pour moi avec Maisie. Le mot amour dansait sur les bords de mes pensées. Je reculai un peu. Même si j'étais peut-être prêt à dire que je ne pouvais pas imaginer être avec quelqu'un d'autre maintenant que j'étais avec Maisie, je n'étais pas tout à fait prêt à dire que j'étais amoureux d'elle. Vraiment pas loin quand même. Je jetai un coup d'œil au sol, fixant les orteils de mes bottes en cuir abîmées pendant quelques battements avant de me retourner vers Rex.

« Merci. Comme je suis sûr que vous pouvez le voir, les choses ont un peu évolué avec elle. »

En un éclair, je me suis souvenu que Maisie était aussi inquiète du fait que j'étais en quelque sorte en partie son patron. Je pensai qu'il serait préférable que j'en parle à Rex le plus tôt possible. Ce n'était pas mon patron, mais c'était le patron de Maisie. Je pris une inspiration et me crispai. Je m'étais tellement convaincu que ce n'était pas un problème pour Maisie et moi d'être ensemble que je ne réalisais que maintenant que j'avais peut-être ignoré un problème potentiel.

« J'ai une question. » dis-je.

Rex était calme et arqua un sourcil.

« Quoi donc ? demanda-t-il.

— Suis-je le patron de Maisie d'une manière ou d'une autre ? »

Cela me valut un gros gloussement de Rex, qui se transforma rapidement en un long éclat de rire. Il appuya son coude sur son bureau et posa son menton dans sa main, secouant lentement la tête.

« Je me demandais quand tu allais demander ça. » dit-il.

Une pointe d'inquiétude me traversa. Pas parce que je ne pensais pas qu'on pourrait régler la situation administrative, mais parce que je savais que Maisie paniquerait.

« Du coup ? » demandai-je.

Les yeux de Rex brillaient et je sentis qu'il appréciait mon malaise.

« Je suis le seul patron de Maisie. Pas besoin de s'inquiéter là-dessus. Étant donné que certains d'entre vous sont des chefs d'équipe, je suppose que si j'étais parti, je pourrais techniquement vous demander de me remplacer et vous deviendriez son patron. À moins que je ne fasse ça, tu n'es pas son patron. Il existe cependant quelques règles concernant les relations entre collègues, ajouta-t-il, en utilisant des guillemets.

— Bon, ok, lesquelles ? » demandai-je.

Rex gloussa à nouveau.

« Je pourrais facilement te faire tomber dans le panneau là-dessus, hein ? »

Je soupirai et lui lançai un regard suppliant.

« Vous pourriez, mais s'il vous plaît, ne le faites pas. Dites-moi juste la vérité.

— D'accord. Les règles sont que vous devez me le faire savoir parce que je suis la seule personne de la chaîne de commandement ici. Je ne suis même pas techniquement ton patron à toi mais tu réponds à mes ordres en ce qui concerne les affaires de la caserne. Tu peux considérer que tu m'as prévenu. La prochaine étape est que Maisie doit me faire savoir qu'elle est d'accord avec ce que tu viens de dire. »

Je le fixai, réalisant brusquement que j'avais la bouche ouverte. Je la refermai.

« Sérieusement ? Vous devez avoir une conversation avec elle à ce sujet ? »

Son sourire s'élargit à nouveau avant qu'il n'acquiesce fermement.

« Oh oui. Tu penses que ça se passera comment ? » demanda-t-il.

Je levai les yeux au ciel.

« À votre avis ? » demandai-je, ma voix craquant un peu avec mes mots.

Putain, putain, putain. Ça va vraiment bien se passer.

Rex me jeta un regard ironique.

« On a un peu de temps. Et si tu lui en parlais ? J'imagine que tu l'as déjà fait. »

Je secouai la tête.

Il avait l'air d'avoir pitié de moi, en voyantl'expression de mon visage.

« Occupez-vous d'abord de son père, puis parle-lui de tout ça. Juste pour que tu saches, ce n'est pas comme si je ne pouvais pas deviner ce qui se passait. »

Je le dévisageai, ma bouche s'ouvrant à nouveau.

« Quoi ? »

Ça me valut un autre rire.

Rex secoua lentement la tête.

« Beck, je ne suis pas né de la dernière pluie. Je suis assez observateur. Tu regardes cette fille comme si elle était le centre de l'univers, et elle fait de son mieux pour ne pas te regarder. »

Je grognai silencieusement, ajoutant une autre chose à ma liste de truc-de-merde-à-faire-cette-semaine.

« Eh bien, merci de m'avoir couvert avec Georgie. Je vais m'occuper du père de Maisie. Vous ne voudriez pas vous joindre à nous pour une partie de poker au bar ce soir ? »

Rex sourit largement.

« Avec plaisir. Envoie-moi un message quand vous êtes en chemin. »

Sur ces mots, je tournai les talons et je partis, lançant un autre merci par-dessus mon épaule alors que je me dirigeai vers la porte. Je récupérai Hank et je me dirigeai vers le Firehouse Café. Janet était propriétaire du café et d'un bâtiment adjacent où elle dirigeait un petit B&B d'été. Je devais vérifier que Janet avait une chambre pour Hank, joindre Maisie et m'occuper du billet d'avion si elle me le permettait. En plus de ça, j'avais maintenant une soirée poker de prévue.

Chapitre Vingt-Cinq

MAISIE

Plus tard dans la soirée, j'avais vu Beck s'éloigner avec mon père. Je n'arrivais pas à y croire, mais apparemment ils jouaient au poker ce soir. Selon Beck, c'était l'idée du chef Masters. C'était génial en fait. Pour la toute première fois, j'espérais que mon père gagne. Je voulais qu'il ait assez d'argent pour avoir de quoi rebondir à son retour à la maison.

Je me souvenais de l'explication de Beck. *Comme ça, il gagne un peu d'argent et ça te soulage un peu de cette pression. C'est tout ce que je veux.*

Je ne savais toujours pas comment accepter le soutien de Beck, mais il rendait tout cela impossible à refuser, sans parler de Janet qui m'avait donné peu d'options. Je m'adossai à ma chaise au Firehouse Café et je regardai Janet et Amelia. Janet avait jugé bon de faire venir des renforts ce soir. Le dîner avec mon père avait été composé de moi, mon père, Janet et Amelia. Beck s'était présenté vers la fin pour emmener mon père à la partie de poker prévue. Amelia m'avait regardée quand Beck avait regardé par-dessus son épaule pour me jeter un dernier coup d'œil. Nos yeux s'étaient croisés. Cet échange seul avait transpercé la pièce. C'était comme si une flamme consumait l'air entre nous. Il était resté à la porte pendant quelques instants de plus que ce à quoi on aurait pu s'attendre, arrachant ses yeux à la dernière seconde et passant rapidement la porte. La cloche avait retenti derrière lui alors qu'il disparaissait.

Je me penchai en arrière sur ma chaise, pressant mes cuisses l'une contre l'autre pour soulager la douleur soudaine qui m'habitait. C'était ridicule. J'aurais dû être secouée et déconcertée et bien incapable de penser au sexe. Mais tout ce à quoi je pouvais penser était le sexe, en particulier le sexe avec Beck. Ça n'aidait pas que je sois dans un café bondé. J'arrachai mon café de la table et pris une grande gorgée, la saveur amère m'écrasant légèrement et détournant mon attention du besoin qui me brûlait. Après avoir posé mon café, je jetai un coup d'œil à Janet et Amelia.

« Wow. » dit Amelia.

Janet gloussa.

« Wow quoi ? » demandai-je.

Amelia tordit sa bouche et leva les yeux au ciel.

« Oh. Juste que je pensais que vous alliez mettre le feu à la salle il y a une minute. Au fait, j'ai perdu un pari avec Cade sur toi et Beck, dit-elle en secouant lentement la tête.

— Comment ça, tu as perdu un pari ? »

Amelia rit un peu.

« Il y a quelque temps, Cade a dit qu'il pensait que Beck avait un faible pour toi. Je lui ai dit qu'il était fou. Sans parler du fait que je ne pensais vraiment pas que tu serais intéressée. »

Je me sentis soudainement un peu sur la défensive. Mais je ne dis rien. Elle dut percevoir quelque chose dans mes yeux parce que son regard se dégrisa.

« Oh ne le prends pas mal, tu es géniale, et Beck aussi. On a grandi ensemble. J'ai toujours pensé que c'était juste une question de temps avant qu'il ne mûrisse un peu. Je ne veux pas que tu le prennes mal, mais tu étais un peu, eh bien, grincheuse. J'avais pas l'impression que tu t'intéressais à qui que ce soit, encore moins à Beck. Il est plutôt joyeux. Maintenant que j'ai appris à te connaître un peu, je sais que tu n'es pas grincheuse, tu es juste…

— Vache ? » j'offris.

Janet éclata de rire.

« Vache c'est pas mal. »

Amelia rit avec nous puis dégrisa encore un peu plus.

« Je suppose que je dirais que tu étais un peu réservée, ou quelque chose du genre.

— Eh bien, maintenant que tu as rencontré mon père et que tu en sais un peu plus sur lui, je suppose que tu peux imaginer pourquoi. Je ne suis pas habituée à être soutenue. » expliquai-je.

Janet tendit la main et serra mon épaule.

« Beaucoup d'entre nous te soutiennent. »

Ma gorge se serra, mais je déglutis et pris une inspiration.

« C'est un peu bizarre en vrai. »

Je ne dis pas à haute voix à quel point c'était troublant. Toute la journée, j'avais fait des tours dans ma tête. Une minute, je voulais laisser Beck s'occuper de moi. La minute suivante, j'étais agacée et frustrée par la même sensation. Je ne pouvais pas me faire assez confiance pour me détendre et lâcher prise.

Je pris une autre gorgée de café. Le regard d'Amelia réfléchissait.

« Pour en revenir à ce que je disais. Wow, la tension sexuelle ! »

Janet rit encore, et je ne pus m'empêcher de rire moi-même. Amelia avait tout à fait raison. Je ne voulais pas trop en parler parce que je ne savais pas vraiment quoi faire avec le paquet de sentiments que je me trimballais à propos de Beck.

« Je suis inquiète que les gars de la station le découvrent, ce serait bizarre. »

Mes mots m'échappèrent avant que j'y pense vraiment.

Amelia pencha la tête sur le côté.

« Je peux voir pourquoi tu pourrais t'inquiéter, mais je pense que ça ira. Willow Brook est un petit village, donc les commérages font partie de la vie. J'en sais quelque chose. Je n'en suis pas fan moi-même, donc tu peux compter sur moi pour ne rien dire. Mais si j'ai remarqué la façon dont vous vous regardiez, tu peux être sûre qu'eux l'ont remarqué aussi. »

Je pris une autre gorgée de café.

« C'est vrai. Eh bien, je dois régler ce problème avec mon père d'abord. Une chose à la fois. Ce n'est pas comme si les choses étaient officielles avec Beck de toute façon. »

Janet jeta un coup d'œil dans ma direction, les yeux plissés.

« Quoi ? demandai-je.

— C'est assez officiel. Beck fait le taxi pour ton père, il a l'intention de lui acheter un billet d'avion, et c'est lui qui a couru en ville ce matin en me ralliant pour lui trouver une chambre et qui a demandé au chef de la police d'être son baby-sitter pour la journée, ce n'est pas qu'une aventure. » déclara-t-elle avec insistance.

Je regardai Janet, mes joues devenaient chaudes. Quand elle le disait comme ça, c'est vrai que ça donnait l'impression que Beck et moi partagions quelque chose de plus qu'une aventure. Je ne savais pas quoi penser, mais j'étais une personne carrée. J'avais besoin que les choses soient précisées. C'était peut-être à cause de l'incertitude chronique avec laquelle j'avais vécu quand j'étais enfant. J'aimais les listes et les formulaires, que les choses soient très claires, un plan de ce qui allait se passer. J'avais sans doute besoin de parler à Beck, mais je ne savais même pas par où commencer. Mes relations passées avaient été de courte durée. Les mêmes relations fouillis que le lycée et la fac apportent généralement. Ça arrivait comme ça et puis je passais à autre chose.

Un sentiment d'anxiété prit le contrôle de mon ventre.

Chapitre Vingt-Six

BECK

Je me penchai en arrière sur ma chaise pendant que Hank jouait sa dernière main. Rex avait tout à fait raison, le père de Maisie était un sacré joueur de poker. Normalement, je n'aimais pas perdre. J'aimais gagner, même si je ne jouais aux cartes que pour le plaisir. C'était agréable de ramener à la maison un peu d'argent de poche. Pas de chance ce soir. Mais j'étais soulagé parce que Hank avait fait un joli petit pactole. Je n'avais aucune idée de la somme d'argent qu'il avait l'intention d'essayer de soutirer à Maisie. Mais j'espérais que les quelques centaines qu'il avait gagnées ce soir suffiraient une fois de retour en Californie. La seule pièce du puzzle que je n'avais pas encore résolue était comment le mettre dans l'avion demain. Quand j'avais essayé d'en reparler à Maisie plus tôt dans la journée, elle avait été très vague. Alors je n'avais rien dit.

Je regardai Hank plaisanter avec quelques-uns des autres gars à la table. Mis à part la présence de Hank, ce soir était une soirée assez typique pour moi au bar. Il y avait une différence flagrante : je venais à peine ici depuis que j'avais commencé à voir Maisie. Je pris une longue gorgée de ma bière. J'entendis mon nom et je jetai un coup d'œil par-dessus mon épaule. Je vis Janice s'approcher de notre table. Janice n'était pas de Willow Brook mais elle était souvent dans le coin. Elle passait des étés entre ici et Anchorage. Ses parents avaient un pavillon de chasse à Willow Brook. Elle et moi nous étions vus de temps en temps au fil des ans. Je lui fis un petit signe de la main puis je regardai de nouveau vers la table. Ce n'était pas que j'essayais de l'ignorer, mais je n'y pensais pas beaucoup. Ce n'était pas comme si nous avions été ensemble. En fait, je n'avais traîné avec elle que lorsque je n'avais personne d'autre. Parce que les aventures à court terme étaient le maximum pour moi. Sauf pour Maisie.

J'entendis à nouveau mon nom et levai les yeux pour réaliser que Janice s'était frayé un chemin à travers la foule et s'était arrêtée près de la table, posant sa main sur mon épaule. Je l'écartai doucement, essayant de déloger sa main sans être brutal. C'était une situation étrange pour moi. Normalement, j'accepterais de flirter un peu même si j'étais avec quelqu'un d'autre. Mais maintenant, il y avait Maisie. Je n'étais pas tellement inquiet de ce que les gens pensaient parce que je ne faisais rien de grave. Mais ça ne me semblait pas juste.

« Hé Beck, comment ça va ? » demanda-t-elle.

Je me penchai délibérément en avant pour attraper inutilement une serviette au centre de la table, forçant efficacement sa main à quitter mon épaule.

« Pas grand-chose. Juste une partie de cartes avec des amis. » répondis-je.

Elle jeta un coup d'œil autour de la table, lançant un sourire au groupe.

« Qui gagne ce soir ? » demanda-t-elle.

Rex rit et pointa Hank du doigt.

« Hank est le grand gagnant ce soir. On passe juste un moment de détente. Tu es là pour un petit moment ? » demanda-t-il sur le ton de la conversation.

Même si les parents de Janice n'habitaient pas à Willow Brook, et elle non plus, sa famille était connue dans toute la ville. Les familles comme la sienne étaient affectueusement surnommées « migrants hivernaux ». Ils avaient tendance à venir l'été, puis à repartir chaque hiver. Ses parents restaient à Willow Brook de temps en temps, tandis qu'elle passait son temps à Anchorage la plupart de l'été avec un week-end à Willow Brook par-ci par-là.

« Juste pour un long week-end, répondit-elle. Quoi de beau ? » demanda-t-elle.

Rex se lança dans un récit sinueux de son été.

Un léger soulagement me parcourut. Je ne savais pas si Rex le faisait exprès, mais il avait détourné son attention de moi. À peu près à ce moment-là, j'entendis quelqu'un prononcer le nom de Cade et je jetai un coup d'œil pour voir Amelia s'approcher avec Maisie. Un petit bourdonnement d'électricité me parcourut. Voir Maisie me fit sourire immédiatement et mon corps se contracta de désir.

Elles s'approchèrent de la table, Amelia se plaça immédiatement à côté de Cade et baissa la tête pour l'embrasser. C'était un peu gênant d'avoir Janice toujours à mes côtés. J'étais coincé dans un coin de telle manière que personne d'autre ne pouvait se tenir à mes côtés. Je fus traversé d'un étrange mélange de sentiments. Je voulais me lever et pousser Janice pour pouvoir tirer Maisie sur mes genoux et l'embrasser comme un fou. À cet instant, j'étais frustré que Maisie et moi ayons gardé notre relation secrète. J'avais le sentiment qu'elle m'en voudrait si je la saluais publiquement comme j'en avais envie. Ça n'avait pas vraiment d'importance car c'était de toute façon impossible de la toucher sans faire une scène avec Janice à mes côtés.

Rex attira mon attention alors qu'il poursuivait sa conversation avec Janice, puis repoussa sa chaise et se leva.

« Eh bien les gars, je vais rentrer à la maison. Georgie m'attend sans doute. Je ne veux pas rentrer trop tard alors que je reviens les poches vides. » annonça-t-il avec un petit rire.

Le fait que Rex se mette debout permit au reste du groupe de commencer à bouger. Malheureusement pour moi, Janice ne sembla pas comprendre. Même si je lui prêtais peu d'attention, elle s'attardait.

« Alors, c'est quoi le programme de demain ? » demanda Cade pour faire la conversation, sa question étant totalement inutile car lui et moi avions confirmé nos horaires plus tôt.

Je sentis qu'il essayait de s'assurer que je ne me retrouve pas accidentellement pris au piège seul avec Janice et Maisie. J'avais le bon sens de savoir qu'Amelia savait probablement ce qui se passait à ce stade aussi. Elle entraîna Janice dans une conversation sur la loge de ses parents qu'elle pouvait rénover, ce qui a finalement obligé à Janice à bouger.

Maisie était calme, ce qui n'était pas particulièrement surprenant. Elle l'était généralement. Une fois que Janice fut distraite, je m'accordai un moment pour regarder Maisie. Mince. Elle était belle. Ses boucles brunes étaient lâches, en chute sauvage autour de ses épaules. Mon cœur se serra en voyant le regard soigneusement réservé dans ses grands yeux marron. Mon corps se serra tandis que je laissais mon regard dériver sur elle. Elle portait un t-shirt à col en V.

J'avais l'eau à la bouche à l'idée de faire glisser ma langue entre ses seins. Je forçai mon regard à se relever pour atterrir sur ses lèvres charnues. Putain. Je n'avais aucun contrôle quand il s'agissait d'elle. Je ne pouvais pas la regarder de façon simple.

Tout ce que je voulais faire, c'était la traîner vers moi et l'embrasser. Pendant un instant, j'envisageai de le faire quand même. Je dus me forcer à détourner le regard. Son père dit quelque chose puis décida d'être drôle et de m'énerver.

« Ton mec sait se débrouiller aux cartes. Si seulement il n'avait pas été aussi distrait par toutes les filles, je ne l'aurais peut-être pas battu aussi facilement. » déclara-t-il en riant.

Maisie lui jeta un coup d'œil puis un autre vers moi. Au bout d'un moment, elle rit un peu, un rire forcé, puis détourna les yeux de moi vers son père.

« Alors, combien as-tu gagné ? demanda-t-elle.

— Pas mal. J'aurai besoin d'un peu plus, mais encore quelques nuits, un peu d'aide de ta part, et je serai prêt à partir. » répondit-il.

L'attente désinvolte dans son ton me rendit furieux, mais ce n'était pas le moment. Maisie croisa les bras sur sa poitrine, l'expression crispée. Elle donnait l'impression d'être à des millions de kilomètres. Je ne savais pas ce qui se passait dans son esprit, mais elle s'était reculée loin, c'était comme si elle avait mis un mur entre nous. Je me sentais un peu paniqué à l'intérieur, mais je ne pouvais rien faire alors que nous étions entourés de gens.

Chapitre Vingt-Sept

MAISIE

Je m'efforçais de ne pas regarder Beck. Le commentaire de mon père m'avait tordu les tripes et m'avait rappelé tout ce que j'avais commodément ignoré à propos de Beck. Bien sûr, il allait flirter et penser à autre chose.

Je jouais avec mon bracelet puis avec l'ourlet de mon t-shirt, déplaçant mon poids d'un pied à l'autre. Je me sentais mal. C'était déjà assez dur d'avoir mon père ici. J'aimais mon père. Vraiment. Il me fatiguait juste – ses pitreries étaient répétitives et l'avaient toujours été. Donc il y avait ça. Et puis il y avait Beck. L'espèce d'aventure que nous partagions me rendait folle. Quand il n'y avait que nous, je pouvais oublier ce qu'il y avait en dehors. Mais ça avait fait boule de neige pour devenir quelque chose de bien plus gros, et je ne savais pas quoi en faire. C'était gênant d'être ici avec lui. C'était son territoire, pas le mien. Les commentaires de mon père m'avaient durement ramenée à la réalité. Je n'y avais peut-être pas pensé consciemment, mais à ce moment-là, je réalisai que je m'étais laissée aller au fantasme. Ça devait s'arrêter. Maintenant.

Quand j'étais entrée avec Amelia, il était évident que Janice flirtait avec lui. J'avais supposé que c'était l'une des nombreuses femmes avec lesquelles il flirtait. Je l'avais peut-être enfoui au fond de mon esprit, mais je n'avais pas oublié qu'il avait une réputation bien connue de flirteur et de playboy.

Je me tenais là maladroitement, pendant qu'elle discutait avec à peu près tout le monde à table, son langage corporel coupant Beck des autres. J'enroulai une mèche de cheveux autour de mon doigt. Je sautais d'une habitude nerveuse à une autre. Mon estomac se serrait d'anxiété et je me sentais légèrement malade. Le problème étant que, même si je pouvais essayer de me convaincre que Beck et moi avions quelque chose, je n'étais pas stupide. Je savais que je ne ressemblais en rien à la plupart des femmes avec lesquelles il avait couché.

Peut-être qu'il y avait une certaine alchimie, peut-être qu'il y avait plus que cela. Ça importait peu puisque je ne savais pas ce qu'il voulait. Plus important encore, je ne savais pas ce que je voulais. Nous étions à la croisée des chemins et je ne savais pas comment m'y prendre. La réponse facile, la réponse que je voulais être la bonne, était de simplement laisser les choses continuer comme ça. C'était trop délicieux d'être avec lui, si tentant que je pouvais à peine m'en empêcher. Mais, si je laissais les choses continuer, j'entrais dans une zone dangereuse. Sachant que mon cœur était déjà plus fragile que je ne l'avais jamais souhaité ou prévu, je pouvais à peine supporter de penser à quel point je pourrais me briser si je me laissais blesser. Si je reprenais le contrôle, je pourrais peut-être adoucir le coup. Je ne voulais pas penser au fait que prendre le contrôle était ma façon habituelle de me protéger. C'était la seule chose que je savais faire.

Alors que tout le monde s'éloignait progressivement de la table et que Cade et Amelia s'attardaient et bavardaient, Janice s'éloigna de Beck. J'en étais soulagée.

Ça ne fait aucune différence. Tu vas t'accrocher à lui maintenant ?

Mon côté sarcastique ne put s'empêcher de me vanner.

Tout ce qui se passait entre nous avait été secret. Le fait que Janet et Amelia le savaient me montrait à quel point c'était désormais un peu à la vue de tous. Je restai là, passant d'une mèche de cheveux à une autre, jouant avec mon bracelet, ajustant mon t-shirt et réussissant à bavarder poliment, tout en fortifiant ma résolution intérieure.

Mon père plaisantait sur combien de temps il prévoyait de rester à Willow Brook. Cela me mit mal à l'aise aussi. Je n'aimais pas penser au fait qu'une grande partie de moi préférait qu'il reste loin. Je ne pouvais pas imaginer que mon père changerait un jour à ce stade de sa vie. Sa vie était une aventure sans queue ni tête. Ce n'était pas un homme horrible. Ce n'était pas comme s'il m'avait battue ou avait été abusif. Ce furent des années et des années de négligence bénigne et une vie de chaos. Je savais que cela signifiait que s'il vivait réellement près de moi, toutes ces choses reviendraient. Contrairement à la Californie, les ondulations de sa vie auraient beaucoup plus d'impact ici. Willow Brook était une toute petite ville. En Californie, j'avais pu déménager cinq fois. Même s'il n'était qu'à soixante kilomètres, il avait beaucoup à faire pour s'occuper autrement. Ici, si mon père était à proximité, ça rendrait beaucoup plus difficile de garder les limites claires dont j'avais besoin avec lui pour ne pas perdre la tête.

Malheureusement, alors que nous continuions à nous attarder, quelques autres femmes arrivèrent pour flirter avec Beck, martelant le fait que c'était qui il était – un tombeur. Son surnom de Pompier Qui Prend Du Bon Temps était bien mérité, et je le savais. Je ne m'étais pas permis d'y penser, mais en me tenant là, je réalisai que j'avais eu ce petit espoir tranquille que ce que je ressentais quand j'étais avec lui aurait pu mener à quelque chose. J'avais besoin de voir la vérité en face. Ce soir pourrait être le moment idéal.

Je faillis rire en regardant Amelia essayer de faire diversion. Elle réussit à chasser une femme après l'autre. Finalement, elle donna un coup de coude à Cade.

« Foutons le camp d'ici, dit-elle, ses yeux passant de moi à Beck. On peut aller chez nous si tu veux. »

Beck parla rapidement.

« Je dois déposer Hank.

— Hé, si on veut continuer à jouer aux cartes, je suis partant. » ajouta mon père.

C'était la dernière chose dont j'avais envie. Que la nuit se prolonge.

Mon cœur se serra quand Beck passa son bras autour de mes épaules.

« Non, je pense qu'on va rentrer. Je vais vous déposer. » répondit-il avec un signe de tête vers mon père.

Il baissa les yeux vers moi. Mon pouls s'était précipité à la seconde où il m'avait touchée. Près de lui, mon corps était toujours au ralenti, attendant juste que quelque chose appuie sur la pédale d'accélérateur. Son toucher me terrassait. Pourtant, je m'armai de résistance. Je détestais à quel point je perdais les pédales avec lui.

« Amelia me ramène à la maison. » annonçai-je

brusquement en me balançant pour regarder dans sa direction.

Elle avait l'air légèrement surprise, mais elle confirma d'un rapide hochement de tête.

« Ouais ! Tu es le taxi de Hank et je suis celui de Maisie. »

Je m'échappai de sous le bras de Beck, faisant un petit signe avant de sortir presque en courant du bar. Amelia eut la gentillesse de rester calme pendant les premières minutes de notre trajet en voiture. Elle s'arrêta à l'un des rares feux rouges de Willow Brook. Il y avait une file de camping-cars devant nous, ce qui signifiait que nous allions devoir prendre notre mal en patience sur le trajet de huit kilomètres jusqu'à chez moi. Les camping-cars envahissaient les routes généralement dégagées de l'Alaska tout l'été.

Amelia se tourna pour regarder dans ma direction, son regard perspicace me faisant bouger sur mon siège.

« Pour info, ça ne me dérange pas de sortir mes amies d'une impasse, mais qu'est-ce qui se passe ? » demanda-t-elle.

Avant d'avoir la chance de répondre, elle poursuivit :

« Je veux dire, Beck s'occupe de ton père en gros. Ce qui ne semble pas te déranger, d'ailleurs. Mais tu l'as fui à vitesse grand V. Vu comment tu le regardais tout à l'heure, je pensais que tu avais fait ton choix de te laisser aller avec lui. Qu'est-ce qu'il se passe ? »

J'attendais avec impatience, très frustrée que l'on soit coincées derrière un camping-car. Si nous ne l'étions pas, Amelia devrait faire attention à la route. Mais au lieu de ça, nous avions avancé de quelques mètres quand le feu était passé au vert, pour nous arrêter à nouveau.

Mon estomac se retournait et mon cœur me faisait un peu mal.

« Alors ? »

D'accord, donc mon amitié avec Amelia était peut-être récente, mais elle prouvait que mon jugement à son sujet était exact. Avant, je la trouvais intimidante, c'était la femme la plus dure à cuire que j'avais jamais vue. J'avais appris qu'elle était amicale, chaleureuse et le genre d'amie qui vous soutenait. Elle ne lâchait pas non plus quand elle avait une question.

« Ok. Oui, y a un truc entre nous. Je l'aime bien. Beaucoup. Mais c'est absurde. Je veux dire, je ne ressemble en rien aux femmes avec lesquelles il sort d'habitude. Je ne pense pas que je pourrai le supporter si je laisse les choses aller beaucoup plus loin et que tout m'explose au visage. Je suis très douée pour être seule. » expliquai-je en tressaillant un peu au ton stoïque de ma voix.

Le feu changea à nouveau et Amelia regarda devant elle. Cette fois, deux camping-cars traversèrent l'inter-section avant de nous arrêter à nouveau. Amelia me regarda, sa main posée sur le volant.

« Donc tu as peur. » dit-elle.

Ce n'était pas une question, mais plutôt une affirmation.

Je me sentais agacée. Pour être honnête, je me sentais devenir carrément vache. C'était ma zone de confort, là où j'avais l'impression d'avoir le contrôle.

« Je n'ai pas peur. » protestai-je en détournant les yeux pour regarder par la fenêtre.

Il était dix heures et la longue et lente soirée sombre touchait à sa fin. Denali s'élevait au loin, comme un phare à l'horizon. Le soleil avait laissé dans son sillage des traînées d'un rouge profond et d'orange. Mon cœur battait fort et vite dans ma poitrine et mon estomac me faisait mal. L'intensité de mes sentiments pour Beck était trop forte, comme une vague s'écrasant sur moi et m'emportant au large. Bien que ce ne soit pas tout à fait la même chose, la perte de contrôle était similaire à ce que j'avais ressenti pendant toute mon enfance. J'avais atteint un sentiment de stabilité et de paix dans les sables mouvants de ma vie en me faisant une place ici − seule − à Willow Brook, et loin du chaos que mon père avait laissé dans son sillage.

Je ne voulais inviter aucune sorte de chaos dans ma vie.

C'est différent avec Beck. Ça faisait du bien. Beaucoup de bien.

Le sexe faisait du bien. Le reste était un bazar sans fin.

Amelia lâcha un lent soupir. Le feu changea encore, et cette fois on le dépassa. Elle tourna sur l'autoroute, silencieuse pendant quelques instants.

« Je pense que tu devrais peut-être parler à Beck, dit-elle alors que nous passions devant un champ avec les silhouettes de deux élans au loin.

— Parler ? fut ma brillante réponse.

— Oui, parler. Écoute, je comprends pourquoi tu es inquiète. Ce n'est certainement pas ce que Beck fait habituellement. Mais il ne sort habituellement avec personne. Il a ces aventures improvisées qui ne durent jamais plus d'une semaine ou deux. Je le connais depuis que nous sommes petits. Je peux te dire qu'il n'a jamais regardé personne comme il te regarde. Ne lui claque pas la porte au nez sans au moins essayer d'en parler. Crois-moi, je l'ai fait une fois et ça a été la plus grosse erreur de ma vie.

— Comment ça ? »

Elle emprunta la route qui menait à ma maison, en jetant un coup d'œil vers moi et en revenant à la route.

« Eh bien, si tu n'as pas entendu le moulin à rumeurs se mettre à tourner quand Cade est revenu en ville au début, on a eu une rupture horrible à cause de potins qui ont mal tourné. J'aurais pu m'éviter sept ans sans lui et m'éviter d'être assez stupide pour presque épouser quelqu'un d'autre si je lui avais parlé, dit-elle sans détour.

— Ouais, mais ce n'est pas comme si Beck et moi avions quelque chose comme ce que Cade et toi avez. » répliquai-je rapidement, trop rapidement.

Elle tourna dans mon allée et s'arrêta dans le cercle devant la maison. Se penchant vers moi, elle arqua un sourcil.

« Tu as réponse à tout. Bien, c'est comme tu veux. Tout ce que je dis, c'est que je pense que Beck en vaut la peine. Je te promets que je ne dirais rien si je ne voyais pas la façon dont il te regarde. »

Ma gorge était serrée d'émotion. Je déglutis et essayai de respirer, mais ça ne bougeait pas. Je finis par hocher la tête.

« D'accord. Je vais y penser. »

Je m'arrêtai, regardant par la fenêtre et regardant l'ombre d'un oiseau se déplacer sur le sol juste au-delà de ses phares.

« Merci de m'avoir ramenée chez moi, dis-je.

— Quand tu veux. Appelle si tu as besoin de quoi que ce soit. »

Même ce commentaire désinvolte semblait chargé de sous-entendus. Elle ne pouvait pas savoir à quel point c'était difficile pour moi de permettre à quelqu'un d'être là pour moi. Je réussis à la remercier pour le trajet et à lui dire au revoir. Je sortis et marchai vers le porche à côté de la cuisine, me retournant pour regarder ses feux arrière disparaître dans l'allée, les petites lumières rouges scintillant dans l'obscurité vaporeuse, presque invisible.

J'entrai dans ma maison tranquille. Pendant un instant, je fus soulagée. J'étais seule. J'envisageai de prendre un bain pour me détendre. Le moment fut suivi d'un sentiment de solitude perçante. Comment Beck avait-il pu percer mes défenses si rapidement ? Il n'avait passé que quelques nuits ici et il me manquait déjà énormément.

Je me secouai et redressai les épaules. Ça passerait. Il le faudrait. Je montai d'un pas lourd, ennuyée par la fragilité de mon cœur.

Chapitre Vingt-Huit

BECK

Je gravis les marches du porche latéral de la maison de Maisie, frappant rapidement à la porte de la cuisine. J'avais déposé Hank et j'avais couru jusqu'ici. Je n'avais aucunement l'intention de la laisser m'ignorer. Comme elle ne répondait pas, je levai la main pour frapper à nouveau juste au moment où la porte s'ouvrit. Elle se tenait là, les traits tendus et les yeux pleins de colère.

« Maze, qu'est-ce qui se passe ?

— Rien. » répondit-elle catégoriquement.

Je rassemblai mes esprits, essayant de comprendre ce qui avait changé entre nous. Ça n'aidait pas que je n'aie aucune expérience avec ce genre de situation. Je n'avais jamais laissé les choses aller assez loin avec une femme pour avoir à m'inquiéter de malentendus émotionnels, ou quoi que ce soit.

« Tout allait bien ce matin. Je sais que les choses ont été dingues aujourd'hui avec ton père, mais tu as l'air énervée. Contre moi. »

Elle haussa les épaules, son expression ne révélant rien.

« Tout va bien. Disons que j'ai repris mes esprits.

J'apprécie ton aide avec mon père aujourd'hui, mais je dois m'occuper de lui moi-même. »

Mon cœur battait si fort que j'en avais mal et je me sentais malade. J'étais aussi paniqué. Je n'étais jamais paniqué. Jamais. Mais elle m'excluait, et je ne savais pas pourquoi.

« Si tout va bien, alors je suppose que je peux entrer. » répliquai-je, incapable de retenir le soupçon de sarcasme dans mon ton.

J'étais énervé. Je doutais que ça puisse aider, mais la colère était la seule émotion qui avait du sens en ce moment.

Ses yeux se plissèrent.

« Tu ne peux pas entrer. Écoute, ce soir m'a rappelé certaines choses. J'ai besoin de prendre soin de moi, et j'ai besoin d'arrêter de me ridiculiser avec toi. Tu sais aussi bien que moi que je ne ressemble en rien à la plupart des femmes avec lesquelles tu sors. Je pense que tu devrais retourner à tes distractions. »

Sa bouche se tordit quand elle dit le mot « distractions ». Je savais qu'elle faisait référence au commentaire grossier de son père comme quoi j'étais distrait. J'étais furieux, ne serait-ce que parce que je n'avais pas été distrait. Je sentais que son père ne voulait personne trop près de Maisie qui pourrait l'empêcher de la culpabiliser.

Je la regardai.

« De quoi, Maze ? Tu n'es pas juste. »

Elle leva les mains.

« Arrête ça, Beck. Arrête. Cette... cette chose entre nous n'est pas sérieuse et ne le sera jamais. Tu te mens à toi-même si tu penses l'inverse. Je suis la saveur du mois pour toi. Je ne peux pas... »

Elle s'arrêta et pendant une seconde je crus voir des larmes dans ses yeux. Je commençai à tendre la main vers elle, mais elle repoussa ma paume, secouant rapidement la tête.

« Je ne peux pas faire ça, Beck. Je ne peux tout simplement pas. »

Sur ce, elle me ferma la porte au nez. Je frappai encore.

« Maze, parle-moi. Ne fais pas ça. » appelai-je en parlant à travers la foutue porte.

La seule réponse que je reçus fut l'appel d'un corbeau dans les arbres. Après plusieurs minutes futiles à frapper, je me détournai. Une partie de moi voulait défoncer la porte, mais j'avais besoin de me ressaisir. Il n'y avait pas beaucoup de choses dont j'étais certain, mais j'étais convaincu que Maisie ne serait pas heureuse que je force sa porte.

Je partis le cœur endolori et l'esprit tourné vers la façon d'arranger les choses.

———

Je claquai la porte de ma voiture derrière moi et je traversai la bruine fraîche jusqu'au Firehouse Café. Ça faisait deux jours complets que Maisie m'avait en gros dit d'aller me faire foutre. Je pouvais insister si je voulais, mais quelque chose me disait qu'elle avait besoin d'espace. J'étais un gars d'action, du moins c'était ce que j'avais constaté ces deux derniers jours. Pour la première fois de ma vie, j'avais l'impression de ne pas avoir le contrôle d'une situation. En tant que pompier, j'étais plongé dans les imprévus. Lorsqu'un plan tournait mal en raison d'éléments indépendants de ma volonté – le vent, la pluie, un coup de tonnerre – je passais simplement au plan suivant.

Avant, je pensais que lutter contre les incendies de forêt au plus profond de la nature était difficile. Je n'avais pas la moindre idée de ce que ça faisait que d'avoir mes émotions prises en otage. Je n'avais pas prévu ce que ce serait de me plonger dans une tempête émotionnelle quand je me sentais poussé à faire quelque chose, n'importe quoi pour obtenir le résultat que je voulais. Pour le moment, je voulais me précipiter chez Maisie et exiger qu'elle me laisse rentrer.

Et après quoi, mec ? Elle te laisse rentrer, pour que vous puissiez continuer à vous envoyer en l'air ? Quoi d'autre ?

Je faillis grogner à cette voix sceptique. Je ne m'attendais pas à ce que tout cela se passe comme ça. Pourtant, j'avais compris à quel point Maisie comptait pour moi. C'était précisément pourquoi je me forçais à ne pas insister. Pas encore. Si ça durait beaucoup plus longtemps, tous les paris étaient ouverts. Le truc, c'était que Maisie était tout pour moi. Même envisager un retour à mes jours de papillonnage m'agaçait. Je savais très bien que tout ce à quoi je pensais était Maisie et qu'elle me manquait. Alors j'étais là, en retrait et en attente. Je savais que je n'attendrais pas trop longtemps, mais pour l'instant, je pensais que c'était mieux. Surtout pendant que le père de Maisie était en ville.

Je ris tout seul en entrant dans le café, mes sens assaillis par l'odeur d'un breuvage riche, une variété d'aliments et la chaleur contrastante avec le froid humide de l'extérieur. Je n'arrivais pas à croire que j'avais passé la plupart de mon temps libre ces deux derniers jours à réfléchir à la meilleure façon d'approcher Maisie. M'inquiéter de ce que quelqu'un d'autre pourrait penser n'était pas quelque chose que je faisais souvent. Enfin, je ne m'inquiétais pas de ce qu'elle pensait. J'étais inquiet de ce qu'elle ressentait. C'était une expérience inédite pour moi.

Le travail occupait beaucoup mon emploi du

temps. Nos exercices d'entraînement avaient été interrompus par un grand incendie à la périphérie de la ville. Des randonneurs de passage avaient bêtement enfreint la règle d'interdiction de feu de camp dans une réserve et mis le feu à une partie sèche de la forêt. Toutes nos équipes avaient été occupées en rotation 24h/24 pour essayer de le contenir. En conséquence, je ne l'avais même pas vue à la caserne. Mon équipe faisait partie de la première rotation, quand elle travaillait.

Il commençait à se faire tard dans l'après-midi maintenant, j'étais fatigué, sale, couvert de suie et je sentais la fumée. J'espérais prendre quelques minutes pour parler avec Janet, tout en prenant une tasse de mon café préféré. Je jetai un coup d'œil au café bondé. Cet endroit était occupé quoi qu'il arrive. Les étés encore plus avec les touristes qui affluaient en ville. Jetez un peu de pluie sur leurs plans, et chaque magasin et restaurant de la ville était plein à craquer.

Je me dirigeai vers le fond de la file pour le comptoir. Je n'étais là que depuis une seconde quand j'entendis mon nom. Je levai les yeux pour voir Janet debout dans l'embrasure de la porte battante de la cuisine derrière le comptoir.

« Tu as une minute ? appela-t-elle.

— Bien sûr. » répondis-je.

Elle me fit signe de la suivre, alors je contournai la file et me glissai derrière le comptoir. La porte se referma derrière nous, étouffant le faible bourdonnement des conversations dans le café. Janet portait un tablier recouvert de farine et retourna rapidement à ce qu'elle préparait à la boulangerie.

J'appuyai mes hanches contre un comptoir le long du mur, face à la table en acier inoxydable où elle travaillait.

« Le père de Maisie est toujours là ? » demandai-je, sans me soucier des préliminaires.

Janet soupira et hocha la tête.

« Oui, j'avais l'intention de t'appeler, donc je suis contente que tu sois passé. »

Elle attrapa un rouleau à pâtisserie sur un côté de la table et commença à étaler méthodiquement de petits cercles de pâte.

« Hank semble penser qu'il peut rester ici aussi longtemps qu'il le souhaite. Je dois te dire que j'ai connu des gars comme lui. Tu leur donnes un pouce et ils prendront deux bras. Je lui ai dit qu'il avait jusqu'à demain et qu'ensuite la chambre était réservée.

— C'est vrai ? » demandai-je, tiraillé entre un rire amer sur le fait que Hank était vraiment sans gêne et l'envie de cracher sur l'effet que ça avait sur tout le monde autour de lui.

Janet leva les yeux de ce qu'elle faisait avec un sourire rapide.

« Oui, elle est réservée. Une famille l'a réservée il y a quelques semaines quand ils ont perdu une réservation dans un autre hôtel à proximité. Il devra partir. Tu as déjà acheté ce billet pour lui ? » demanda-t-elle.

Je secouai la tête, mon cœur se serrant douloureusement dans ma poitrine. Tout rappel de Maisie me faisait mal au cœur.

« Non, Maisie n'était pas prête, alors j'ai attendu. Pourquoi tu voulais m'appeler ? demandai-je.

— Eh bien, déjà, qu'est-ce qui se passe entre toi et Maisie là ? »

Je haussai les épaules, mon cœur se tordant un peu plus, mon esprit revenant au regard fermé et prudent dans ses yeux l'autre nuit.

« Je ne sais pas, dis-je parce qu'il n'y avait pas grand-chose d'autre à dire. Elle ne veut pas me parler.

— Bon sang. » marmonna Janet dans sa barbe alors qu'elle posait le rouleau à pâtisserie sur le côté et laissait rapidement tomber la garniture au milieu d'une rangée de cercles de pâtisserie.

Elle me regardait pendant qu'elle travaillait.

« Elle n'a pas l'habitude d'avoir quelqu'un dans sa vie. Et l'arrivée de son père la met dans tous ses états. Elle pourrait penser qu'elle veut de l'espace, mais je ne pense pas que ce soit ce dont elle a besoin.

— Alors tu voulais me parler de Maisie ? » demandai-je.

Janet secoua la tête.

« Non. J'ai eu des nouvelles de mon avocat, Robert Marsh, celui qui a fait le testament de Carol pour Maisie. Il m'a appelée parce qu'elle m'avait mise en procuration si nécessaire. »

Mes tripes se serrèrent, immédiatement suspicieux. Dieu sait ce que Hank savait de la situation de Maisie et de tout ce qu'elle avait hérité de sa grand-mère.

« Qu'est-ce que Robert a dit ? demandai-je.

— Hank a appelé. Je n'ai aucune idée de comment il a obtenu le nom de Robert. Robert a dit que Hank posait toutes sortes de questions. Je suppose qu'il a eu vent que Maisie avait peut-être hérité du terrain et de l'argent. Je suppose qu'il espère en récupérer une partie. » dit-elle sombrement.

Je donnai un coup de pied contre le mur derrière moi.

« Putain de connard. C'est exactement ce pourquoi je voulais qu'il quitte la ville le plus tôt possible. Ce n'est pas que je ne veuille pas que Maisie le voie. Je peux voir qu'elle l'aime, mais il lui brise le cœur. »

Janet hocha la tête avec insistance.

« Je sais. C'est exactement ce qui m'inquiète.

— Je ne suis pas sûr d'être le meilleur choix pour en parler à Maisie. » dis-je.

Janet me regarda pendant une longue minute.

« Tu ne crois pas ? » demanda-t-elle.

Un rire rauque gronda dans ma poitrine, avec un soupçon d'amertume.

« Écoute, je pensais qu'on construisait quelque chose. Je sais que je ne suis pas un expert dans ce genre de choses... »

Un petit sourire s'étira au coin de la bouche de Janet.

« Non, tu n'es effectivement pas un expert.

— J'adorerais te laisser me faire la morale maintenant, dis-je avec un petit rire. Mais il faut tuer le plan de Hank dans l'œuf. »

Elle se calma, ses yeux brillants de colère. Bordel, la colère traversait mes tripes rien qu'à l'idée qu'il se soit donné la peine de retrouver l'avocat qui s'était occupé du testament de Carol. Je ne connaissais pas les détails, mais je savais que Carol avait beaucoup de terres. Avant le décès de son mari, ils avaient acheté plusieurs grandes parcelles de terrain dans et autour de Willow Brook. L'Alaska était peut-être sauvage, mais la terre dans le coin valait beaucoup d'argent. Carol avait laissé tout ce qu'elle possédait à Maisie.

Alors que je réfléchissais à cela, je faisais rouler ma tête d'un côté à l'autre, essayant de soulager la tension dans mon cou.

« Je ne peux pas croire que Hank se soit donné la peine de trouver qui s'est occupé du testament de Carol. Qu'est-ce qu'il sait à ton avis ?

— Robert ne lui a rien dit. Il n'a même pas confirmé qu'il savait qui était Carol. Mais qui sait ce que la mère de Maisie lui a dit avant son décès ? Ce n'est pas comme si elle pouvait savoir à quel point les terres de ses parents seraient rentables en termes d'investissements et ainsi de suite, mais elle savait qu'ils en avaient beaucoup. Il cherchait à se renseigner, aucune autre raison pour lui d'appeler l'avocat. »

Je donnai à nouveau un coup de pied contre le mur derrière moi, passant une main dans mes cheveux avec un soupir. J'essayais d'imaginer comment ça se passerait si je m'enfonçais plus profondément dans ce bordel entre Maisie et son père. Je n'arrêtais pas d'imaginer son visage quand il s'est présenté à sa porte. La frustration triste et lasse mêlée à la lourdeur de la culpabilité. Je pensai à ce que j'avais reconstitué sur son enfance depuis lors. Réalisant qu'elle avait passé la majeure partie de sa vie à se débrouiller seule. Je voulais agir comme son bouclier, mais je savais qu'il était important pour elle de se débrouiller seule. Ça me rendait malade de réaliser à quel point son père était prêt à la faire chanter émotionnellement juste pour obtenir ce qu'il voulait. Des hommes comme Hank traversent la vie en trébuchant sur la chance et l'aide réticente des autres. J'imaginais qu'il aimait Maisie à sa manière. Mais c'était dans sa nature de toujours chercher le moyen facile de gagner de l'argent. Je regardai Janet.

« Tu parles à Maisie, et je parlerai à Hank. Penses-tu qu'elle sache qu'il fouine dans ses affaires ? » demandai-je.

Janet haussa les épaules.

« J'en doute. Ce n'est pas comme si elle ne savait pas comment il est. Mais je doute qu'elle pense qu'il serait assez fourbe pour fouiller comme ça. Elle ne sait même pas combien se trouve sur le fonds d'héritage qui lui reviendra un jour. Je suis sacrément contente que Carol l'ait aussi bien protégé légalement. Sinon, j'imagine que Hank défoncerait toutes les portes pour y accéder. Robert a dit qu'il posait beaucoup de questions. Heureusement, Robert a eu le bon sens de laisser Hank parler sans rien lui dire. »

Je pris une inspiration et décollai mes hanches du comptoir.

« Très bien, je vais prendre un café avant de partir. Tu sais où se trouve Hank en ce moment ? demandai-je.

— Il ne s'est pas encore arrêté ici, donc il est probablement encore dans sa chambre. Tu sais où le trouver. Je vais finir ça et aller parler à Maisie dans un instant.

— Merci de m'avoir prévenu. Je te ferai savoir ce que dit Hank. Tu penses que ce serait grave à que point si j'achetais ce foutu billet d'avion et que je le conduisais à Anchorage sans le dire à Maisie ? » demandai-je.

Janet leva les yeux au ciel.

« Ce ne serait pas bien. Je vais aller lui parler. Ne t'inquiète pas, je dirai que je t'ai demandé de parler à son père. Je lui dirai que je t'ai obligé. Je l'aurais fait si tu n'avais pas dit oui. »

Je ris, une sorte de rire triste qui était comme un petit couteau dans mon cœur, alors que je lui fis un signe de la main et poussai la porte battante. Je voulais protéger Maisie. Je voulais arranger tout ça pour elle, et je ne savais même pas si elle nous laisserait une chance.

Chapitre Vingt-Neuf

MAISIE

Je cliquai pour répondre à l'appel.

« 911, quelle est la nature de votre urgence ? demandai-je.

— Salut Maisie, c'est encore Carrie Dodge. »

D'après le ton de sa voix, elle avait l'air en sécurité, je pris ça comme un bon signe.

« Bonjour Carrie, que puis-je faire pour vous ? demandai-je.

— C'est encore Herman, annonça-t-elle.

— Encore ? »

Je me retins de rire. Je savais qu'elle aimait Herman, mais je ne pouvais m'empêcher de me demander dans quelle situation il s'était mis cette fois.

« Oui, maintenant il est dans un autre arbre. Pensez-vous que vous pouvez envoyer l'équipe ? J'espère que c'est l'équipe de Beck. C'est mon préféré. » dit-elle avec un rire entendu.

Mon cœur se serra dans ma poitrine. Beck était mon préféré aussi, sans aucun doute. De tant de façons. Ça faisait deux jours entiers que je lui avais dit de me laisser tranquille. Il avait été envoyé combattre un grand incendie en périphérie de la ville, donc je ne l'avais même pas vu. Je me disais que c'était une bonne chose qu'il ne soit pas beaucoup dans les parages. Au moins pour que je garde la tête froide. Mon cœur aurait pu se briser si j'avais dû le croiser tout de suite. J'avais la tête en bouillie. J'en avais mal de garder mes distances, mais c'était ce qu'il fallait faire. À chaque fois que je pensais à une autre option, je me rappelais que je ne savais pas ce qu'il voulait. Si le passé était un indicateur, j'étais probablement une diversion un peu plus longue que d'habitude pour lui et rien de plus.

L'émotion me prit à la gorge, me serrant la poitrine et me coupant presque le souffle. Chaque fois que j'essayais de me convaincre que c'était comme ça et que j'essayais de me rappeler pourquoi je devais faire ce que je faisais, je me souvenais de ce que ça faisait d'être avec lui. Ce n'était pas seulement du sexe ou du désir, c'était comme si nous étions de plus en plus liés, rapprochés par les cordes de l'intimité. Puis je me rappelais que c'était dans ma tête. Je m'imaginais probablement tout un tas de choses. Je me concentrai sur mon appel avec Carrie, réussissant à rire un peu avec elle sur le fait que Beck soit son préféré.

Après avoir appelé l'équipe par radio, je lui confirmai qu'ils seraient là sous peu et je mis fin à l'appel. J'eus immédiatement la bougeotte. J'aimais travailler, mais comme Beck habitait mes pensées ces derniers jours, je n'aimais pas les temps morts. Je me retournai en regardant la rangée de classeurs contre le mur. Il y avait environ six mois, le chef Masters m'avait demandé de réorganiser des décennies d'anciens fichiers et de transférer les données dans le nouveau système informatique. C'était un gros projet et quelque chose qui me tiendrait sans doute occupée pendant un bon bout de temps. Je regardai où je m'étais arrêtée et recommençai, en retirant les fichiers, en les scannant et en entrant les données dans le système.

J'étais loin dans la lettre C. Il m'avait fallu six mois complets pour aller de A à C. La cloche sonna au-dessus de la porte d'entrée et je tournai sur ma chaise, soulagée de voir que ce n'était que Janet. Ces jours-ci, à chaque fois que quelqu'un entrait, j'espérais à moitié que ce soit Beck, même si ça n'aurait aucun sens qu'il passe par l'entrée principale. Voilà à quel point je voulais que ce soit lui.

« Hé Janet, quoi de neuf ? » demandai-je en ajustant ma chaise pour être face à elle.

Elle se dirigea vers le comptoir et y posa son coude.

« Eh bien, je suis venue te parler. » dit-elle.

Mon intestin s'enroula. Je ne savais pas ce qui se passait, mais je vivais avec cette petite anxiété avec laquelle j'ai toujours vécu chaque fois que mon père était là. Cette anxiété était aggravée par mes sentiments mitigés sur Beck et le fait qu'il me manquait. J'avais maintenant le courage de dire à mon père qu'il devait prendre l'avion et partir. J'avais pris la décision moi-même d'acheter son billet. Il avait laissé entendre à gauche et à droite qu'il pensait rester. Je ne pensais pas pouvoir gérer ça. J'avais besoin de distance et de ne pas avoir l'impression qu'il cherchait toujours ce qu'il pouvait me soutirer.

Les yeux de Janet étaient un peu tristes mais déterminés. Elle se tut un instant avant de parler.

« Je vais aller droit au but. Ton père fouine. Il a appelé Robert Marsh, l'avocat qui s'est occupé de la succession de ta grand-mère pour toi, il lui a posé beaucoup trop de questions. Robert ne lui a évidemment donné aucune information, mais il m'a dit que ton père voulait consulter les anciens registres de propriété, car il se doute que tu as hérité de plusieurs parcelles. »

Je me sentis malade et fatiguée alors que des larmes chaudes se pressaient au bord de mes yeux. Pourquoi, oh pourquoi fallait-il que mon père fasse toujours ce genre de choses ? C'était comme s'il était incapable de ne pas chercher qui il pourrait arnaquer. Comme si ça n'avait aucune importance que je sois sa fille.

Comme je restai silencieuse, Janet poursuivit :

« J'ai aussi envoyé Beck dire à ton père de partir. Avant de te fâcher contre Beck, c'est de ma faute. Je sais que tu aimes ton père, mais il utilisera ça pour te faire un chantage affectif impossible. Je ne vais pas rester les bras croisés et le laisser t'intimider juste pour se faire quelques dollars en vendant tes propriétés. Et je n'imagine même pas s'il savait que tu as un héritage qui t'attend quand tu auras trente-cinq ans. Il resterait ici juste pour être là quand tu y auras accès. Beck lui tiendra tête et t'évitera des ennuis. »

Je la fixai pendant une minute avant de réaliser que ma bouche s'était ouverte. Même si j'avais en gros dit à Beck d'aller se faire foutre, il n'avait pas hésité à aider quand Janet le lui avait demandé. Une vague d'émotion me submergea et je fondis en larmes. Je mis mon visage dans mes mains et je sanglotai. J'entendis Janet se précipiter pour faire le tour du comptoir et tirer une chaise à côté de moi.

Elle me frotta le dos dans un geste maternel. Je ne savais même pas quoi faire ou dire. Après quelques minutes, je me redressai et je passai le bout de ma manche sur mes joues. Toujours en me frottant le dos, Janet regarda autour d'elle.

« Bon sang, où sont les mouchoirs ? » murmura-t-elle pour elle-même.

Je désignai le haut des classeurs.

Elle sauta et revint avec la boîte entière. J'en pris un et me mouchai, prenant plusieurs respirations tremblantes avant d'avoir le courage de la regarder à nouveau.

Je me sentais idiote de m'effondrer comme ça. Je ne savais pas trop quoi faire. Je réussis enfin à la regarder et je trouvai ses yeux chaleureux, en attente.

« Dis-moi ce dont tu as besoin. » dit-elle.

Je pris une profonde inspiration et laissai échapper un soupir.

« Ne t'inquiète pas...

— N'essaie même pas de me dire que tu veux t'en sortir seule ! »

Ses yeux brillaient et elle avait l'air vraiment offensée.

« Je n'allais pas dire ça. J'étais sur le point de dire ne t'inquiète pas, je ne vais pas me fâcher pour Beck. C'est tout. Honnêtement, c'est bien s'il parle à mon père. »

Dès que je dis cela, une tension s'évapora en moi. Je ne savais pas par où commencer pour arrêter de combattre la marée d'émotions qui tourbillonnait en moi. Je ne savais pas ce que l'avenir me réservait, mais je ne pouvais pas garder les murs que j'avais construits autour de mon cœur. Dans tous les cas, Beck était là pour moi. D'une manière que je n'avais jamais imaginée possible. Le moins que je puisse faire était de ne pas lui claquer la porte au nez, métaphoriquement parlant.

« D'accord. » dit lentement Janet.

Quand je la regardai, je pus pratiquement voir les rouages tourner dans son cerveau.

« Et après ? demanda-t-elle.

— Comment ça ? »

Elle soupira bruyamment et leva les yeux au ciel.

« Je te jure, t'es pas très fine des fois. Et après, toi et Beck ? »

Mes joues devinrent chaudes et mon cœur se retourna. J'étais anxieuse et inquiète et je ne savais pas ce qui allait se passer ensuite.

« On verra bien. D'abord, je dois dire au revoir à mon père. »

BECK

« Tu ne peux pas me dire de partir. Si Maisie veut que je parte, elle le dira. » lança Hank, une pointe d'agressivité dans le ton.

Je l'avais retrouvé sur la courte promenade entre le café et le petit B&B de Janet. Donc cette conversation se déroulait sur le trottoir dans la grande rue. Je luttais contre l'envie de le frapper quand j'entendis quelqu'un appeler mon nom.

Je jetai un coup d'œil autour de moi et je vis Maisie marcher vers nous depuis la caserne. Je me demandai brièvement pourquoi elle n'avait pas conduit, mais cette curiosité fut effacée par le raz-de-marée de soulagement qui me submergea en la voyant. Bon sang, c'était tellement bon de la voir. J'oubliai complètement que j'étais en train de confronter son père et je courus pour la rejoindre. Je me forçai à m'arrêter devant elle, retenant l'envie de la tirer vers moi et de verser tout ce que je ressentais dans un baiser. Il pleuvait toujours, le ciel était gris ardoise et l'air frais.

Les boucles sauvages de Maisie étaient humides et s'étaient détachées de sa queue de cheval. Ses cils épais se recourbaient contre ses joues, qui étaient rougies. Elle n'avait pas pris de veste. Je pouvais voir qu'elle avait froid et ses tétons se pressaient contre son t-shirt. Elle enroula ses bras autour de sa taille. Elle n'avait pas dit un mot et m'avait simplement regardé, ses grands yeux marron posés sur mon visage. Mon cœur battait fort, et me faisait mal. C'était vraiment pathétique, l'emprise qu'elle avait sur moi.

J'ouvris la bouche pour dire quelque chose, n'importe quoi.

« Tu me manques. »

Ce fut la seule chose qui sortit. Ma bouche était à des kilomètres de mon cerveau et semblait coincée dans un engrenage de vérité brutale quand il s'agissait de Maisie.

Ses yeux s'écarquillèrent et puis soudain elle se jeta sur moi. Je trébuchai légèrement en la rattrapant contre moi. J'enroulai mes bras autour d'elle et la tins fermement, rentrant ma tête dans la courbe de son cou et la respirant. Elle sentait la pluie avec un soupçon de vanille et le doux parfum de sa peau naturelle. Je déposai des baisers le long de son cou, savourant la sensation de sa peau sous mes lèvres. Ma bite était dure comme de la pierre, pressant contre ma fermeture éclair avec un besoin brutal et insistant. Je perdais trace de l'endroit où nous étions jusqu'à ce qu'elle se tortille contre moi, avec un petit rire. Je levai la tête pour trouver son visage à quelques centimètres.

Ses joues étaient maintenant rouge cerise, ses yeux brillaient et un sourire en coin se déployait sur son visage. Elle se mordit la lèvre et je faillis m'effondrer.

Cette femme pouvait me mettre à genoux, et je m'en fichais.

« Euh, on est... » elle s'arrêta, faisant un geste de la main.

Je jetai un coup d'œil autour de moi pour voir quelques touristes passer, leurs yeux nous regardaient curieusement et s'éloignaient. Son père avait disparu, et apparemment je m'en fichais pour l'instant.

« J'imagine que tu préfères que je ne t'allonge pas ici devant tout le monde. » dis-je avec un sourire.

Elle haussa les épaules, l'effet secondaire de ses seins rebondissant contre ma poitrine était un bonus majeur.

« Probablement. »

Je la lâchai jusqu'à ce que ses pieds touchent le sol, mais je ne relâchai pas totalement ma prise. J'écartai une boucle humide de sa joue.

« On se reparle ? »

Elle soupira, mais la petite lueur de joie dans ses yeux ne s'estompa pas.

« Je veux parler, mais on doit s'occuper de mon père. »

Pendant une seconde, je faillis l'accompagner. Mais je me retins. J'avais besoin qu'elle sache une chose avec certitude.

« Il ne va pas disparaître, on a deux minutes. »

Elle rit un peu, une tristesse passant au fond de ses yeux.

Il n'y avait pas beaucoup d'espace entre nous, mais je la rapprochai un peu plus comme si je pouvais la protéger du monde si je la tenais assez près.

« Tu m'as manqué, et ça ne fait que deux jours. J'ai eu beaucoup de temps pour réfléchir. » commençai-je. Mon cœur battait encore plus vite, mais je continuais.

Le commentaire de Janet plus tôt, me disant que Maisie n'était pas habituée à avoir quelqu'un qui était là pour elle m'avait fait comprendre que ce serait important pour elle de savoir que je serais là. Quoi qu'il arrive.

Je n'avais peut-être pas prévu de tomber amoureux d'elle – certainement pas au point de manquer de me déchirer le cœur dans le processus – mais je savais ce que ça signifiait d'être là pour quelqu'un. J'avais eu la chance de voir ça chez mes parents, qui étaient restés collés l'un à l'autre contre vents et marées. Ce n'était pas toujours parfait, mais leur amour avait été le ciment qui les unissait.

« Si tu te poses la question, sache que je ne vais nulle part. Même si tu me repousses, ou si je t'énerve, je serai toujours là. À t'attendre. »

Je pris une gorgée d'air en regardant les yeux de Maisie s'agrandir.

« Quand j'ai essayé d'imaginer passer à autre chose, j'en étais incapable. C'est à ce moment-là que j'ai réalisé que je t'aime. »

Son souffle se coupa et une larme coula sur sa joue, se mêlant à la douce pluie qui tombait sur nous. J'essuyai la larme avec mon pouce, me forçant à rester immobile, pour la laisser absorber mes mots et répondre comme elle voulait. Le cœur battant et l'émotion me submergeant, je m'accrochais à ma patience et à l'espoir de ne pas avoir été trop loin, trop vite.

Une autre larme coula sur sa joue et elle enfouit son visage dans ma poitrine. Juste au moment où je commençais à penser que j'avais tout gâché, elle marmonna quelque chose puis leva les yeux comme pour jauger ma réponse. Comme je n'avais pas entendu ce qu'elle avait dit, je n'étais pas d'une grande aide.

« Je ne t'ai pas entendue, bébé. Qu'est-ce que tu as dit ? »

Elle se mordit la lèvre et soupira.

« J'ai dit que je t'aime aussi. » marmonna-t-elle.

Mon cœur manqua d'exploser dans ma poitrine. Je

ne savais pas ce que j'étais censé ressentir, mais je vivais une vague d'émotions et de désir brut.

Je sentis que ce n'était pas facile pour elle. Je ne pouvais pas dire que c'était facile pour moi non plus. Même si je n'avais pas beaucoup d'expérience avec ce genre d'amour, enfin aucune pour être honnête, je savais ce que ça signifiait d'avoir des gens sur qui on peut compter. Pas elle, et je comprenais que c'était un risque qu'elle n'avait pas prévu de prendre. Ce qui rendait le fait qu'elle ose d'autant plus doux.

Je baissai la tête, laissant mon front tomber contre le sien.

« Bien alors, dis-je d'un ton bourru. Maintenant qu'on a réglé ça, j'ai une question.

— Oui ?

— Je peux dormir chez toi ce soir ? »

Elle hocha la tête, son front heurtant légèrement le mien.

Je n'attendis pas plus longtemps et je l'embrassai. Je voulais que ce soit un petit baiser, mais à la seconde où sa langue glissa contre la mienne, je perdis pied de tout le reste. Je déversai des jours de besoin refoulé et de nostalgie dans sa bouche. Elle ne se retint pas non plus, enroulant ses bras autour de mon cou et m'embrassant comme si j'étais l'air dont elle avait besoin pour respirer. Son désir de répondre et sa réponse totalement effrénée étaient comme une allumette dans une cuve de carburant. Notre baiser dura très longtemps — une surcharge sensorielle brûlante, humide, profonde et brutale.

Ce n'est que lorsqu'elle frissonna contre moi que je réussis à reculer. Ses lèvres étaient charnues et enflées, ses joues rouges et sa peau humide de pluie. Elle était un paquet de douceur dans mes bras, et tout ce que je voulais, c'était trouver l'endroit le plus proche pour m'enterrer en elle. Pourtant, la réalité nous rattrapa. Nous étions au milieu de la ville. Même un jour de pluie en été, nous avions tout un public.

Je reculai.

« Il faut qu'on aille dans un endroit sec, dis-je en enroulant ma main autour de la sienne.

— Il faut retrouver mon père. Je vais continuer à m'inquiéter si je ne m'occupe pas de lui.

— Donc Janet t'a parlé ? » demandai-je en me retournant vers le Firehouse Café.

Elle hocha la tête, avec un regard triste et las, me rappelant que je voulais frapper Hank.

« Oui. J'étais sur le point de lui acheter un billet, mais le fait qu'il fouine et essaie de parler à l'avocat de Gram me donne envie de le voir partir aujourd'hui.

— Tu veux que je m'occupe de lui ? »

Elle fit une pause, s'arrêtant avant que nous n'entrions dans le café. Ses yeux croisèrent les miens et j'y vis sa vulnérabilité.

« J'ai besoin de lui parler, mais ça ne me dérange pas que tu sois là. Ce serait vraiment génial si tu m'accompagnais quand je l'emmènerai à Anchorage. Je pourrais avoir besoin de renfort. »

Je l'attirai plus près de moi et déposai un rapide baiser sur ses lèvres.

« Tout ce que tu veux. »

Je me tenais sur le trottoir de l'aéroport, attendant que Beck sorte le sac de mon père de l'arrière de son pick-up. Il le tendit à mon père et croisa brièvement mon regard. Je pouvais y voir une question tacite. Il évaluait si je voulais qu'il attende dans la voiture pendant que je disais au revoir à mon père. Mon cœur lança un coup dur. J'avais besoin de dire adieu par moi-même. Je secouai la tête, à peine visible. Il hocha la tête et se retourna pour dire quelque chose à mon père, il lui donna une tape sur l'épaule, puis contourna la voiture pour monter sur le siège conducteur.

Ma discussion avec Beck plus tôt, où j'avais fini en larmes, et le fait qu'il m'ait dit de son ton bourru qu'il m'aimait auraient été bien assez à digérer pour une journée. Mais ensuite, j'avais trouvé le courage de faire face à mon père. Je lui avais dit que je l'aimais et que je l'aimerais toujours, mais que je ne le laisserais pas entrer et sortir de ma vie à sa guise chaque fois qu'il voulait une banque personnelle. Je savais que j'aurais pu le gérer seule, mais je n'avais pas de mots pour expliquer ce que ça me faisait de savoir que Beck était là avec moi. Avec son soutien de ces derniers jours et le petit discours d'encouragement de Janet, je savais que je n'étais pas seule. C'était quelque chose que je n'avais jamais vécu.

J'avais résisté au chantage de mon père et à ses mensonges, insistant qu'il n'avait appelé l'avocat que pour s'assurer que j'avais reçu tout ce qui m'était dû dans l'héritage de Gram. Quand mon père avait insisté sur le fait qu'il avait besoin d'un café et s'était éloigné pour en prendre un, Beck avait proposé de lui réserver un billet pour la Californie aujourd'hui. La magie des smartphones fit qu'il en avait la confirmation avant même que mon père ne revienne avec son café.

Mon père passa son sac de sport sur son épaule et se mit devant moi. Ses yeux rencontrèrent les miens. Je pouvais le sentir réfléchir à ce qu'il devrait dire, alors je le devançai.

« Papa, je suis contente que tu ailles bien, dis-je. J'espère que tu peux comprendre ce que je ressens. »

Il resta silencieux puis haussa les épaules.

« J'imagine que oui. Ça fait un peu mal, mais… »

Je le coupai.

« Papa, ça me fait mal de ne te voir venir que quand tu veux quelque chose de moi. »

Ça le fit taire. Je ne savais pas ce qu'il voulait dire d'autre, mais après un moment, il hocha la tête. Il se pencha et déposa un baiser sur mes cheveux, m'attirant dans une étreinte rapide.

« Ton mec m'a fait promettre d'appeler avant ma prochaine visite. Je le ferai. »

Sur ce, il se détourna. Ma gorge était serrée. Je le regardai passer la porte tambour de l'aéroport, mes yeux le suivant jusqu'à ce qu'il disparaisse dans la foule des voyageurs.

Je laissai tomber mes clés sur le comptoir après avoir franchi la porte de la cuisine avec Beck. J'étais fatiguée, le genre de fatigue qui s'infiltre dans chaque recoin du corps. J'enlevai mes chaussures et allumai les lumières, en ajustant la luminosité pour garder une pièce tamisée. Je me retournai pour voir Beck verrouiller la porte derrière nous et enlever ses chaussures. Mon cœur se serra et une autre vague d'émotions me secoua. Cet après-midi, je m'étais sentie comme un bateau dans l'océan pendant une tempête, à la dérive sur des marées d'émotions et bercée par des événements indépendants de ma volonté.

Nous revenions juste d'Anchorage où nous avions déposé mon père. La pluie était passée d'une bruine à une forte averse sur le chemin du retour. Je me sentais mouillée et secouée en plus de tout le reste.

Beck leva les yeux vers moi et mon souffle se coupa. Il était si beau, ça faisait presque mal de le regarder. Avec ses boucles noires humides de pluie, ses yeux verts perçants se détachaient. Sa bouche se courba dans un coin et mon ventre s'emplit de papillons. Je faillis rire à haute voix. J'étais là, morte de fatigue, lasse et épuisée émotionnellement. Et pourtant, il suffisait qu'il me lance l'un de ses sourires ravageurs et je le voulais. Désespérément.

« Douche. » dit-il fermement.

Avant que je puisse répondre, il me prit dans ses bras et me porta vers l'étage.

« Tu vas vraiment me porter là ? Je peux marcher, tu sais. »

Il sourit à nouveau, la chaleur dans ses yeux appelant les miens.

« Je sais. Ça me donne juste une excuse pour te toucher. » déclara-t-il en me serrant les fesses.

Mon sexe se serra et le poids de la journée tomba. En quelques minutes, nous étions sous la douche, l'eau chaude nous aspergeant. J'étais couverte de savon avec de l'eau qui coulait sur moi quand je sentis ses mains glisser le long de mes flancs par derrière, venant attraper mes seins.

Sa bite – parfaitement dure de toute sa longueur – était pressée contre mes fesses. Je ne pus retenir le gémissement qui m'échappa.

Il pinça mes mamelons et glissa une main vers le bas pour caresser mes lèvres. Le désir rugit en moi alors que ses doigts glissaient à travers les boucles humides et plongeaient dans mes plis. J'étais mouillée et glissante, mon canal l'appelant d'envie. Pendant tout ce temps, ses lèvres serpentaient le long de mon cou, des baisers chauds et humides se mêlant à l'eau qui coulait sur ma peau. Il passa sa langue le long de ma colonne vertébrale, me poussant vers l'explosion. Mes genoux fléchirent, mais il me rattrapa, une main caressant ma chatte ouverte, mes cuisses bien écartées, et l'autre me tenant fermement par la hanche.

Je me stabilisai contre le mur carrelé, sa fraîcheur devenant une ancre à la folie et au besoin qui tourbillonnaient en moi. Ses doigts caressèrent mes profondeurs. J'étais perdue, à la dérive sur rien d'autre que la sensation. La pression montait en moi. Je sentis ses lèvres flâner sur la courbe de mes fesses. Il écarta davantage mes cuisses. Il traîna des baisers entre mes cuisses, où la peau était si sensible que je ne pus m'empêcher de crier. Sa langue traîna le long de ma fente pour accompagner ses doigts. Un léger frôlement sur mon clitoris et je manquai de jouir. Il recula, ne faisant qu'empirer mon état.

Un autre coup de langue, ses doigts s'enfoncèrent profondément. Puis il enfouit sa bouche entre mes cuisses, tournant sous moi, de sorte qu'une de mes jambes s'accrocha à son épaule. J'étais mise à nu, exposée comme je ne l'avais jamais été. Il fit des miracles avec sa langue et ses doigts me baisaient lentement, je perdis complètement la notion de la réalité sauf pour la sensation intense qui se formait en moi. Mon canal commença à convulser, un autre passage de sa langue puis il suça mon clitoris de ses lèvres. Le plaisir éclata en moi avec une telle force que je criai son nom.

Alors que mon orgasme me secouait, il s'éloigna, abaissant prudemment ma jambe, ses lèvres ne se détachant jamais de ma peau alors qu'il remontait mon corps. Il s'arrêta pour jouer avec mes tétons – les baiser, les mordre doucement. Sans que je comprenne comment, il nous fit tourner. La tuile froide me frappa le dos et je soupirai. J'arrivais à peine à me tenir debout. Il me souleva contre lui et mes jambes s'enroulèrent autour de sa taille.

Mon corps savait ce dont j'avais besoin. Lui. En entier en moi.

« Maze. »

Sa voix était rauque, mais claire.

J'ouvris les yeux pour voir son attente. Une fois nos regards entrecroisés, on ne bougeait plus. Je ne pouvais pas détourner les yeux et je n'en avais pas envie. Le besoin palpitait entre nous. Je sentais sa bite à l'entrée de mes lèvres. Peu importe l'orgasme explosif que je venais d'avoir. J'avais besoin qu'il soit plus proche. J'en avais envie.

« Beck, s'il te plaît... » murmurai-je en me cambrant contre lui.

Il ne se moqua pas du fait que je mendiais. Ses yeux

s'assombrirent encore plus et il me souleva légèrement, ajusta son angle et s'affaissa en moi, profondément. Avec nos regards verrouillés, il commença à bouger, de subtils coups de reins au début, chacun plus profond que le précédent. J'étais au bord du gouffre. Mon nouvel orgasme renaissait des cendres du précédent. La pression montait et montait alors qu'il s'enfonçait en moi encore et encore. Le bruit de l'eau nous enveloppait dans une danse de plaisir intense et humide.

Je cherchais ce doux pic, ce moment où je pouvais lâcher prise comme je ne le pouvais qu'avec Beck. Il passa sa main entre nous, appuyant son pouce sur mon clitoris, tellement gonflé par l'excitation. Encore une fois, je criai son nom. Il me suivit, son corps devenant rigide. Je sentis la chaleur de sa libération me remplir et j'enroulai mes jambes plus étroitement autour de lui.

Peu de temps après, je m'allongeai à côté de lui dans le lit. Nous regardions la fenêtre. La pluie tombait contre le carreau, un doux crépitement dans l'obscurité. Je roulai sur le côté, me blottissant contre lui, traçant paresseusement des cercles sur son cœur.

« Merci pour aujourd'hui. » dis-je à voix basse.

Mon besoin de Beck avait gardé la fatigue à distance pendant un petit moment, mais maintenant elle s'abattait sur moi. Je le sentis bouger et je levai les yeux.

« Pour quoi ?

— Pour m'avoir aidée avec mon père. Pour... Eh bien, pour tout. »

Il était calme, son regard me transperçant dans la pièce sombre, illuminée seulement par une petite veilleuse près de mon lit.

« Pas besoin de me dire merci. »

Son bras s'enroula autour de mon dos, me serrant contre lui.

« Je t'aime. » murmura-t-il.

Je déglutis alors que ma gorge se serrait. Comme je n'arrivais pas à parler, je déposai un baiser contre son cou. Je m'endormis, au chaud, en sécurité et pas seule.

ÉPILOGUE – BECK

Un an plus tard

Je marchai sur le sol humide, des arbres noircis et carbonisés et des flammes vacillant toujours au loin derrière moi. Mon équipe était à la fin d'une rotation, aidant à maîtriser un incendie dans la campagne. Ça avait été deux semaines terriblement épuisantes. Cette partie de la forêt avait été durement touchée par le scolyte de l'épinette, laissant beaucoup trop de combustible sec pour faciliter un feu. Notre équipe avait passé une bonne partie de ces deux semaines à établir un large pare-feu pour contenir le feu loin de plusieurs petits villages autochtones d'Alaska, menacés par cet incendie. Une équipe de pointe de Fairbanks arrivait dans l'heure pour reprendre là où nous nous étions arrêtés.

Maisie me manquait tellement que mon cœur me faisait mal. Et notre fils Max me manquait tout autant. J'aimais toujours mon travail et je n'allais pas en changer. Mais je n'aimais pas être loin d'eux. J'avais hâte de rentrer à la maison. Désormais, la maison pour moi n'était pas un lieu, c'était Maisie et Max.

Peu de temps après, je regardais le paysage sous

l'hélicoptère alors que nous nous envolions. Je regardai vers Denali au loin, l'ancre du paysage Alaskien. Des nuages s'accumulaient autour de son sommet. Je pris une inspiration, la relâchai et jetai un coup d'œil à ma montre. Maisie et moi avions pris l'habitude de ne pas prendre la peine d'essayer d'envoyer des SMS quand j'étais sur le terrain. C'était trop souvent une source de frustration car je n'avais quasiment jamais de réseau.

Le plan habituel était qu'une fois que j'étais à moins d'une demi-heure de Willow Brook, j'envoyais un texto. Un rapide coup d'œil à ma montre me disait que c'était l'heure. Je sortis mon téléphone, souriant à la seconde où je tapais son nom.

Dis-moi ce que tu portes.

Je vis tout de suite apparaître la petite bulle, me faisant savoir qu'elle m'attendait, et qu'elle écrivait. J'adorais ça.

OMG. T'es ridicule. Tu es parti depuis deux semaines et c'est la seule chose à laquelle tu penses ?

J'écris ma réponse rapidement.

Absolument. Je suis parti trop longtemps. C'est bien la raison. Tu me manques.

Elle répondit avec un émoticône rougissant et souriant.

Puis une photo.

Putain.

La photo était d'elle tenant l'un de ses seins, le mamelon tendu et guilleret entre son pouce et son index. Ma bite durcit instantanément.

Tu me tortures.

Je pouvais l'entendre glousser même si je n'étais pas près d'elle.

C'est ce qui arrive quand on ne pense qu'au sexe. Tu seras à la maison dans combien de temps ?

20 minutes.

Ok. Je te retrouve là-bas.

Je rangeai mon téléphone, mon cœur se serrait comme à chaque fois que j'étais sur le point de la revoir après une absence. Nous avions beaucoup évolué pour deux personnes qui ne savaient pas trop comment gérer une relation. Maisie avait encore du mal à me laisser, ou franchement n'importe qui, être là pour elle, mais elle y arrivait. Après quelques mois passés chez elle tous les soirs, nous avions finalement officialisé la chose et j'avais emménagé. Peu de temps après, nous étions mariés.

Quelques minutes plus tard, l'hélicoptère atterrit en douceur derrière la station. J'étais pressé de sortir, uniquement parce que j'avais trop hâte de voir Maisie. Au moment où je sortis de l'hélicoptère avec mon sac à dos sur mon épaule, je regardai devant moi pour la voir là avec Max dans les bras devant l'entrée de la station. Le vent attrapait ses boucles et les agitait. Elle marcha à ma rencontre et je la serrai contre moi, soulevant Max et les serrant tous les deux dans mes bras. Elle saupoudra mon visage de baisers. Bon sang, c'était un tel soulagement de la tenir dans mes bras.

Je ne pouvais pas imaginer la vie sans elle. Essayer était ce qui m'avait montré que je l'aimais.

« C'est bon d'être à la maison, murmurai-je.

— C'est bon de t'avoir à la maison. » répondit-elle avec insistance, les yeux brillants et un large sourire alors qu'elle reculait.

En reculant, elle prit ma main dans la sienne.

« On dépose Max chez Janet pour quelques heures. Allez. » dit-elle avec un sourire joueur.

Je ris, sachant qu'elle avait des projets pour nous.

« Tu veux que je me douche d'abord ? » demandai-je.

Chaque fois que nous revenions d'une mission sur

le terrain, c'était après des semaines sans quoi que ce soit qui s'apparente à une douche. Un plongeon dans une rivière de temps en temps, peut-être un lac ou toute autre source d'eau que nous avions sous la main au camp, mais c'était tout. Je savais que je ne sentais pas la rose.

Maisie me lança un sourire et secoua la tête, ses boucles se balançant.

« Non, allons-y. »

Un bref trajet en voiture plus tard, après avoir déposé Max chez Janet, nous étions à la maison et elle m'entraînait dans la douche avec elle. Elle fut rapide avec le savon, le faisant glisser partout sur moi. Avec un petit rire, j'attrapai le savon de ses mains alors que je me tenais sous la douche allumée.

« Tu es pressée ? » demandai-je.

Elle glissa sa main sur mes abdominaux, l'enroulant autour de ma bite. J'étais mi-dur depuis qu'elle avait envoyé sa photo coquine. J'étais instantanément dur comme de la pierre quand elle me toucha, mourant d'envie de la prendre. Elle leva les yeux à travers ses cils avec un sourire. Avant que j'aie la chance de réfléchir, et encore moins de parler, elle s'agenouilla et fit glisser sa langue sous ma longueur. Elle m'attira dans sa bouche. Mes genoux fléchirent légèrement et je claquai ma main contre le mur pour me stabiliser.

« Maze. » m'étranglai-je.

Elle fredonnait ce qu'elle voulait dire autour de ma bite, la vibration subtile envoyant une chaude secousse de plaisir dans mes veines. Je gémis, emmêlant une main dans ses cheveux et m'abandonnant à ses caresses. Deux semaines sans elle m'avaient rendu brûlant de besoin. J'étais sur le point d'exploser avant de le savoir. Je voulais dire quelque chose, mais je n'arrivais pas à parler. Je lui tirai un peu les cheveux. Elle recula pour lever les yeux. La brève pause m'aida à m'accrocher. Je la tirai hors de la douche avec moi, coupant l'eau d'une main. Nous étions trempés.

« Qu'est-ce que tu fais ? demanda-t-elle avec un petit rire.

— Je suis trop fatigué pour faire ça debout, mais j'ai besoin d'être à l'intérieur de toi. » dis-je, ma voix rauque de désir.

On se laissa tomber sur le lit. Elle roula sur moi, toute mouillée, ses genoux tombant de chaque côté de mes hanches. Je passai brutalement mes mains sur elle, prenant ses seins à pleine main, gémissant quand ses mamelons durcirent sous mon toucher. Je pouvais sentir ses plis lisses contre ma bite quand elle s'installa sur moi. Elle se leva, positionnant ma bite à son entrée et s'affaissa rapidement. J'avais l'intention de prendre mon temps, de la taquiner, d'en faire quelque chose de mémorable. Non pas que je puisse oublier un seul moment ensemble comme ça. Mais elle prit les devant et ne me laissa pas le choix.

Au moment où j'entrai à l'intérieur d'elle, je lâchai prise. Quand j'étais comme ça avec elle, je savais que j'étais chez moi, là où je devais être. Je m'abandonnai à elle, à cette magie entre nous. Elle mit du rythme, roulant ses hanches lentement et régulièrement, se balançant contre moi. Je m'accrochais à elle, la serrant fermement par les hanches, sentant sa peau céder sous mes doigts. Ses cheveux étaient sauvages et mouillés, ses yeux noirs de plaisir. Son canal se serra et palpitait autour de mon membre. Trop tôt, j'étais au bord du gouffre, pas encore prêt à lâcher prise car je ne voulais pas que ce moment se termine. Elle se pencha en avant, déposant des baisers le long de mon cou puis se dirigea vers ma bouche alors que ses seins effleuraient ma poitrine, me laissant avec la sensation de ses mamelons tendus et humides de notre douche contre ma peau. Je passai la main entre nous, posant mon pouce contre son clitoris. Je la sentis se resserrer et lâcher prise, des frissons la secouant. Elle cria dans ma bouche, sa profondeur serrant ma bite.

La chaleur se tordit à la base de ma colonne vertébrale et ma libération rugit. Elle recula lentement, mordillant ma lèvre inférieure avant de se redresser. Je levai les yeux vers elle alors qu'elle s'asseyait à califourchon sur moi. J'étais aussi proche d'elle que possible. De temps en temps, je me demandais si c'était assez.

« Tu m'as manqué, dit-elle d'une voix profonde.

— Tu m'as manqué aussi. »

Mon cœur battait fort et régulièrement. Je tendis la main, faisant glisser mes doigts le long de sa mâchoire, traçant ses lèvres et prenant une profonde inspiration. Mon cœur était si plein que j'avais peur qu'il explose. Puis, mon estomac grogna. Ses yeux se plissèrent dans les coins avec son sourire.

Elle gloussa.

« Est-ce qu'on devrait encore se doucher avant d'aller chercher Max et de préparer à dîner ? »

À mon hochement de tête, elle s'éloigna. Je la laissai m'emmener sous la douche et me savonner à nouveau.

Plus tard dans la soirée, on s'allongea dans notre lit alors que Max était profondément endormi dans l'alcôve sur le côté de la chambre. C'était la fin de l'été et les étoiles scintillaient dans le ciel à travers la lucarne. Elle roula sur le côté, posant sa main sur mon cœur.

« J'ai une nouvelle, dit-elle doucement.

Je passai paresseusement mes doigts dans ses boucles.

« Qu'est-ce que c'est ?

— Je suis enceinte. »

Une vague d'émotions me secoua. Nous n'en avions pas beaucoup parlé, mais après Max, on avait décidé de voir ce qui se passerait. J'essayais de ne pas trop y penser, ne voulant pas mettre trop de pression sur nos espoirs et nos rêves.

« Vraiment ? » demandai-je en me penchant pour la regarder.

Le clair de lune tombait à travers la fenêtre et projetait une lueur argentée sur son visage. Je pouvais voir les larmes briller dans ses yeux. Je la serrai contre moi, respirant son parfum. Je sentis son souffle tremblant alors qu'elle hochait la tête contre moi, son menton heurtant mon épaule.

« Oui ! J'ai fait cinq tests de grossesse, puis je suis allée voir le médecin qui a trouvé ça assez drôle que j'y sois allée pour un autre test. Elle a souligné que ce n'était pas notre premier rodéo et que je pouvais peut-être me détendre un peu. »

Je ris quand elle rit doucement. Elle prit une autre inspiration tremblante. Je glissai ma paume le long de son dos pour une autre caresse lente. Je savais que c'était important pour elle. Avant que nous ayons eu Max, elle craignait de ne pas savoir comment être une bonne mère parce qu'elle n'avait aucun souvenir de la sienne. Juste de vagues sentiments d'une présence. Elle leva la tête, ses yeux croisant les miens alors qu'elle tendait la main pour caresser mes sourcils.

« Eh bien, c'est maintenant. Tu ferais mieux de le dire maintenant si deux c'est trop. » dit-elle doucement.

Je savais ce qu'elle demandait même si elle ne l'avait pas dit explicitement.

« Je te l'ai dit. Je ne vais nulle part. Je suis là pour toujours. Peu importe combien on est. »

Elle baissa la tête et déposa un doux baiser sur mes

lèvres avant de reposer sa tête contre mon épaule. J'étais encore éveillé quand je la sentis s'endormir, dans un soupir doux et calme.

La prochaine étape de la série La Saga Au Cœur des Flammes est **Grands Brûlés.**

Cliquez ici pour commander: **Grands Brûlés**

À PROPOS DE L'AUTEUR

J.H. Croix est une auteur sur la liste des meilleures ventes USA Today, elle vit dans le Maine avec son mari et leurs deux chiens gâtés. Croix écrit des romances contemporaines à couper le souffle avec des femmes fortes et des hommes alphas qui n'ont pas peur de montrer leurs émotions. Son amour des petites villes et des personnages qui y vivent habite sa prose. Baladez-vous dans les folles romances de ses bestsellers!

jhcroixauthor.com
jhcroix@jhcroix.com

www.ingramcontent.com/pod-product-compliance
Lightning Source LLC
Chambersburg PA
CBHW071746190726
48292CB00003B/883